I0632125

NAHOUMA

ou

LE CHATEAU MYSTÉRIEUX

PAR

Mlle E. FAUGÈRE

PARIS

AUGUSTE VATON, LIBRAIRE ┆ DE BOISADAM, LIBRAIRE

RUE DU BAC, 50 ┆ RUE SAINT-SULPICE, 28

1857

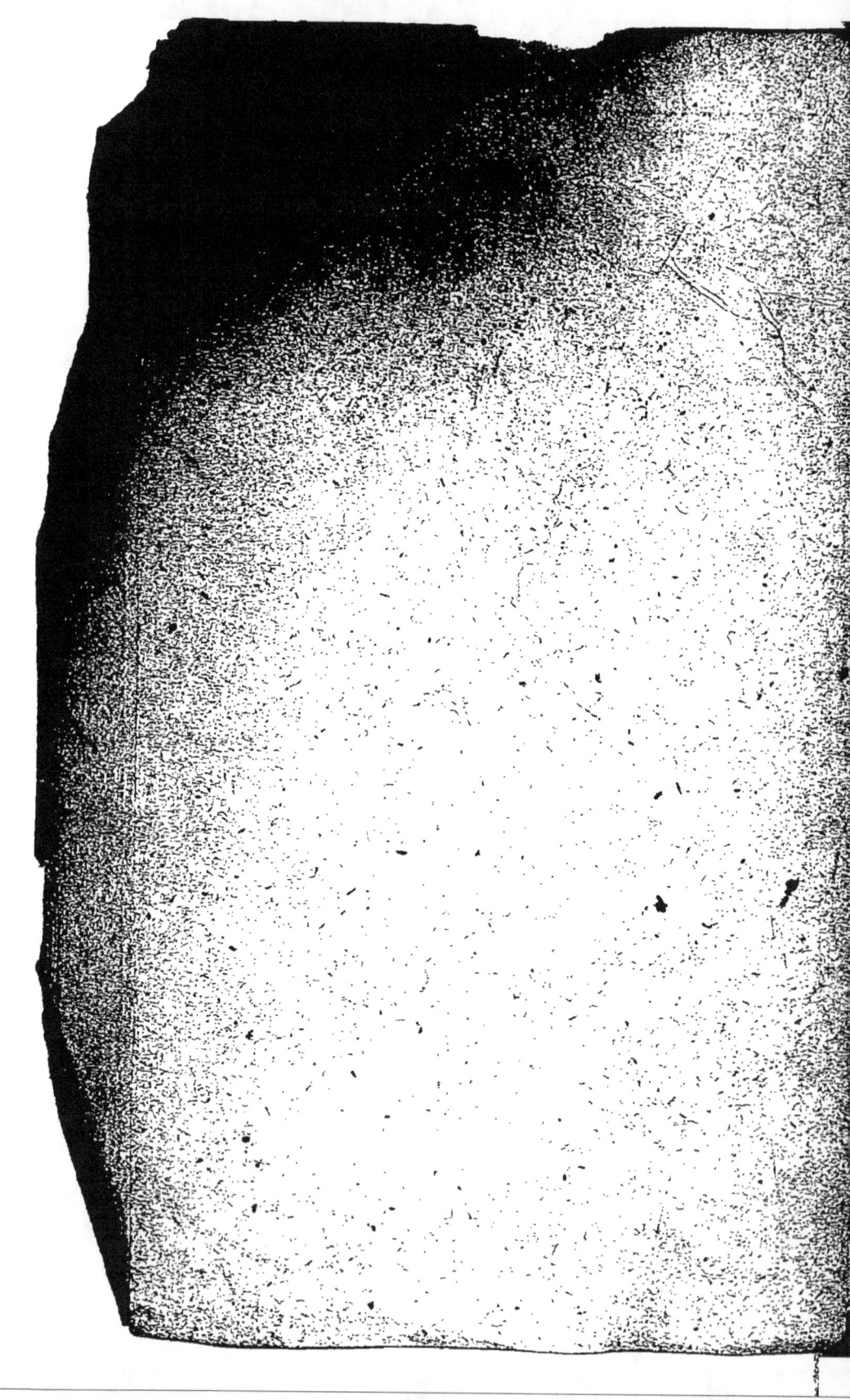

NAHOUMA

ou

LE CHATEAU MYSTÉRIEUX

Ce volume a été déposé au ministère de l'intérieur
(direction de la librairie).

PARIS. — IMP. DE SIMON RAÇON ET COMP., RUE D'ERFURTH, 1.

NAHOUMA

ou

LE CHATEAU MYSTÉRIEUX

PAR

MLLE E. FAUGÈRE

BIBLIOTHÈQUE IMPÉRIALE

PARIS

AUGUSTE VATON, LIBRAIRE   DE BOISADAM, LIBRAIRE

RUE DU BAC, 50.   RUE SAINT-SULPICE, 28.

1857

L'auteur se réserve le droit de propriété et de traduction.

34042

NAHOUMA

ou

LE CHATEAU MYSTÉRIEUX

PROLOGUE

I

En l'année 1554, Étienne de la Boëtie, alors âgé
d'environ vingt-cinq ans, descendait dans une petite
barque la rivière de Dordogne. Il avait pour compagnons de voyage deux bateliers; ces hommes
guidaient avec leur rames le simple esquif, qui suivait avec rapidité le courant de l'eau.

1

La Boëtie se rendait au château de son ami Michel
Montaigne. Désireux de voir les bords de la belle
rivière de son pays natal, il avait choisi ce moyen de
transport comme le plus propre à satisfaire sa curiosité.

On était à la fin du mois de mai. C'était pour
la première fois qu'Étienne de la Boëtie côtoyait
en bateau les rives de la Dordogne. Nonchalamment assis, ou plutôt à demi couché, il s'aban-
donnait aux impressions agréables que lui faisait
éprouver le spectacle sans cesse varié qui s'offrait à
ses regards. Des émanations suaves et aromatiques
venaient des deux rives ; leurs effluves embaumées
enivraient de leurs parfums le jeune la Boëtie et
apportaient dans tous ses sens une douce volupté.

Il était plongé dans une agréable rêverie, lorsqu'il
en fut distrait par le bruit d'un bateau qui remon-
tait la rivière et revenait de la pêche. Les bateliers
de la Boëtie rapprochèrent leur barque du bateau de
pêche, et, s'adressant à celui qui le conduisait :

— Bruno, dit l'un d'eux, vous êtes allé, sans
doute, cette nuit près du château mystérieux ; qu'y
avez-vous vu ? la lumière s'y est-elle montrée ?

— Je suis allé cette nuit, répondit le pêcheur,
prendre du poisson près du château, et je n'y ai pas
vu de lumière ; mais l'on m'a dit qu'au milieu de

l'orage d'avant-hier soir un voyageur étranger, y
voyant briller de la lumière, voulut y chercher un
refuge. Des bergers qui s'étaient abrités avec leurs
troupeaux sous une roche de l'autre côté de la rivière affirment avoir vu, à la lueur des éclairs, ce
voyageur lutter contre une force invisible et disparaître ensuite. Mais, ajouta le pêcheur en s'adressant au plus âgé des deux conducteurs de la Boëtie,
comment se fait-il que vous ayez entrepris votre
voyage de manière à vous trouver précisément à la
nuit devant le château mystérieux? Vous êtes d'ordinaire si prudent, que je suis étonné de vous voir
oublier à ce point votre habitude.

— Vous avez raison, maître Bruno, répondit d'une
voix altérée le batelier. Mais que faire à présent?
Je ne puis m'arrêter et attendre ici le jour de demain. Adieu et priez pour moi.

— Adieu, répondit le pêcheur, et que tous les
saints vous viennent en aide.

Lorsque le pêcheur se fut éloigné, Étienne de la
Boëtie, se rapprochant du batelier, lui dit :

— Quel est donc ce château mystérieux, et par
qui est-il habité?

— Seigneur, répondit cet homme, ce manoir,
dans lequel s'est passé, il y a peu d'années, un terrible événement, est habité par des esprits infer-

naux, qui en interdisent l'entrée, sous peine d'y dé-
meurer pour toujours enseveli. L'on voit souvent
s'y agiter, pendant la nuit, des lumières. Maintenant, permettez-moi de cesser une conversation qui
pourrait nous être fatale. Nous approchons du château mystérieux, et je dois vous dire qu'il est de la
plus grande imprudence de s'entretenir de ces choses dans un tel moment. La nuit est arrivée. Nous
allons ramer vivement, afin de passer le plus promptement possible. Lorsque nous serons plus loin, je
vous dirai, puisque vous paraissez vous y intéresser, ce que je sais au sujet de ce château.

Les bateliers avaient l'air si épouvantés, que la
Boëtie se sentit saisir, malgré lui, d'un sentiment de
frayeur. Le silence le plus complet succéda à la conversation, et l'on n'entendit plus que le bruit des
rames, que les deux bateliers s'efforçaient de rendre
le plus sourd possible.

La lune brillait de tout son éclat lorsque la barque
franchit avec rapidité le dangereux passage. A ce
moment, les bateliers firent des signes de croix;
la Boëtie tourna ses regards vers un endroit que lui
désigna d'un geste l'un de ses conducteurs, et
vit, sur le bord de la rivière, un vaste assem-
blage de bâtiments dont le plus apparent était le
château que nous avons déjà mentionné. Il était

complétement fermé, et rien n'annonçait qu'il fût
habité par des êtres surnaturels.

Lorsque la barque fut loin, le plus âgé des deux
bateliers confia le soin de la navigation à son compagnon, et, allant s'asseoir à côté de la Boëtie, se
disposa à commencer son récit.

La nuit était belle. Aucun nuage ne venait obscurcir le ciel tout parsemé d'étoiles, et un calme profond régnait dans l'atmosphère.

— Je vais, maintenant que nous sommes loin du
danger, dit cet homme à la Boëtie, vous parler du
château mystérieux. Il a appartenu autrefois à un
seigneur, homme dur et féroce qui se faisait un jeu
de la vie de ses malheureux vassaux. J'ai entendu
dire par mon grand'père qu'au-dessous de ce manoir avait été construit un immense souterrain.

Le maître de ce château féodal étant mort, ses
héritiers en vendirent le mobilier; puis ils s'éloignèrent. Un domestique resta seul à la garde du manoir
abandonné. Une fois chaque année, l'un des héritiers venait percevoir les revenus des terres; mais il
se retirait ensuite. De longues années se passèrent
de la sorte. Enfin on entendit annoncer qu'une famille, arrivée depuis peu de l'étranger, venait de
faire l'acquisition du château féodal, depuis si longtemps solitaire.

Quelque temps après, l'on vit arriver, par une belle journée d'été. une famille composée de quatre personnes, qui étaient le nouveau propriétaire, sa femme et deux jeunes enfants. De nombreux domestiques et d'énormes voitures chargées de meubles les suivaient.

Bientôt il fut facile de comprendre que la fortune des nouveaux venus était des plus opulentes. Quelques jours s'étaient à peine écoulés, et déjà des ouvriers de tous métiers étaient appelés à embellir ces lieux. Ils étaient dirigés dans leurs travaux par le maître du château. Cet homme paraissait très-entendu, mais tout dans son système d'ornementation était inconnu aux ouvriers et aux habitants de ce pays.

Toutefois des gens instruits disaient qu'il devait avoir habité les contrées de l'Orient. Ce qui les fortifiait dans cette idée, c'était le mobilier, à la fois étrange et magnifique, qu'il avait apporté. Les rideaux des lits et ceux des fenêtres étaient en soie d'une beauté remarquable. La plupart des meubles avaient la forme d'animaux, et ils étaient recouverts de la peau des animaux dont ils imitaient la forme. Je fus saisi de frayeur, un jour qu'étant allé recevoir l'ordre de mettre une barque à la disposition de M. Wander (tel était le nom du nouveau

propriétaire), je vis, en passant dans le grand salon,
deux fauteuils représentant deux énormes tigres.
L'on était frappé d'étonnement à la vue de cet
ameublement formidable, dont chaque pièce représentait, soit un reptile, soit un animal féroce.

Mais ce qui frappait également, c'était le contraste
qu'offraient, au milieu de cet ameublement, le visage
doux et gracieux, l'extérieur délicat et enfantin, de
la jeune femme du maître de ce logis. Madame
Wander était Écossaise. Devenue, à ce que j'ai entendu dire, orpheline très-jeune, et ne possédant
aucune fortune, elle habitait en Écosse chez des
parents qui l'avaient recueillie, lorsque M. Wander, arrivant des pays étrangers, rencontra cette
jeune orpheline, fit connaissance avec ses parents
et l'obtint en mariage.

Bientôt la bonté de madame Wander se fit connaître. Sans cesse occupée de ceux qui l'entouraient, elle vivait plus pour les autres que pour elle-
même. Chaque jour des malheureux se rendaient
auprès d'elle et recevaient de sa main libérale des
secours. Madame Wander, à l'époque de son arrivée
dans ce pays, avait environ vingt-trois ans; son
mari paraissait en avoir trente-cinq. Toujours absorbé dans de sombres pensées, M. Wander ne semblait prendre quelque intérêt qu'aux travaux dont

il dirigeait l'exécution. Chaque matin le voyait partir avec les ouvriers qu'il dirigeait, et le soir il revenait triste et préoccupé.

C'était en vain que ses enfants le caressaient; leurs caresses ne pouvaient parvenir à répandre quelque douceur sur ce front soucieux et dans ce cœur plein d'amertume. Il était visible que cet homme cachait en lui quelque pensée dévorante. Mais madame Wander, sans expérience et pleine de candeur, ne voyait sur le visage de son mari qu'une gravité qui lui inspirait la réserve et le respect.

Cependant cet homme si concentré, avec lequel jamais personne ne pouvait avoir un entretien suivi et familier, avait parmi les gens de sa maison un homme que l'on pouvait regarder comme son intime. Il était de même âge que son maître, et, à ce que l'on disait, du même pays. M. Wander s'enfermait souvent avec lui dans son cabinet. Dans ces entretiens, qui parfois se prolongeaient longtemps, on les avait entendus se parler dans une langue inconnue. Du reste, des rapports d'égalité existaient entre M. Wander et Dick (tel était le nom de cet homme), bien qu'ils fussent placés chacun dans des conditions si différentes. Il était évident que des liens secrets les attachaient l'un à l'autre.

Il y avait environ quatre ans que cette famille
s'était établie dans ce pays, et tout annonçait qu'elle
s'y était définitivement fixée. Des relations s'étaient
formées entre elle et les habitants de nos contrées.
Tout semblait entourer les riches propriétaires de ce
château d'un bonheur aussi parfait qu'on puisse le
réaliser en ce monde. Leurs enfants grandissaient
et se développaient, pleins de force et de santé.
Leurs propriétés prospéraient. D'abondantes récoltes récompensaient M. Wander de ses soins assidus.
Sa femme l'entourait de son affection.

Mais ce qui aurait dû le rendre heureux semblait
au contraire le plonger dans de sombres pensées; il
était contraint en présence de sa femme, et l'affection qu'elle lui témoignait le trouvait indifférent.

Les choses étaient dans l'état que je viens de décrire, lorsque M. Wander alla en Écosse afin d'y terminer des affaires.

Madame Wander, dès les premiers temps de son
arrivée dans notre pays, avait formé des relations
de piété avec le prêtre de sa paroisse. Depuis plus
de trente ans M. Nerval, tel est le nom de ce prêtre,
dessert cette paroisse. Il possède à juste titre l'affection et l'estime des honnêtes gens. Il offre l'exemple
pratique des vertus chrétiennes, et ses deux sœurs,
avec lesquelles il habite, travaillent ainsi que lui à

1.

l'amélioration morale des habitants, qui sont cités pour leur piété sincère et la pureté de leurs mœurs.

M. Wander était parti pour l'Écosse depuis très-peu de temps, lorsqu'un soir arriva au presbytère une dame suivie d'une négresse. Un domestique de l'archevêque de Bordeaux la conduisait.

Cette dame fut reçue par les demoiselles Nerval comme si elle eût été l'enfant de la maison. Dès les premiers temps de son arrivée, elle se fit remarquer par beaucoup de piété. Du reste, les habitants de la paroisse n'ont jamais su qui elle était.

Dans ses fréquentes visites aux demoiselles Nerval, madame Wander vit la dame inconnue et fit sa connaissance ; des relations affectueuses s'étaient établies entre ces deux dames, lorsque M. Wander revint d'Écosse où il avait séjourné deux mois. Le lendemain de son arrivée il alla au presbytère, en compagnie de sa femme, voir M. Nerval.

L'on n'a jamais su complétement ce qui se passa au moment de leur visite. Les domestiques du châ-teau rapportèrent que madame Wander était venue du presbytère, en toute hâte et toute tremblante, chercher Dick, l'homme de confiance de M. Wander ; qu'ensuite ils avaient vu revenir cet homme portant son maître privé de mouvement et atteint de dé-mence. M. Wander, au bout de quelque temps, recouvra la santé et la raison. Plusieurs jours se passèrent.

On était au temps de Noël. Ce jour solennel arrivé, l'église de la paroisse se remplit de monde. M. Nerval officiait. Ses deux sœurs et la dame inconnue étaient placées près de la grille qui séparait du reste de l'église le sanctuaire. M. Wander, usant de la faveur accordée aux seigneurs de ce temps, s'était assis dans le banc antique appartenant aux anciens propriétaires du château, et qui se trouvait placé tout près du sanctuaire, lorsque tout à coup il tomba à terre en se débattant et poussant des cris affreux. La foule entière s'émut. Le service divin fut interrompu. Enfin des hommes emportèrent à son château M. Wander, qui à ce moment était sans connaissance.

Cet événement frappa les habitants de la paroisse; les causes de l'état où l'on avait vu M. Wander furent diversement interprétées. Tous les paysans s'accordèrent à dire que cet homme s'était donné aux esprits du mal et qu'il entretenait des rapports avec le démon. D'autres disaient que la présence de la dame inconnue qui était au presbytère l'avait mis dans l'état déplorable ou on l'avait vu.

Peu à peu les conversations que l'on faisait sur ce sujet finirent, et l'on avait cessé de s'occuper de l'accident arrivé dans l'église le jour de Noël, lors-

qu'un terrible événement vint éveiller de nouveau
l'attention, et donner à l'une et à l'autre des inter-
prétations qui avaient eu lieu à l'occasion de la scène
qui s'était passée dans l'église la force de la réalité
et de la conviction.

L'on était à la fin de janvier, M. Wander venait
de congédier, on ne savait pourquoi, tous ses domestiques, à l'exception d'une servante et d'un petit pâtre, lorsqu'un matin on vit la servante parcourir le village en appelant du secours et disant que
M. Wander était mort assassiné dans la nuit. En un
instant la foule se porta au château. Madame Wander n'était pas levée, car il était très-matin, et il
paraît qu'elle ignorait encore ce qui était arrivé à
son mari.

La servante conduisit la foule dans une cave, où
l'on trouva M. Wander étendu à terre, au milieu
d'une mare de sang et percé d'un coup de poignard
en pleine poitrine. Quelques-uns, s'étant appro-
chés de lui et ayant entr'ouvert ses vêtements,
pour voir s'il était encore possible de le rappeler à
la vie, reculèrent aussitôt avec horreur. Il paraît
qu'ils avaient découvert qu'il portait, cachés sous
ses vêtements, les signes diaboliques de la magie la
plus infernale[1].

[1] Il fut érigé à Arras, pour la recherche des sorciers, un

A cette vue, l'opinion que l'on avait déjà se réveilla avec force, et les paysans s'écrièrent que M. Wander avait été tué par le démon, dont il portait les insignes.

Mais une circonstance vint bientôt appeler l'attention. La dame inconnue avait disparu du presbytère, ainsi que sa négresse, le jour même où M. Wander avait été trouvé mort. Nul ne l'avait vue partir, et l'on se perdait en conjectures sur ce fait.

L'autorité judiciaire vint constater la mort de M. Wander. Dans l'opinion de beaucoup de monde,

tribunal surnommé Chambre ardente, parce qu'il pouvait condamner ses justiciables au feu. — On parle d'un docteur en théologie qui s'était donné au diable. Les juges crédules l'interrogèrent sur les moyens dont les magiciens se servaient pour s'aboucher avec l'esprit immonde. — Rien de si aisé, repartit le docteur; il ne s'agit que de chevaucher un balai, il vous rend dans le lieu où se trouve le démon déguisé en mouton. Le reste de ses dépositions était un tissu d'abominations insensées. Le docteur cavalier, en vertu de son privilége de clerc qui l'exempta du feu, en fut quitte pour être échafaudé, mitré, prêché publiquement, puis enferré et mené dans la fosse pour y finir ses jours au pain et à l'eau.

Un argentier et un chambellan du roi, accusés d'avoir tracé certains signes diaboliques pour l'enchanter, se promettant par là de le gouverner absolument, ne furent condamnés qu'au bannissement. (*Histoire de France*, par Anquetil, t. IV, p. 581.)

il paraissait avoir été tué par des voleurs. Les portes
du château avaient été trouvées ouvertes le matin
par la domestique, qui, la première, avait découvert
le cadavre de son maître.

Le juge chargé de l'instruction de cette affaire
reçut ces diverses dépositions, dont aucune n'apportait la preuve de ce qu'elle avançait, et il repartit sans que rien de certain eût été découvert.
Les choses en restèrent là. Six mois après madame
Wander vendit tous ses biens, hors le manoir et
ses alentours, dont elle se réserva la propriété.
Ensuite elle se retira en Écosse avec ses enfants.

Depuis le jour de son départ il s'est écoulé bientôt trois ans. Ce château est resté fermé et il est devenu la demeure d'esprits infernaux qui s'y sont
établis. Voilà, ajouta le batelier, tout ce que je sais.

— Votre récit, répondit la Boëtie, loin de satisfaire ma curiosité, ne fait que l'exciter. Je serais fort
d'avis de désigner ce château à la cour de Bordeaux
et de le faire cerner par la maréchaussée; nous ver-
rions alors de près ces esprits infernaux, auxquels
je ne crois nullement. Je veux aller trouver le pré-
sident du Parlement, et je parviendrai à découvrir
ce que renferme cette demeure. Peut-être cache-
t-elle quelque malfaiteur.

— Gardez-vous bien de cela, seigneur de la Boëtie,

s'écria le batelier, vous me perdriez ! Comment ose-
rai-je ensuite passer sur la rivière? Comment au-
rai-je la tranquillité dans ma maison? Vous ignorez
donc la puissance des esprits infernaux? elle est immense. Pensez-vous que l'on n'ait pas essayé plusieurs fois de visiter ce château? Tous les efforts que
l'on a faits pour y pénétrer sont venus se briser contre une force invisible. Je vous en supplie, ne don-
nez aucune suite à votre projet d'y faire pénétrer la
maréchaussée : les esprits qui s'y cachent se venge-
raient sur moi. Donnez-moi, noble seigneur de la
Boëtie, dit le batelier en tombant à genoux, votre
parole de gentilhomme de ne parler à personne de
ce que je viens de vous raconter.

— Ne craignez rien, brave homme, répondit la
Boëtie, calmez vos terreurs ; je vous donne ma parole de tenir secrètes les choses que vous m'avez
dites.

Le bateau descendait toujours, l'aurore commençait à paraître. Plongé dans les réflexions que lui
suggérait le récit du batelier, notre jeune chevalier
eut besoin d'être averti afin de s'apercevoir qu'il
touchait au terme de son voyage.

II

Arrivé chez Michel Montaigne, qui dans ce moment s'était absenté pour quelques jours, la Boëtie reporta ses pensées sur le château mystérieux. Il se prit à regretter d'avoir cédé aux supplications d'un homme ignorant et superstitieux.

Il se dit qu'il n'aurait pas dû consentir à prendre l'engagement de se taire, et que c'était en quelque sorte assumer sur lui une part de responsabilité dans les événements sinistres qui, à la faveur de la superstition, pouvaient arriver dans ce château. Mais sa parole de gentilhomme était donnée, et pour rien au monde il n'y aurait manqué.

Toutefois, en réfléchissant, il arriva peu à peu à se dire qu'il avait bien donné sa parole de ne répéter à personne le récit du batelier, mais qu'il n'avait pas promis de renoncer à découvrir, seul et par lui-même, les secrets qui piquaient sa curiosité. Cette idée s'était à peine offerte à lui, qu'il l'accueillit avec empressement et qu'il commença à faire tout un plan de conduite, afin d'arriver au but qu'il se proposait.

Il passa ainsi la journée, entièrement absorbé par le projet qu'il avait conçu, substituant un plan à un autre, visitant ses armes, choisissant des vêtements appropriés, selon son idée, à l'aventure qu'il voulait tenter, et qui n'allait à rien moins qu'à s'introduire seul dans le château. Cependant il eut des moments d'hésitation, et le second jour se passa comme le premier, en réflexions, en plans conçus et remplacés par d'autres, en préparatifs abandonnés et repris.

Enfin il se décida à tenter cette *périlleuse aventure*, et, bien résolu d'arriver le plus tôt possible à la découverte de ces mystères, il se détermina à partir le lendemain.

Son plan était de se procurer un gîte le plus près possible du château, et d'aller de là en étudier les abords, afin de découvrir les moyens de s'y introduire.

Le lendemain matin, Étienne de la Boëtie fit ses préparatifs de départ. Il se revêtit d'un haut-de-chausses de couleur terne et sombre et d'un justaucorps de même nuance; il ôta le plumet de son chapeau et se chaussa de bottes solides; ensuite il ceignit son épée.

Lorsque notre jeune chevalier se vit prêt à partir, une pensée subite lui vint. Il se demanda s'il

n'allait pas au-devant d'un péril qu'il serait peut-
être impuissant à conjurer. Mais, triomphant bientôt
de son émotion, il s'élança brusquement sur son
coursier, et, le pressant vivement, comme s'il eût
voulu éviter par une prompte fuite ses appréhensions, il s'éloigna avec rapidité.

Au bout de quelque temps, l'allure du cheval se
ralentit. A ce moment, la Boëtie vint à se rappeler
qu'il avait oublié une chose essentielle, surtout
à cette époque où on ne trouvait guère d'auberge
sur son chemin, c'était d'emporter avec lui quelques vivres; car il pouvait arriver qu'il ne trouvât
pas même, dans son voyage, un morceau de pain.
Cette réflexion venait trop tard : un grand espace
était déjà entre lui et le manoir de Montaigne. Il se
résigna donc et prit son parti en vaillant chevalier, qui doit supporter avec courage les privations
de toute espèce ; et il continua son voyage en remettant à la Providence le soin de lui procurer ce
qui lui manquait.

Il cheminait, songeant à l'aventure qu'il allait
tenter, lorsque deux cavaliers sortirent d'un bois
voisin un peu en arrière; il se retourna, et, les
ayant aperçus, hâta le pas de son cheval afin de les
éviter. Mais, soit que les deux cavaliers fussent pres-
sés, soit que le mouvement de la Boëtie pour

s'éloigner d'eux eût excité leur curiosité, ils redoublèrent de vitesse et furent bientôt aux côtés de
notre chevalier. Cependant il évitait avec soin de
lier conversation avec eux, désirant se trouver seul
le plus tôt possible. Il les observait à la dérobée.
Le plus âgé des cavaliers était un homme d'environ soixante ans, de bonne mine et portant l'ha-
bit militaire. Le plus jeune paraissait être de l'âge
de la Boëtie. Il fut le premier à rompre le silence :

— Noble cavalier, dit-il à la Boëtie après l'avoir
salué poliment, dites-nous, de grâce, si toutefois
vous connaissez ce pays, s'il y a loin de l'endroit
où nous sommes à un château dont le voisinage,
nous a-t-on dit, est des plus dangereux. Nous ve-
nons de Bordeaux, et c'est pour la première fois que
nous suivons cette route. D'après ce que nous
avons entendu dire, nous voudrions éviter de nous
trouver à la nuit aux alentours de cette demeure,
qui, à ce qu'on nous a affirmé, est surtout à craindre pour les voyageurs étrangers.

A cette demande inattendue, la Boëtie s'était
troublé. Il surmonta cependant son émotion et répondit avec courtoisie à son interlocuteur :

— Noble cavalier, bien que je ne sois pas étranger à ce pays, je ne puis vous marquer d'une manière précise la distance qui nous sépare du châ-

teau dont on vous a parlé. Toutefois je puis vous assurer que nous sommes sur la route qui y conduit, et qu'avant le déclin du jour nous pouvons nous trouver dans le voisinage du manoir dont on ne parle qu'avec effroi.

— Et ce n'est pas sans motif, répliqua le plus âgé des deux cavaliers; car on affirme qu'il s'y passe depuis longtemps d'étranges choses.

— Mais, dit la Boëtie, il me semble que l'on devrait savoir enfin à quoi s'en tenir; et il faudrait pénétrer dans l'intérieur de ce château.

— Vous parlez de cela à votre aise, répondit le militaire. Il paraît que l'on a essayé plusieurs fois d'y pénétrer. On n'a pu y parvenir; et les habitants de ce pays demandent, avec des supplications, qu'on n'y fasse aucune recherche, de crainte que les esprits qui l'habitent, une fois chassés, ne viennent s'établir chez eux.

Alors le militaire se mit à raconter les événements sinistres dont il avait entendu faire le récit. Mais ce qui étonnait la Boëtie, c'est que cet homme paraissait ajouter foi à toutes ces histoires.

Notre jeune chevalier devint soucieux et garda le silence. Il resta absorbé tout entier dans les réflexions que lui suggérait le récit du militaire jusqu'au moment où, étant arrivés sur la lisière d'une prairie ombragée d'arbres, les deux cavaliers mirent pied à terre en l'invitant à se reposer avec eux, ce qu'il fit aussitôt. Ils attachèrent leurs chevaux à des arbres. Le plus jeune des deux voyageurs sortit d'un havre-sac un filet de chevreuil soigneusement enveloppé, du pain et une bouteille de vin.

La Boëtie soupira en songeant qu'il se trouvait au dépourvu. Mais la courtoisie de ses compagnons de voyage le tira d'embarras. Ils lui offrirent, avec la meilleure grâce du monde, de partager leur repas. Il ne se fit pas prier et s'assit à terre à côté d'eux. Peu à peu la gaieté succéda aux impressions qu'avait produites la conversation précédente, et quelques rasades de l'excellent vin de Bordeaux achevèrent de mettre nos trois cavaliers en belle humeur.

Plusieurs fois la Boëtie eut le désir de confier aux deux voyageurs l'aventure qu'il allait tenter; mais il fut retenu par la promesse qu'il avait faite et qu'il regrettait, en ce moment, plus que jamais.

Le repas fini, nos trois cavaliers remontèrent sur leurs chevaux et voyagèrent ensemble jusqu'à ce que, étant arrivés à un endroit où la route se bifurquait, ils s'arrêtèrent en se demandant quel était le chemin qu'il fallait suivre. Par bonheur, un pâtre, qui ramenait son troupeau, vint à passer et leur dit :

— De ces deux chemins, l'un est bon et l'autre est mauvais. Celui de droite conduit à la ville de Sainte-Foi, et celui de gauche aboutit aux terres du Château mystérieux. Ainsi donc, prenez le chemin de droite et laissez celui de gauche.

La Boëtie se trouva tout à coup dans une étrange perplexité. Il était loin de se croire aussi près de son but. Ses plans étaient dérangés. Il regardait autour de lui et ne découvrait ni auprès ni au loin aucune maison pour y passer la nuit. Cependant, si courageux qu'il fût, il n'avait pas l'intention de coucher à la belle étoile, avec d'autant plus de raison qu'un orage s'annonçait.

Il lui vint à l'idée que le pâtre pourrait peut-être lui procurer un abri, et il se mit à l'appeler de toutes ses forces ; mais le jeune homme, pressé par la crainte de l'orage, s'éloignait rapidement sans répondre. La Boëtie se décida alors à courir après lui ; mais auparavant il dit à ses deux compagnons de voyage :

— Permettez, je vous en prie, que je vous quitte pour aller vers ce pâtre, à qui j'ai besoin de parler. Continuez votre route sans m'attendre ; car il se peut que je ne vous rejoigne pas. Adieu donc, et recevez les remercîments d'Étienne de la Boëtie.

— Adieu, seigneur cavalier, répondirent les deux voyageurs ; nous vous désirons un heureux voyage.

La Boëtie pressa vivement son cheval et eut bientôt atteint le pâtre. Il mit alors pied à terre et marcha à côté de lui afin de lier conversation plus familièrement.

— Mon ami, lui dit-il, où allez-vous ainsi avec vos moutons ?

— Morgué, répondit le pâtre d'un ton grossier, je vais à la Roche-d'Abri, car je ne pense pas pouvoir aller ce soir chez mon père ; c'est trop loin d'ici, et l'orage sera venu avant que j'aie pu seulement me sauver sous la Roche.

— Et c'est là que vous passerez la nuit ? demanda la Boëtie d'un air tout désappointé.

— Dame, oui, au milieu de mes moutons.

— Et cela vous arrive-t-il souvent ?

— Pardienne, quand je ne peux pas mieux faire, il faut bien que j'y couche.

— Pourriez-vous me dire, continua la Boëtie, si je pourrais trouver, dans ces environs, quelque maison pour y passer la nuit ?

— Dame, des maisons ! on n'en trouve pas dans ces environs.

— Allons, se dit à lui-même la Boëtie, tout ceci

ne s'annonce pas très-bien. Je commence par coucher dehors, et je ne souperai pas. Je suis encore très-heureux d'avoir rencontré ces deux cavaliers; car sans eux je serais à jeun depuis ce matin.

Le pâtre, tout occupé de conduire son troupeau, ne soutint pas la conversation. La Boëtie se mit à penser que ce jeune homme ne lui avait pas même offert de venir se réfugier avec lui sous la Roche. Mais il se consola en songeant qu'il saurait bien y trouver lui-même une place.

Le tonnerre se mit à gronder, des gouttes de pluie commencèrent à tomber et furent bientôt suivies d'une averse; en même temps la foudre, les éclairs, tout un gros orage éclata de toutes parts.

Ils arrivèrent, trempés par la pluie, à la Roche-d'Abri. Les moutons, habitués à trouver ce lieu de refuge, s'y précipitèrent pêle-mêle, tombant les uns sur les autres dans cet antre obscur. La Boëtie vint après tout ce tumulte et se trouva placé à l'entrée de la grotte, tenant son cheval par la bride, moitié à l'abri, moitié exposé à l'orage. Pendant ce temps, le pâtre s'était couché au fond de la grotte sur un lit de feuilles sèches, et, quelques instants après, un ronflement sonore avertit notre chevalier, que l'heureux, mais égoïste berger, avait dans ce lieu des ressources qu'il gardait pour lui seul.

Enfin l'orage cessa. La Boëtie, toujours debout à l'entrée de la grotte, commençait à sentir ses forces diminuer, mais non son courage. Il attendait bravement l'aurore, qui lui semblait lente à venir. Enfin elle parut et ramena un peu de sérénité sur le visage de notre aventurier. Le pâtre s'éveilla. La Boëtie lui demanda de nouveau quelle était la maison la moins éloignée du lieu où ils se trouvaient.

— La maison la plus proche, lui répondit d'un ton radouci le pâtre, dont l'humeur se ressentait de l'heureuse influence d'un bon sommeil et de la vue d'un beau temps, la maison la plus proche d'ici, c'est celle de mon père, et je m'y rends. Si vous voulez y venir, vous n'avez qu'à me suivre.

— J'accepte volontiers, répondit la Boëtie.

Le pâtre fit sortir de la grotte ses moutons, un à un, en les comptant ; puis, prenant dans sa poche un fifre, il se mit à tirer de cet instrument des sons discordants et monotones, pleins de charme pour le musicien, mais très-peu agréables pour les oreilles du chevalier.

Ils arrivèrent ainsi devant la porte d'une ferme. Dès que la fermière avait entendu le fifre de son fils, elle était accourue au-devant de lui. Elle se

2

hâta de compter ses moutons en les faisant entrer dans leur parc, et parut satisfaite de retrouver son compte complet. Se tournant alors vers la Boëtie, qui, descendu de son cheval, se tenait à quelques pas dans l'attitude d'un homme qui attend :

— Qu'y a-t-il pour votre service? lui dit-elle avec un certain empressement.

La Boëtie exposa en deux mots ce qu'il demandait : un déjeuner pour lui et une botte de foin pour son cheval.

— Nous ne sommes pas aubergistes, répondit la fermière; mais nous pouvons tout de même vous donner ce que vous demandez.

Un jeune garçon vint prendre le cheval et le conduisit à l'écurie. Notre chevalier entra dans la maison, précédé de la fermière qui l'introduisit.

Le déjeuner était déjà servi; il consistait en un énorme plat de pois verts assaisonnés de lard. L'odeur appétissante de cette cuisine champêtre vint chatouiller délicieusement l'odorat de la Boëtie. Il prit place à côté du père de famille. La table fut bientôt entourée des fils du fermier. La fermière et sa fille s'assirent à l'écart, leurs assiettes sur leurs genoux, qui leur servaient de table.

C'est la coutume chez les paysans du Périgord; jamais les femmes ne prennent leur repas à table

avec les hommes. Tandis que ces derniers sont assis, mangeant et buvant, les femmes prennent leur
repas à l'écart, en s'interrompant souvent pour les
servir.

La conversation roula sur la nuit précédente et
la rencontre du pâtre et du cavalier. Les habitants
de la ferme parlèrent aussi du château mystérieux,
et leurs récits confirmèrent pleinement celui du batelier.

Lorsque la Boëtie se fut reposé, il se remit à
s'occuper de son entreprise. Il dit à la fermière
qu'ayant une course à faire dans les environs, il
la priait de vouloir bien garder son cheval, dont il
ne voulait pas s'embarrasser. Il ajouta qu'il pouvait se faire qu'il revînt coucher à la ferme. En
disant ces mots, il sortit de sa poche une bourse
et mit dans la main de la fermière plusieurs pièces
de monnaie en la priant de lui procurer un lit pour
la nuit suivante. Cette femme jeta un coup d'œil
satisfait sur l'argent qu'elle tenait, et assura la
Boëtie de son dévouement, en lui promettant qu'il
aurait le meilleur lit de la maison. Elle lui offrit
un de ses fils pour l'accompagner.

— Je vous remercie, lui répondit-il, je n'ai pas
besoin d'être accompagné. Seulement, dans le cas
où je ne pourrais pas revenir dîner chez vous,

donnez-moi, je vous prie, un morceau de pain.

La fermière s'empressa de couper un gros morceau de son pain le plus tendre, et y joignit une tranche de jambon. Elle eut de plus l'attention de mettre le tout dans un havre-sac, et l'attacha sur les épaules de notre gentilhomme, qui s'éloigna en la remerciant.

III

Le soleil brillait d'un éclat radieux; la pluie de la veille avait répandu une fraîcheur nouvelle sur les arbres et sur les plantes de ces campagnes. Ce spectacle, qui aurait captivé les regards d'un promeneur moins préoccupé que notre chevalier, attirait faiblement son attention.

En marchant toujours, il arriva devant la grotte où il avait passé la nuit précédente; et, ne pouvant s'empêcher de céder à un sentiment de curiosité, il pénétra dans l'intérieur. La grotte était peu profonde et singulièrement bien disposée. Dans le fond, sur un amas de sable fin, se trouvait un lit de feuilles sèches de maïs. La Boëtie qui n'avait pas dormi de la nuit précédente, se sentant fatigué par la longue course qu'il venait de faire, s'étendit sur

le lit du berger et s'y endormit bientôt d'un profond
sommeil.

Au bout de quelques heures, il s'éveilla et se
prit à sourire en regardant le lit rustique où il
avait si bien reposé. Ses forces étaient complètement réparées, et il éprouva un sentiment de satisfaction en songeant que, de la grotte, il arriverait
bientôt à l'endroit où il avait quitté la veille ses
deux compagnons de voyage, là où commençait le
chemin qui conduisait au château mystérieux.

Il reprit sa marche. Il était cinq heures du soir.
Au bout d'une heure, il se trouva à l'endroit où
la route se bifurquait. Là, il s'arrêta et devint sérieux. Arrivé au moment de mettre en œuvre les
plans qu'il avait conçus, il se mit à penser que,
dans une semblable entreprise, rien ne pouvait
être déterminé à l'avance; qu'il marchait vers l'inconnu et qu'il lui était impossible de savoir quel
moyen, préférablement à un autre, le servirait
mieux pour arriver à son but. Il s'assit sur un
tronc d'arbre, les regards tournés du côté où, dans
sa pensée, devait se trouver le théâtre de sa témé-
raire entreprise.

Au bout d'une longue pause, il se leva, et, marchant d'un pas ferme et rapide, il s'avança réso-
lûment dans le chemin de gauche, celui qui condui-

2.

sait au château. Il fut bientôt forcé de ralentir son élan chevaleresque. Des obstacles de toute sorte encombraient cette route abandonnée depuis long-temps. Les ronces y croissaient à leur aise. Il aper-çut alors, caché par de hautes herbes, un étroit sentier qui suivait, en s'en écartant un peu, la route où il ne pouvait s'avancer. Un fossé le sépa-rait de ce sentier, il le franchit et se mit à suivre la nouvelle voie qui s'offrait à lui. Il marchait tou-jours, lorsque après un détour, derrière un énorme talus de terre, il découvrit tout à coup le château mystérieux, dont il n'était plus séparé que par une faible distance. A cette vue, une forte émotion s'em-pàra de notre chevalier, son cœur battit à coups précipités, et il fut obligé de s'asseoir.

N'allez pas croire, cependant, que ce fut un sen-timent pusillanime qui fit ainsi battre le cœur de la Boëtie. Cette pensée serait certes bien loin de la vérité. Son émotion était d'une tout autre na-ture. Il éprouvait ce saisissement que l'homme le plus courageux, l'âme la mieux trempée, ressent au moment de réaliser des desseins longtemps con-çus, mûris et renfermés dans le domaine de la pen-sée. C'est qu'aussi nous sommes avec nous-mêmes dans des rapports très-inégaux. Notre pensée con-çoit de grandes choses, et nous n'avons que de faibles moyens pour les mettre à exécution.

Le soleil descendait, et la nuit n'était pas loin ; tout, du reste, l'annonçait parfaitement belle. Le couchant s'empourprait ; le ciel était d'un bleu azuré. La Boëtie résolut de passer cette nuit dans les lieux mêmes où il se trouvait, afin d'observer d'aussi près que possible les abords du château.

Il cherchait un endroit d'où il pût voir sans être vu, lorsqu'il avisa un arbre touffu qui se trouvait rapproché du château. C'était un beau chêne au feuillage épais et aux branches solides. Il se dirigea tout doucement vers cet arbre qui semblait placé là tout exprès pour servir ses desseins, et, y grimpant lestement, il s'installa dans le haut, en ayant soin de ramener autour de lui des branches pour se cacher entièrement ; puis, écartant les feuilles qui se trouvaient devant son visage, il se mit à observer attentivement le château mystérieux.

Ce manoir très-ancien avait subi des transformations dont on pouvait encore reconnaître les traces. Autour régnaient les vestiges d'un vaste jardin, autrefois cultivé avec soin, mais depuis longtemps négligé. Le buis qui bordait les allées avait crû en liberté et s'élevait au-dessus de la hauteur ordinaire. Des fontaines démolies et couvertes de ronces, des bancs à moitié détruits, tout dans ces lieux portait l'empreinte de l'abandon le plus complet, en même temps que les traces d'un luxe de culture et de soins depuis longtemps interrompus.

Cependant, au devant d'une porte basse, qui paraissait à demi cachée derrière un tas de broussailles, s'étendait un espace libre. On voyait que cet espace avait été préservé de l'envahissement des herbes et des ronces.

Le soleil était complétement disparu; il faisait nuit, et la lune, s'élevant pleine et brillante, vint répandre sa clarté douce et indécise sur ces alentours.

Les yeux fixés sur le château mystérieux, la Boëtie attendait toujours.

Il était onze heures du soir, et il commençait à se sentir fatigué de la position qu'il avait prise, lorsqu'un léger bruit qu'il entendit le fit demeurer immobile; mais il avait beau regarder, il ne voyait rien et ne pouvait se rendre compte d'où partait ce bruit. Bientôt il discerna les pas d'une personne montant des degrés, et au même instant la petite porte que nous avons déjà mentionnée s'ouvrit.

Il vit alors, à la clarté de la lune, une femme, dont le visage lui parut entièrement noir, s'avancer et écarter avec précaution les broussailles qui en-

combraient les abords de la porte; ensuite elle
regarda de tous côtés comme pour s'assurer qu'il
n'y avait personne dans les alentours. Puis il la
vit disparaître dans l'intérieur de la porte demeurée
ouverte.

Quelques instants après il vit revenir cette femme,
tenant à la main un panier. Mais cette fois elle
n'était pas seule; une autre personne la suivait.

Les vêtements de cette autre personne étaient
disposés de telle sorte et la recouvraient tellement
de leur vaste ampleur, que la Boëtie ne put reconnaître si ces vêtements étaient ceux d'un homme
ou d'une femme. Cet être indéfinissable était d'une
taille élevée. En le regardant, la Boëtie fut impres
sionné; il se demanda si ce n'était pas l'un de ces
esprits infernaux dont on parlait avec tant de terreur. Il l'observait attentivement, lorsqu'il l'entendit adresser la parole à la femme au visage
noir. Il redoubla d'attention, mais ce fut vainement; le fantôme et sa compagne se parlaient dans
une langue étrangère. Bientôt après la femme au
visage noir se dirigea vers la campagne et disparut
dans le lointain.

Le fantôme resta seul, et se promena pendant
quelque temps; puis il rentra par la petite porte,
qui resta ouverte.

La Boëtie se hasarda alors à descendre de l'arbre; ce qu'il fit sans bruit, et, se glissant doucement, il arriva presque sur le seuil de la porte; là il s'arrêta et se mit à écouter, mais il n'entendit rien.

Il était là l'épée à la main et prêt à faire bonne contenance, lorsque, ayant voulu faire quelques pas et s'avancer dans l'intérieur, le pied lui manqua et il se sentit rouler sur les degrés d'un escalier rapide. Il fut précipité jusqu'au bas; sa tête ayant frappé rudement sur la pierre, il y ressentit d'affreuses douleurs, il y porta la main. Le sang s'échappait en abondance de sa blessure. A ce moment la douleur qu'il éprouvait et la perte de son sang le firent défaillir, et il s'évanouit.

IV

Lorsque Étienne de la Boëtie commença à revenir à lui, le souvenir des événements qui lui étaient arrivés s'était effacé de son cerveau affaibli. Ses sensations et ses pensées se trouvaient si incertaines et si confuses, qu'il ne pouvait se rendre compte de sa position. Il demeura ainsi quelque temps.

Peu à peu ses sensations se développèrent, mais lentement et avec peine. Enfin, il arriva à comprendre qu'il était couché sur un lit. Au bout de quelques instants les souvenirs de ce qui lui était arrivé revinrent à son esprit; mais ils se pressaient avec une telle confusion, qu'il ne pouvait les démêler et qu'il souffrait affreusement du travail que faisait son cerveau malade.

Enfin ses idées devinrent tout à fait lucides, mais alors un sentiment de désespoir s'empara de lui. Il se sentait dans une impuissance totale d'action et à la merci de gens inconnus. Comment avait-il été porté là? Par qui? Le silence le plus complet régnait autour de lui. D'épais rideaux, à travers lesquels se montrait une clarté douteuse, enfermaient hermétiquement son lit de douleur. Des bandages entouraient sa tête meurtrie.

Un gémissement plaintif s'échappa de la poitrine oppressée du chevalier. Au même instant un parfum étrange pénétrait à travers ses rideaux et arrivait jusqu'à lui. De sa vie il n'avait rien respiré de semblable. Quelques minutes s'étaient passées, l'odeur de ce parfum s'était affaiblie, mais ce fut pour revenir bientôt avec plus de force et d'abondance.

La Boëtie éprouvait en le respirant un soulagement inattendu. Désireux de voir ce qui se passait
autour de lui, il souleva avec peine un de ses bras
et écarta le rideau qui l'enfermait.

Il vit alors, à la clarté d'une lampe, une femme
vêtue de deuil; elle était occupée à brûler dans une
cassolette les parfums dont il venait d'éprouver
l'influence bienfaisante. Une négresse était auprès
d'elle. Au mouvement de la Boëtie, cette femme
tourna vers lui ses regards; mais bientôt elle les
reporta sur la cassolette, où elle continuait à brûler
des parfums.

Notre chevalier n'était pas peu surpris de ce
qu'il voyait; mais il n'osait parler. Son accident
l'avait rendu circonspect. Il attendait que cette
inconnue lui parlât la première. C'était en vain.
Elle paraissait entièrement absorbée dans son occu-
pation, et le silence continuait à régner. La Boëtie
se mit à la regarder avec un vif intérêt de curiosité. Elle paraissait belle, et l'expression de son
visage était pleine de dignité. Enfin, surmontant
son trouble :

— Madame, lui dit-il d'une voix émue, où suis-je
et qui m'a porté ici?

À cette demande, l'inconnue se leva et s'avança
vers la Boëtie, qui, à ce moment, reconnut dans

sa démarche et dans ses mouvements le fantôme
qu'il avait vu sortir du château et y rentrer ensuite.

— Jeune homme, répondit-elle d'un ton grave,
vous êtes dans le souterrain du château mystérieux.
Aidée de ma négresse, je vous ai porté sur ce lit.
Maintenant je vous demande d'avoir confiance en
moi et en mes soins, de bannir de votre esprit des
terreurs qui seraient mal fondées et trouble-
raient le calme qui est si nécessaire à votre gué-
rison.

En achevant ces mots, elle présenta à la Boëtie
un breuvage.

— Prenez ceci, lui dit-elle; c'est un remède destiné à rappeler vos forces et à calmer l'agitation
nerveuse et fébrile qui vous agite en ce moment et
dont les secousses pourraient vous être fatales.

Le chevalier se souleva à demi sur son coussin,
et s'empressa d'avaler le remède que lui offrait
celle qu'il commençait à regarder comme sa bienfaitrice. Bientôt un sommeil profond ferma ses paupières.

Le lendemain, en s'éveillant, il écarta ses rideaux et regarda autour de lui. En ce moment
il était seul, la lampe brûlait toujours et répandait
une abondante lumière. Il éprouvait un sentiment

de calme et de bien-être qui lui permettait de porter en liberté et sans fatigue son attention sur ce
qui l'entourait.

Des meubles d'une forme extraordinaire s'offraient à ses regards surpris. Il se ressouvint alors
du récit du batelier et reconnut dans cet ameublement celui dont cet homme lui avait fait la descrip-
tion. Une étoffe de soie magnifique, sur laquelle
étaient représentés des oiseaux aux mille couleurs,
formait les rideaux du lit. Une peau de léopard
couvrait la Boëtie; elle avait été placée là afin de
rappeler la chaleur et la vie dans le corps du
malade.

Il parcourait du regard ces objets remarqua-
bles, lorsqu'il entendit un léger bruit. C'était l'inconnue qui, suivie de sa négresse, venait auprès
de lui en apportant tout un appareil de pansement.
Elle ôta avec précaution les bandages qui envelop-
paient la tête du malade, et, les ayant renouvelés,
elle l'engagea à prendre un peu de nourriture.

La Boëtie se laissait faire et obéissait à cette inconnue comme l'enfant le plus docile obéit à sa
mère. Une confiance mutuelle s'établit peu à peu
entre ces deux personnes qui se trouvaient rap-
prochées par des circonstances bien imprévues.
Cependant cette femme restait toujours enveloppée

d'un mystère qui paraissait impénétrable à notre chevalier, et dont il n'osait pas lui demander le secret. Il était surpris qu'elle ne lui adressât aucune question sur les motifs qui l'avaient conduit au château mystérieux. Cette réserve le contrariait. Il résolut de la rompre le premier.

Quelques jours s'étaient écoulés. Un soir qu'assise auprès du lit de la Boëtie elle demeurait silencieuse, il se mit à lui raconter son voyage sur la Dordogne, la conversation qu'il avait eue avec le batelier, enfin tout ce qui lui était arrivé jusqu'au moment de sa chute dans l'escalier du souterrain.

Elle écouta avec intérêt et parut péniblement impressionnée en apprenant le récit du batelier. Elle se recueillit, paraissant livrée à de sérieuses réflexions. Puis, s'adressant à la Boëtie, elle lui dit :

— Je comprends parfaitement ce que vous attendez. Je suis pour vous une énigme que vous cherchez à expliquer. Je lis, soyez-en bien sûr, dans votre pensée.

Vous avez pour moi de la reconnaissance, et je vous crois capable de garder un secret. Eh bien, ma sûreté dépend du secret qui me condamne à vivre ici, seule, dans ces demeures ténébreuses que jamais le soleil ne vient réjouir de ses rayons vivifiants!

Ici elle s'arrêta et reprit après un long silence :

— Vous serez satisfait. Oui, je vous raconterai les événements qui m'ont amenée dans l'étrange position où vous me voyez ; ce récit sera un soulagement pour mon cœur oppressé de silence et de solitude.

A ce moment, une horloge de sable, que l'inconnue tenait à la main et qui servait, dans ce souterrain silencieux, à marquer le temps, l'avertit que l'heure de se coucher était venue. Alors elle se retira, laissant la Boëtie sous une impression indéfinissable d'attente et de satisfaction.

FIN DU PROLOGUE.

HISTOIRE DE NAHOUMA

I

Le lendemain, l'inconnue commença son récit en ces termes :

— Je m'appelle Nahouma; je suis née à Pondichéry, ville maritime des Indes orientales, d'un père français et d'une mère indienne. Mon père arriva à Pondichéry sur un navire de commerce, dont il était le capitaine, et, par un enchaînement de circonstances dont le récit ne trouve pas ici sa place, il épousa ma mère, fille unique d'un trafi-

quant indien des plus opulents et veuf depuis plusieurs années.

Mon grand-père, déjà vieux, associa mon père à
son commerce ; il lui laissa le soin des relations extérieures, des longs voyages, et demeura dans sa
maison, gardant ma mère avec lui.

Ma naissance vint bientôt remplir de joie le cœur
de mon grand-père, qui s'empara de moi entièrement. A un nouveau voyage de mon père, ma mère
l'accompagna en me laissant aux soins attentifs de
mon grand-père.

Je me développais rapidement, pleine de force
et de santé, sous l'influence du bien-être dont j'é-
tais entourée et sous celle du climat de l'Inde. Je
portais sur ma personne et dans mon caractère l'empreinte de mon origine française. J'étais Française
bien plus qu'Indienne par les habitudes et par l'é-
ducation. Mon père prenait soin de me faire élever
suivant les coutumes de son pays.

Toutefois je ne pouvais être entièrement hors de
l'influence de mon grand-père, d'autant plus que
mon père ne séjournait qu'à de rares intervalles dans
notre demeure, et ma mère s'était habituée à le suivre dans ses voyages maritimes. Mon grand-père
suivait le culte brahmanique et tenait extrêmement
à ses superstitions. Il avait fallu lui céder en cela

et me faire suivre son culte. Je me suis demandée, depuis que je suis chrétienne, comment mon père avait pu consentir à me laisser dans l'idolâtrie. Souvent, il est vrai, il avait essayé de parler à mon grand-père sur ce sujet; mais il avait trouvé une telle résistance, qu'il avait fini par se résigner à attendre. L'âge avancé de mon grand-père lui inspirait la réserve et le respect. Toutefois il ne négligeait aucune occasion de me parler de la religion chrétienne, et d'affaiblir l'influence qu'aurait pu exercer sur mon esprit le culte de Brahma. Aussi c'était sans conviction et sans attachement que je suivais, très-imparfaitement du reste, les pratiques du culte païen.

Demeurant toujours en compagnie de mon grand-père, je m'étais attachée à lui. Je l'aimais beaucoup, mais en enfant gâté qui n'aurait pas sacrifié un seul de ses caprices pour lui éviter de la peine. Je le caressais tout en lui désobéissant, et je trouvais toujours le moyen de mettre ma volonté à la place de la sienne. Je m'habituai ainsi, peu à peu, à une indépendance qu'il avait eu le tort de tolérer dès le commencement, et qui devint pour lui à la fin une véritable tyrannie qu'il subissait sans se plaindre.

Mon grand-père m'emmenait souvent avec lui dans

une habitation délicieuse qu'il possédait loin de
Pondichéry, sur les bords de la mer. Là s'étalait
aux regards éblouis tout ce que le luxe oriental
peut offrir de plus riche et en même temps de plus
étrange. Vous voyez, ajouta Nahouma en montrant
de sa main les objets qui déjà avaient attiré l'attention de la Boëtie, vous voyez ici un mince échantillon
de ce luxe dont la richesse étonnait tous ceux qui
entraient dans notre demeure.

Chaque année, une réunion de notre famille
tout entière avait lieu dans cette magnifique habitation. Mon grand-père était l'aîné d'une nombreuse famille, et ses frères, suivis de leurs enfants, venaient régulièrement fêter l'anniversaire
de sa naissance.

L'un des frères de mon grand-père habitait Pondichéry et y remplissait des fonctions dans la magistrature. C'était celui pour lequel mon grand-père
avait le plus de déférence et qu'il voyait le plus
souvent, à cause de la proximité de nos demeures, lorsque nous étions à Pondichéry. C'était
aussi celui de nos parents que j'affectionnais davantage, et j'avais en même temps pour lui un
respect qu'augmentaient encore les fonctions importantes qu'il remplissait avec honneur et dignité.

Dans notre habitation des champs, encore plus

qu'à la ville, je me trouvais en pleine liberté et maîtresse de mes actions. Cédant à ma volonté, mon grand-père avait fini par demeurer dans ces lieux presque toute l'année.

J'avais pour compagne de mes jeux et pour esclave de mes caprices une jeune négresse du Sénégal, alerte et intelligente, pleine de bonne volonté et m'obéissant aveuglément. Elle se prêtait à toutes mes fantaisies, et quelquefois je cédais aux siennes. Nous avions fini par nous attacher l'une à l'autre, nous faisions ensemble de longues courses, le plus souvent à l'insu de mon grand-père.

J'avais déjà parcouru tous les environs; ces lieux souvent explorés par moi ne m'offraient plus le charme de la nouveauté, et je voulais porter plus loin ma curiosité inquiète. Je résolus, d'accord avec Dola, ma négresse, de faire une longue promenade dans des lieux qui nous fussent inconnus.

Les bords de la mer que je n'avais pas encore parcourus excitaient d'une manière toute particulière mes désirs curieux. Mon grand-père m'avait dit bien souvent que ces bords étaient dangereux et qu'il ne fallait s'y hasarder qu'avec une bonne escorte. Ces avertissements, qui auraient dû m'en interdire l'accès, faisaient au contraire naître en

5.

moi un désir plus impatient de les parcourir. C'est
l'éternelle histoire du fruit défendu, qui, à travers les siècles, se renouvelle sans cesse.

Lorsque nous eûmes fait notre plan de voyage,
nous nous procurâmes un cheval, que Dola eut soin
de cacher à tous les yeux. Elle l'amena, le matin
même où devait avoir lieu notre excursion, dans
un petit bois voisin de notre demeure, et m'atten-
dit là.

Il était quatre heures du matin; j'arrivai au lieu
du rendez-vous vêtue de mes plus beaux habits.
J'avais alors quinze ans, et ma compagne en avait
seize. J'étais folle de joie, je rêvais des aventures
extraordinaires et impossibles. Je courais vers je
ne sais quoi de brillant et de fabuleux comme les
contes de fées. La vie ordinaire m'apparaissait déjà
dans un lointain obscur. Il me fallait de fortes
émotions, et j'allais les chercher.

Nous cheminions assises toutes les deux sur le
même cheval; je portais ma compagne en croupe.
J'avais attaché à ma ceinture, enrichie de pierres
précieuses, un poignard richement incrusté de
diamants.

Nous suivions le bord de la mer, dont le spectacle
émouvant achevait d'exalter de plus en plus mon
imagination ardente. Nous avions déjà fait plu-

sieurs lieues, sans songer que le temps se passait et que l'on nous trouverait absenter à l'heure du dîner. Ma compagne fut la première à rompre le silence qui, depuis le moment de notre départ, régnait entre nous, et elle me fit observer que, si nous allions plus avant, nous serions exposées à nous trouver en chemin la nuit, à moins cependant de revenir immédiatement sur nos pas.

— Ame craintive, lui répondis-je d'un ton de hauteur, crois-tu que la nuit sur ces bords puisse m'effrayer? Eh bien, nous l'y passerons s'il le faut. Mais tu me parles de la nuit, tandis qu'il nous reste encore la moitié de la journée!... Je veux continuer de marcher en avant, afin de voir plus loin; nous n'avons encore rien rencontré d'extraordinaire, et je regretterais d'avoir fait une promenade aussi monotone. En achevant ces mots, je pressai si vivement mon cheval, que Dola faillit tomber. Elle s'attacha à moi de toute sa force, et nous galopâmes ainsi soulevant autour de nous le sable du rivage.

Nous arrivâmes, dans notre course échevelée, à un détour que faisait le rivage de la mer; mais, à peine l'avions-nous dépassé, que nous aperçûmes tout à coup, dans un endroit qui formait une espèce d'abri, une troupe nombreuse d'hommes.

A cette vue, je m'arrêtai afin de regarder tout
à mon aise le spectacle qui s'offrait à mes yeux.
Je vis alors, assis autour d'un tas de marchandises de toute sorte, une centaine d'hommes armés.
A peine eus-je arrêté mes regards sur eux, qu'un
profond effroi s'empara de mon cœur. Les visages
de ces hommes étaient sinistres;... j'eus peur... Je
voulus alors revenir sur mes pas et fuir; mais il
n'était déjà plus temps, nous avions été aperçues.

Bientôt nous fûmes entourées. Une joie féroce
et brutale brillait dans les regards de ces hommes.
L'un d'eux vint à moi, et, m'enlevant dans ses
bras d'Hercule, m'emporta sans plus de façon que si
j'eusse été un paquet et me déposa sur le tas de
marchandises.

J'étais si surprise de ce qui m'arrivait, que je
demeurai sans voix et sans mouvement. L'indignation la plus profonde se soulevait dans mon cœur.
J'eus cependant la présence d'esprit d'appeler
auprès de moi Dola, que tout cela étonnait moins que
moi. La pauvre négresse avait été enlevée à l'âge
de onze ans par des marchands d'esclaves, et une
scène qui lui représentait celle où elle avait joué un
rôle lui semblait très-ordinaire. Elle vint se ran-
ger auprès de moi et me dit : « Ma chère et bonne
maîtresse, demande, je t'en prie, que je ne sois pas

séparée de toi, et que si l'on nous vend nous soyons vendues ensemble. »

Ces paroles étranges résonnèrent à mon oreille, mais je me refusai à les comprendre. J'étais là, les yeux fixés à terre et le corps immobile, lorsqu'un de ces hommes, qui paraissait à son costume être le chef des autres, s'approcha de moi assez poliment, et me pria de lui remettre l'arme que je portais à ma ceinture.

Sa manière de procéder me parut infiniment convenable au prix de ce que je venais d'essuyer de la part de ses compagnons. Je levai vers lui un regard adouci, et, détachant mon poignard, dont la valeur était des plus précieuses, je le remis en ses mains.

Je vis bientôt dans les regards de ces hommes avides que l'objet que je venais de remettre à leur chef, loin d'apaiser leur cupidité, ne faisait que l'exciter davantage et qu'ils convoitaient les riches ornements de ma parure.

Je ne me trompais pas. Au bout de quelques instants, je les vis s'approcher de leur chef, qui, tenant l'arme précieuse, l'observait avec attention. Ils lui parlèrent dans un langage que je ne comprenais pas. Ils joignaient à leurs paroles des gestes significatifs, auxquels je vis clairement que

je ne resterais pas longtemps en possession de mes
riches habits. Leur chef paraissait s'opposer à
leurs desseins; mais, de leur côté, ils insistaient
avec force.

Sur ces entrefaites, l'un d'eux, se détachant du
groupe, vint à moi et se mit en devoir de m'enlever
l'éblouissante ceinture qui retenait ma tunique.
A ce mouvement je poussai des cris désespérés, je
franchis l'espace qui me séparait de leur chef, et,
me jetant à ses pieds, je m'y attachai de toutes mes
forces. Une rumeur soudaine se fit autour de moi ;
tels qu'une bande de loups se presse autour d'une
proie, ainsi ces hommes brutes et féroces m'entouraient avec d'affreux ricanements.

A cet instant, le chef, tirant son sabre et l'élevant
au-dessus de moi, leur commanda de se reculer,
menaçant de faire tomber la tête du premier qui
désobéirait à cet ordre.

Le silence se fit, et ils s'éloignèrent de quelques
pas; mais de nouveaux murmures s'élevèrent encore. Alors le chef déclara à haute voix abandonner
sa part du butin qui était sur le rivage, en ajoutant
qu'il me gardait pour lui et que rien au monde ne
l'obligerait à renoncer à ma capture. Prenant alors
un instrument d'acier, il détacha les diamants dont
la poignée de l'arme que je lui avais remise était

incrustée, et les distribua à ces hommes, qui s'éloignèrent aussitôt et s'occupèrent immédiatement à
partager entre eux les marchandises que leur chef
venait de leur abandonner.

Ma reconnaissance pour l'homme généreux qui
venait de me prendre sous sa protection éclata avec
force; je me prosternai à ses pieds, que j'embrassai
avec transport; des larmes inondaient mon visage,
et je ne pouvais parler.

A la fin la parole revint sur mes lèvres tremblantes, et je le suppliai de me laisser retourner dans
ma demeure, auprès d'un vieillard, mon grand-père,
qui mourrait de douleur s'il ne me revoyait plus.

Il m'écoutait et me regardait en silence.

— Jeune fille, me répondit-il, d'où viens-tu? Où
est ta demeure? Et comment se fait-il que tu sois
venue ici en compagnie de cette esclave, aussi jeune
que toi?

Je lui donnai tous les détails de ma promenade
imprudente, dont le récit naïf amena le sourire sur
ses lèvres.

— Jeune fille, me dit-il après que j'eus achevé
de parler, tu veux revenir dans ta demeure; mais
oseras-tu te remettre en route, seule avec ton esclave? La nuit s'avance; que feras-tu contre les dangers qui peuvent encore te menacer sur ton chemin?

Il me disait ces mots avec l'accent de l'intérêt le plus sincère. Je demeurai muette. Je ne savais que lui répondre. J'aurais voulu qu'il vînt m'accompagner, mais je n'osais le lui demander.

— Veux-tu, me dit-il, que je te ramène à ton vieux grand-père?

Je levai vers lui des regards pleins de la plus vive reconnaissance, et j'acceptai son offre avec empressement.

— Il n'y a pas de temps à perdre, me dit-il, partons.

Aussitôt il donna des ordres. On lui amena un beau cheval qui paissait à quelques pas. Il me plaça sur la croupe de son coursier, sur lequel il monta ensuite. Il prit le soin d'entourer ma taille d'une large ceinture qu'il attacha solidement autour de lui.

J'aurais dû m'étonner de la facilité avec laquelle cet homme semblait abandonner une capture qui venait de lui coûter si cher. Mais aucun autre sentiment que celui de la vive gratitude dont j'étais pénétrée ne pouvait avoir accès dans ma pensée et dans mon cœur.

Nous nous éloignions avec une extrême vitesse, lorsque je vins à me rappeler ma pauvre Dola, qui était restée sur le rivage de la mer. J'en exprimai

mes regrets en plaintes amères. « Tu reverras ta
négresse, » me répondit sans s'émouvoir cet inconnu.

Au bout de quelques heures d'une course rapide,
j'aperçus, à la clarté d'une belle nuit, telle qu'il n'y
en a pas sous le ciel de l'Europe, les arbres qui entouraient l'habitation de mon grand-père. Je m'empressai de les montrer à l'inconnu, qui, à mon indication, arrêta son cheval. Il détacha la ceinture qui
me retenait à lui et mit pied à terre; puis, me prenant dans ses bras, il me déposa et me fit asseoir
sur son manteau, qu'il avait eu le soin d'étendre
sur le rivage. Il resta debout devant moi, la bride
de son cheval à la main, dans l'attitude d'un
homme qui se dispose à partir.

— Eh bien, me dit-il, d'une voix caressante,
tu es maintenant auprès de ta demeure... Tu ne
cours plus aucun danger... Je vais te quitter...

— Me quitter, m'écriai-je, sans venir te reposer
sous mon toit! Sans que mon grand-père voie celui
à qui je dois tout!... Quelle idée te fais-tu de ma
reconnaissance? Et la crois-tu déjà éteinte dans mon
cœur?

Il jeta la bride sur le cou de son cheval, qui demeura immobile, puis il s'assit auprès de moi, et
resta quelques instants sans parler.

— Non, me dit-il enfin, d'une voix brève et sac-
cadée, non, je ne puis aller me reposer dans ta demeure. Ne me demande pas pourquoi...

Restons ici quelques instants, ajouta-t-il après
un long silence. Oh! que cette nuit est belle pour
celui dont le cœur est en paix; pour celui qui,
jouissant d'une vie calme, pourrait s'abandonner
sans arrière-pensée au bonheur de se sentir aimé!
Pour moi, errant sans cesse sur l'immensité des
mers, seul au milieu de ces hommes dont il me
faut accepter l'ignoble société, pour moi le bonheur n'existe plus depuis longtemps... Comment
puis-je supporter la vie! Oh! je voudrais mourir!

— Ne meurs pas, m'écriai-je dans la simplicité
de mon cœur. Parle, que te faut-il pour être heureux? Nous avons des trésors immenses. Eh bien,
nous les partagerons avec toi!

— Des trésors! me répondit-il en appuyant sur
ces mots avec dédain, des trésors! Ils ne pourraient
me rendre heureux, si nombreux qu'ils fussent. O
ma mère! pourquoi faut-il que je t'aie perdue si tôt?

En achevant ces paroles vagues, mais émouvantes
pour un cœur naïf comme l'était le mien, il courba
sa tête dans ses mains et soupira profondément.

Je souffrais de sa douleur, mais cette fois je n'o-
sais parler. Je craignais de l'avoir blessé en lui of-

frant mes trésors, et j'étais devenue embarrassée.

Il continua ainsi ses plaintes pendant quelques temps. Peu à peu ses discours devinrent moins tristes ; il me fit beaucoup de questions sur moi, sur ma famille, sur notre habitation. Enfin, si je n'avais pas été inexpérimentée comme je l'étais alors, je me serais demandée quel était le but de toutes ces questions qu'il m'adressait. Mais comment aurais-je pu éprouver de la méfiance pour un homme qui venait de me sauver d'un si grand péril, et qui avait fait si noblement le sacrifice de ses intérêts ?

La conversation fut longue ; le temps passait vite. Je sentais dans mon cœur une vive reconnaissance pour cet inconnu, et dans mon imagination je le revêtais des qualités les plus nobles, des vertus les plus éminentes.

Le silence le plus complet avait succédé à notre entretien. J'étais sous un charme qui absorbait mon être tout entier. Je ne vivais déjà plus de ma vie passée. Une existence nouvelle surgissait en moi, et j'écoutais en silence et sans m'en rendre compte les accents inconnus qui, semblables à des harmonies mystérieuses, s'élevaient des profondeurs les plus secrètes de mon cœur. La vie réelle avait disparu pour moi. Les moments passaient rapides et inaperçus. L'inconnu rompit le premier le silence,

en se disposant à partir. J'éprouvai à ce moment
un serrement de cœur inexprimable. Il fit quelques
pas; puis, se rasseyant de nouveau :

— Écoute, me dit-il d'un ton grave, es-tu capable de garder un secret?

— Oui, lui répondis-je avec fermeté, oui, surtout
si ce secret te touche.

— Eh bien, me dit-il en fixant sur moi un regard
pénétrant qui me fit tressaillir, tu diras à ton grand-
père qu'un inconnu que tu as rencontré dans ta
promenade t'a ramenée ici; que cet homme t'a trouvée dans les bois où tu t'étais égarée en compagnie
de ta négresse qui est devenue la proie des bêtes
fauves. Tu lui diras que cet inconnu t'a sauvée d'un
grand péril. Mais je te défends de dire que tu m'as
rencontré sur les bords de la mer et de raconter
ce que tu as vu, car si tu le disais, jamais tu ne
me reverrais.

— Sois sans crainte, m'écriai-je, comment pour-
rais-je te désobéir à toi qui m'as sauvée ?

Il reprit sans s'émouvoir :

— Je reviendrai à cette même place, où nous
sommes, demain, à cette heure, et tu t'y trouveras.

A cette injonction, je demeurai muette et interdite.

— Oui, reprit-il avec insistance, tu t'y trouveras.
Mais tu sembles hésiter à me répondre! Serais-tu

assez peu confiante, assez peu généreuse pour me refuser quelques instants d'entretien, à moi qui t'ai rapportée ici au prix de sacrifices dont le plus grand pour moi serait de ne plus te revoir ?

Hélas ! je promis tout ce qu'il voulut ; je m'engageai, sous la foi des serments les plus solennels, à ne révéler à personne ce que j'avais vu sur le rivage de la mer. C'est ainsi que je commençai à entrer dans la voie coupable qui devait aboutir à la perte de mon bonheur.

Je ne chercherai point une excuse dans mon jeune âge. Non ! car je ne le pourrais sans mentir à ma conscience. Restée seule, je réfléchis au mystère dont s'entourait cet inconnu. Je me rappelai avec effroi les visages sinistres de ses compagnons. Je me demandai quels étaient les rapports qui pouvaient exister entre un homme tel qu'il paraissait être et ces hommes grossiers.

A mesure que je cherchais à éclaircir ce mystère, des doutes se présentaient à mon esprit. Mais je souffrais en essayant de soulever le voile dont s'enveloppait cet inconnu, et j'appréhendais d'arriver à des découvertes qui auraient pu détruire l'auréole dont je l'avais entouré. Je tenais à mes illusions, et rien ne me coûtait pour les conserver. Je ne reculai pas devant le mensonge. Je consentis à tromper mon

grand-père, dont les sages conseils auraient pu me
préserver d'un entraînement funeste. En un moment j'eus oublié ce que je lui devais de confiance
filiale.

Il était temps de rentrer dans ma demeure, vers
laquelle je ne m'avançais que lorsque j'eus perdu
de vue l'inconnu qui déjà prenait une si large part
de mon existence. Je rentrai à pas lents, comme à
regret et tout absorbée. Il était deux heures du matin; les gens de notre maison étaient tous sur pied.
Mon grand-père les avait envoyés dans toutes les directions afin de me chercher. Il était resté seul avec
un vieil esclave, aussi âgé que lui, qui m'avait vu
naître et qui ne le quittait jamais.

La vue de mon grand-père, qui auparavant me
faisait tressaillir d'aise, me fit au contraire éprouver
de la gêne. Tout autre que lui aurait remarqué mes
réponses lentes, ma contenance embarrassée; mais
la joie de m'avoir retrouvée répandait autour de lui
comme un nuage à travers lequel il voyait et entendait; il m'écoutait avec transport, m'interrompant souvent pour me caresser.

Enfin, quand il eut compris qu'il devait le bonheur de me revoir à un étranger dont j'ignorais le
nom, il me reprocha de ne l'avoir pas amené dans
notre demeure; il combla de ses bénédictions cet

inconnu, pour qui, disait-il, aucune récompense
n'était assez grande.

Je commençai à reprendre ma liberté d'esprit;
c'est qu'alors je pouvais donner issue, sans mensonge, aux sentiments qui remplissaient mon cœur.
Je parlai de mon libérateur avec un enthousiasme
passionné. Mon grand-père m'écoutait toujours avec
ravissement, et sans le savoir il devenait ainsi l'in-
nocent et ignorant complice de ma fraude.

Enfin, j'allai prendre quelque repos; mais ce
jour-là le sommeil ne put fermer mes paupières. La
fièvre brûlait mon sang et exaltait mon cerveau. Je
songeais, avec une émotion profonde, à la nuit qui
allait suivre; je redoutais et je désirais à la fois le
moment où j'allais revoir cet inconnu. J'éprouvais
du remords à tromper mon grand-père, lui qui
m'aimait si tendrement, lui dont la confiance en moi
était si grande, qu'il n'aurait pas imaginé que je
pusse le tromper! Plusieurs fois je fus sur le point
d'aller vers lui et de lui tout avouer; mais ce sacrifice était au dessus de mes forces, et je renonçai à
l'accomplir.

La nuit venue, il me fallut songer à préparer ma
sortie nocturne. J'essayai d'abord de me déguiser
en me revêtant, quoiqu'à regret, des habits de ma
négresse Dola; je me regardai ainsi vêtue, et, me

trouvant peu digne de paraître dans cet état aux
regards de mon libérateur, je repris mes vêtements
de la veille, en ajoutant à ma parure des perles fines
et des diamants. Ensuite j'eus soin de me recouvrir entièrement d'un ample manteau. Je descendis
doucement de ma chambre ; il me fut facile de sortir sans éveiller personne. Mon grand-père et tous
ses serviteurs, accablés de fatigue, dormaient du
plus profond sommeil.

Mon cœur battait à coups redoublés. Mes pas se
précipitaient incertains et tremblants. J'arrivai ainsi
à l'endroit du rivage qui m'avait été indiqué ; au
même instant les pas d'un cheval se firent entendre,
et l'inconnu se trouva auprès de moi.

J'étais embarrassée de mon imprudente démarche, et je la regrettais ; mais la joie de revoir mon
libérateur eut bientôt pris la place de mes scrupu-
les. J'ôtai mon manteau, et j'étalai aux yeux de
l'inconnu des rivières de perles et de diamants.

Nous nous assîmes à côté l'un de l'autre dans le
silence le plus complet, que l'inconnu interrompait
de temps en temps par de profonds soupirs. Il avait
déjà compris que c'était en s'adressant à mes sentiments généreux qu'il pouvait parvenir à me faire
oublier mes devoirs. Il procédait avec prudence et
cachait adroitement son but. Il attendait tout de ma

nature impressionnable et généreuse, et il ne se
trompait pas.

Nous passâmes ainsi de longues heures durant
lesquelles je lui parlai, une fois mon premier embarras passé, avec l'expansion et la franchise qui
étaient dans mon caractère. Il était avec moi d'une
réserve qui augmentait la confiance que je lui avais
accordée. Il parlait avec retenue et modestie; ses
paroles semblaient être l'expression de pensées
pures, de sentiments élevés. Étrange contraste, il
faut bien le reconnaître, qui se trouvait entre ses
paroles et la démarche, blessante pour ma délica-
tesse, qu'il avait sollicitée de moi, ou, pour mieux
dire, qu'il m'avait imposée avec tant d'autorité et en
invoquant les services qu'il m'avait rendus !

Mais j'étais volontairement aveugle, et si le voile
qui couvrait mes yeux se soulevait parfois, je m'em-
pressais de le ramener, tant je redoutais de voir s'é-
vanouir le charme dont je me sentais enveloppée.

L'inconnu parlait avec facilité; toutefois la conversation continuait sans amener de sa part aucune
confidence, et il restait toujours enveloppé de mystère. Il voulait être bien sûr de moi avant de mettre
ses projets à exécution. Il me parlait avec une telle
prudence, que notre entretien eût pu se faire en présence de ma mère. Il s'étudiait à faire naître, bien

4

que froidement et sans passion, la passion immense
dont il commençait à découvrir en moi les premiers
symptômes.

L'heure était venue de nous séparer. Il me dit
d'une voix profondément émue :

— Ne me refuse pas aujourd'hui ce que tu m'as
accordé hier ! Qu'il me soit donné de te revoir encore dans ces mêmes lieux !

Hélas ! j'accordai ce qu'il me demandait. J'avais
commencé à marcher dans une voie dont il m'eût
été pénible et difficile de sortir. J'étais comme celui
qui, s'avançant sur une pente insensible, descend
d'abord tranquillement, mais qui, rencontrant une
déclive et ne pouvant arrêter ses pas, suit le mouvement que lui imprime la pente rapide sur laquelle
il se trouve entraîné malgré lui.

Je me rendis à ces entrevues nocturnes, que l'inconnu sollicitait chaque fois avec plus d'empressement. C'était au moins pour la dixième fois que se
renouvelait ma coupable imprudence, lorsque, la
nuit qu'eut lieu notre dernière entrevue sur les
bords de la mer, il me dit :

— Belle Nahouma, consolation de mon âme souffrante, je suis obligé demain de m'éloigner de toi
pendant quelque temps. J'ignore le moment où je
reviendrai sur ces bords, que je quitte avec tant de

regret; mais sois sûre que tu me reverras, et cette fois j'entrerai dans ta demeure. Lorsque tu me recevras, rappelle-toi de ne rien dire qui puisse trahir le secret que tu t'es engagée à garder.

Il me serait impossible de dépeindre la douleur que j'éprouvai en le voyant partir, et je ne chercherai pas à la retracer : ces souvenirs me sont devenus pénibles, et loin de les rappeler, je voudrais au contraire les ensevelir dans l'oubli le plus profond. Mais je me suis engagée à vous dire les événements qui m'ont amenée dans l'étrange position où vous me voyez, et je n'omettrai rien.

A ce moment du récit de Nahouma, la négresse, qui était sortie un instant, rentra ; elle venait annoncer que les alentours du château étaient sans danger et que la nuit était belle. — Bien, ma chère Dola, répondit d'un accent affectueux l'Indienne. Va ouvrir la petite porte, je te suis à l'instant.

— Je vais, dit-elle à la Boëtie avec un amer sourire, je vais faire ma promenade nocturne. Hélas ! habituée aux rayons chauds et brillants du soleil de l'Inde, je n'ai plus maintenant d'autres rayons que ceux de l'astre des nuits, d'autre lumière que celle de mes lampes !

En disant ces mots, elle sortit.

La Boëtie ne tarda pas à s'endormir. Grâce aux soins intelligents de l'Indienne, ses forces se rétablissaient rapidement; elle possédait le secret de remèdes puissants, et avait en réserve des baumes tirés de plantes au suc balsamique et efficace pour guérir les blessures. Chaque jour elle brûlait dans sa cassolette des parfums qui ramenaient la vigueur dans le cerveau épuisé du malade.

II

Le lendemain matin, la Boëtie, en s'éveillant, se trouva si bien disposé qu'il se leva; et il était revêtu de ses habits lorsque l'Indienne, suivie de sa négresse, arriva à son heure accoutumée.

— Allons, dit-elle en souriant, vous voilà maintenant rétabli et prêt à quitter ma retraite, si vous n'étiez retenu par le désir de savoir ce qui me reste à vous raconter.

— Madame, s'empressa de répondre avec courtoisie le jeune chevalier, un intérêt curieux n'est pas le seul motif qui retardera mon départ; la reconnaissance que j'ai pour vous au plus profond de mon cœur suffirait seule pour me retenir encore.

En achevant ces mots, il s'inclina et, avec un mou-

4.

vement plein de grâce, baisa respectueusement la
main de sa bienfaitrice.

Le repas du matin achevé, Nahouma invita la
Boëtie à parcourir le souterrain, ce qu'il accepta
avec empressement. Elle dit alors à sa négresse
d'éclairer, dans toute leur étendue, ces lieux ordinairement plongés dans l'obscurité.

Quelques instants après, suivie de son convalescent, Nahouma s'avança avec lenteur sous ces voûtes silencieuses et solitaires, dans ce labyrinthe où
il aurait fallu le fil d'Ariane pour tout autre que
pour l'Indienne, habituée depuis longtemps à parcourir ces nombreux détours.

Au sortir de la chambre occupée par la Boëtie,
s'en trouvait une autre à peu près semblable et
meublée de la même façon ; puis l'on s'engageait
dans des détours infinis, qui, par une pente d'abord
insensible, ensuite rapide, descendaient longtemps
et finissaient par aboutir à une vaste salle.

— Je ne revois jamais ce lieu sans un sentiment
d'horreur, dit Nahouma à la Boëtie en lui montrant
des instruments de supplice de toute sorte. C'est
ici, continua-t-elle, que se sont exercées bien des
injustices dans le temps de la féodalité. Mais sor-
tons de ces lieux lugubres, trempés du sang des faibles et des malheureux. Avançons-nous de ce côté ;

là le souterrain nous offrira un intérêt moins sinistre.

Ils arrivèrent à un endroit où de nouveaux détours se présentèrent; l'Indienne s'y engagea sans indécision, et bientôt ils se trouvèrent sous une épaisse voûte au-dessus de laquelle se faisait entendre un murmure sourd et continu.

— Nous sommes sous la rivière, dit alors Nahouma, et ses eaux finiront à la longue par user l'intervalle qui les sépare de ma triste demeure. Déjà vous pouvez apercevoir de minces filets d'eau qui, circulant à travers la voûte, sont les avant-coureurs de sa destruction.

Ils restèrent peu de temps dans ce lieu trempé d'humidité, et ils commencèrent à remonter, s'arrêtant çà et là à regarder les nombreux compartiments du souterrain.

Enfin ils avaient achevé leur visite, et la Boëtie, installé dans son fauteuil de convalescent, attendait la continuation du récit que Nahouma l'Indienne reprit en ces termes :

— Après le départ de mon libérateur, je tombai dans un état de souffrance intérieure impossible à décrire. Bientôt je m'affaissai sous le poids de la tristesse qui s'était emparée de moi. Toutefois je

cachais avec soin l'état de mon âme et je m'efforçais
de le combattre. C'était en vain, et je dépérissais
d'une manière évidente, lorsqu'on vint un soir
nous annoncer qu'un étranger demandait à être introduit.

A cette nouvelle, si longtemps attendue, je restai
privée de sentiment.

Lorsque je repris l'usage de mes sens, je vis mon
libérateur auprès de moi. Mon grand-père se répandait en transports de reconnaissance, tels que la
langue orientale peut seule les exprimer. L'inconnu
accueillait ces manifestations sans en paraître ému.
Il promenait des regards investigateurs sur tout ce
qui l'entourait. Je fus frappée, je l'avoue, de la froide
impassibilité de son visage. Bientôt il vint à se rappeler sans doute qu'il avait un rôle à remplir et
qu'il l'oubliait. Il changea subitement de contenance
et devint affectueux et empressé ; il répondit avec à-
propos à toutes les questions que lui adressait mon
grand-père. Il débita avec un art infini le récit men-
teur des périls dont il m'avait sauvée ; en même
temps il m'invitait du regard à lui venir en aide, ce
que je fis avec un embarras visible pour tout autre
que pour mon grand-père, rempli de confiance en
moi et croyant aveuglément tout ce que je lui disais.

Peu à peu je m'habituai à cette position fausse.
Dès le lendemain, l'inconnu était déjà installé dans
notre demeure. Nous lui avions donné un superbe
appartement; nous avions mis à sa disposition notre
luxe le plus éblouissant. Mon grand-père s'empressa
de lui offrir des armes d'une grande valeur. Il
reçut ces témoignages de notre gratitude sans paraître y attacher un grand prix, professant dans
ses discours un désintéressement qui était bien
loin de sa pensée.

Mon grand-père, d'une nature très-expansive,
l'initiait peu à peu à toutes ses affaires. De son côté
l'inconnu prit soin de lui donner sur lui-même
les détails en apparence les plus confiants. Il dit
qu'il appartenait à une race ducale du royaume
de Naples; qu'ayant perdu tout enfant sa mère, et
son père s'étant remarié, il avait été frustré d'une
grande partie de son héritage. Le reste, mal gou-
verné par son père, s'était dissipé. Il s'était trouvé,
à l'âge de vingt ans, sans autre ressource que celle
d'une brillante éducation; qu'alors il était entré au
service du roi de Naples, où il était resté huit ans; ce
temps fini, il avait reçu pour récompense de ses services dévoués le titre de duc de Caprée, avec le don
d'un vaisseau; qu'à ce moment, abandonnant la
carrière militaire, il avait embrassé le négoce qu'il

faisait depuis deux ans sur les côtes et dans les mers
de l'Inde. Il ajouta qu'il avait confié pour quelque
temps, le soin de son commerce et de son navire à
un ami intime qui se trouvait en même temps son
lieutenant.

Il flattait ainsi adroitement mon grand-père,
qui ne se sentit pas de joie en entendant qu'un duc
napolitain n'avait pas dédaigné d'embrasser la carrière du négoce. Charmé de plus en plus de ce *duc*,
et ne pouvant lui montrer des titres de noblesse
qu'il n'avait pas, il continuait à lui découvrir toujours davantage les trésors de son immense fortune
et les ressorts infinis de son commerce. Enfin l'intimité entre eux devint telle, que mon grand-père lui
offrit de l'associer à ses opérations et de lui donner une large part dans ses profits, ce que le *duc
de Caprée* s'empressa d'accepter.

Trois mois s'étaient écoulés ; le prétendu duc de
Caprée avait pendant ce temps complétement ac-
quis la confiance de mon grand-père. Il l'aidait dans
son négoce avec intelligence et activité.

Enfin mon grand-père lui dit dans un moment
d'enthousiasme : —Noble duc ! que n'ai-je des titres
comme toi ! je te donnerais ma fille Nahouma en
mariage ; mais un intervalle trop grand nous sépare... Je ne suis qu'un négociant...

—. Noble vieillard, lui répondit le faux duc, que
cet aveu n'étonna nullement, la pensée que tu ex-
primes en ce moment est entrée dans mon cœur dès
les premiers moments où j'ai vu Nahouma. Nous
nous aimons, et désormais tu peux me regarder
comme ton fils.

A cette réponse, mon pauvre grand-père fit éclater des transports de joie inouïs. Il me fit appeler
sur-le-champ et me dit :

— Nahouma, ma fille bien-aimée, toi que le ciel
destine à entourer mes derniers jours d'honneur et
de félicité, viens et rends hommage à celui qui veut
bien te recevoir de mes mains pour son épouse.

Le reste de la journée se passa pour moi plein
d'enchantements. Désormais le bonheur m'apparaissait solide et durable, en déployant à mes yeux
des perspectives infinies. J'oubliai entièrement que
c'était le mensonge qui m'avait ouvert la voie où je
me trouvais engagée, et les réflexions qui s'étaient
auparavant élevées dans mon esprit disparurent
complétement de mon souvenir.

Je m'enivrai à longs traits de la vie ravissante
qui s'offrait à mon cœur aimant et à mon imagination richement douée. Je ne vous dirai point ici ces
jours de mon existence, ces soirées passées sous le
beau ciel de l'Inde, ces ravissements qui remplis-

saient mon âme et m'enlevaient à la vie réelle.
J'ignorais, dans la simplicité de mon cœur, que le
faux duc de Caprée, tel qu'un spectateur assiste à
une scène qui le distrait agréablement, assistait froidement à ce spectacle, nouveau pour lui, d'une âme
qui aimait avec tant de dévouement, avec tant de
sincérité.

J'ignorais alors qu'habitué à vivre dans le dés-
ordre, vieux de cœur quoique jeune d'âge et de
force, il était déjà blasé, et que la vie morale s'était
éteinte en lui.

Cependant l'influence d'une âme telle que la
mienne ne pouvait demeurer sur lui sans effet. Il
est pour les êtres les plus corrompus, pour les
cœurs les plus blasés, pour les esprits les moins
élevés; il est, dis-je, pour ces êtres-là des moments
où le contact d'autres êtres, au dedans desquels
rayonnent avec puissance la vie morale et l'idéal,
les anime et les pénètre de telle sorte qu'il s'opère
en eux comme une espèce de transfiguration.

Dans ces rapports invisibles, mais réels, il existe
pour l'être blasé qui reçoit cette vie nouvelle un
attrait qui le charme. Mais cet attrait ne sera pas
durable; la raison en est toute simple : n'étant que
le résultat d'une vie d'emprunt, il disparaîtra avec
elle.

Je me rappelle avec étonnement, aujourd'hui que mes illusions se sont dissipées, le changement qui s'opéra et dura quelque temps dans la physionomie du faux duc. Il se développa sur son visage une expression de *vie morale* qui n'y existait pas auparavant. J'admirais, sans m'en rendre compte, ce rayonnement qui ne fut qu'un reflet de courte durée.

Avant l'arrivée de l'inconnu, mon père était reparti pour un long voyage maritime. Selon son habitude, ma mère l'avait suivi.

Nous aurions dû attendre leur retour avant de promettre ma main au duc de Caprée. Mais j'étais tellement enivrée de ma folle passion, mon grand-père était tellement flatté de l'idée d'avoir un duc dans sa famille, que nous passâmes sur toutes les considérations raisonnables qui auraient dû nous faire du moins ajourner la célébration de mon mariage, jusqu'au retour de mon père et de ma mère.

Ce fut en vain que le frère de mon grand-père, homme plein de sens et de discernement, opposa dans cette occasion ses sentiments aux nôtres. Ce fut en vain qu'il nous dit que nous entrions trop précipitamment dans une voie où mon bonheur pouvait courir de grands risques. « Un mariage, nous disait-il, est un acte bien grave, et une femme, doit bien connaître celui à qui elle se

5

lie. Cet homme, ajoutait-il avec raison, n'a donné
jusqu'à présent aucune preuve de ce qu'il avance. »
Tout fut inutile, nous continuâmes à marcher, mon
grand-père et moi, dans la voie qui devait aboutir
à la perte de mon bonheur et à notre ruine entière.

J'aurais dû, à ce moment, avouer à mon grand-
oncle ce que j'avais tenu secret. J'aurais dû lui dire
ce que j'avais vu sur le rivage de la mer, le jour où,
pour la première fois, j'avais rencontré celui qui
allait devenir mon époux. Nul doute que cet aveu
n'eût amené sur le duc de Caprée des découvertes
qui auraient mis obstacle à mon mariage. Mais c'é-
tait là ce que je redoutais, et je voulus fermer les
yeux, malgré quelques appréhensions qui s'élevaient
encore dans mon esprit.

Notre mariage fut célébré. Mon époux avait exigé
qu'il se fît sans éclat et sans bruit. Fidèles obser-
vateurs de sa volonté, nous lui avions scrupuleuse-
ment obéi. Une seule pensée absorbait mon âme
tout entière : entourer de bonheur, combler de nos
richesses celui que j'aimais. Une seule pensée préoccupait le faux duc : satisfaire ses penchants dépravés, s'emparer de nos trésors.

Nous étions restés à notre habitation des champs,
mon époux ayant témoigné un vif désir de demeurer
encore, disait-il, dans les lieux où il avait, pour la

première fois de sa vie, goûté le bonheur, lorsqu'un soir arriva un homme qui se présenta comme étant depuis longues années au service du duc de Caprée. Il s'appelait Malano; il s'installa sur-le-champ au service de son maître, avec lequel il avait une familiarité qu'ils dissimulaient l'un et l'autre, mais qu'ils ne parvenaient pas à cacher complétement. Ce ne fut qu'après les événements qui suivirent que je me rappelai cette circonstance; au moment dont je vous parle, je n'y songeai pas.

Le surlendemain de l'arrivée de ce Malano, mon époux m'offrit de faire avec lui une promenade sur la mer, dans une chaloupe que son serviteur devait guider.

— Ma bien-aimée, me dit-il, nous reverrons ensemble ces bords où tu m'as rencontré. Nous voguerons sur la pleine mer et nous reviendrons ensuite dans notre demeure.

J'acceptai avec joie son invitation, et je m'empressai d'aller avertir mon grand-père de l'heureuse promenade qui se préparait pour moi.

— Pars, mon enfant, me dit-il en m'embrassant, revêts-toi de tes plus beaux habits ! Aucune parure n'est trop belle pour la duchesse de Caprée. En achevant ces mots, il entoura mon cou d'un collier de grand prix qu'il avait reçu la veille d'un de ses correspondants.

Je me dirigeai, appuyée sur le bras de mon époux, vers le rivage de la mer. Nous aperçûmes bientôt la chaloupe élégante sur laquelle Malano nous attendait. Elle était pavoisée et peinte de belles couleurs ; j'y trouvai un superbe divan sur lequel mon époux me fit asseoir auprès de lui. Bientôt après notre chaloupe fendait les flots. Nonchalamment couchée sur les coussins moelleux du divan, je contemplais avec ravissement le spectacle grandiose de la pleine mer sur laquelle nous voguions en silence.

Déjà le rivage ne se montrait plus à nos yeux que sous une forme vague et indécise. A ce moment je tournai mes regards sur mon époux. A peine l'eus-je envisagé, que je fus frappée de l'expression sinistre de sa physionomie ; ses regards se dérobaient aux miens. Il se leva, et, prenant une rame, il poussa encore plus vivement notre chaloupe du côté de la pleine mer. Malano et lui échangèrent quelques mots que je ne compris pas.

Au bout de quelques instants, je vis Malano prendre une lunette d'approche et regarder au loin sur la pleine mer. Il remit la lunette à son maître, qui, ayant regardé à son tour, la déposa et se

mit à diriger le gouvernail de manière à faire avancer la chaloupe du côté où il venait de regarder.

Je suivais avec curiosité tous ces mouvements,
au milieu desquels mon époux me paraissait plus
préoccupé qu'il n'aurait dû l'être dans une simple
promenade.

Bientôt un point noir apparut au loin; c'était
vers ce point que mon époux et Malano dirigeaient
la chaloupe avec ardeur. Je me hasardai alors à
dire qu'il était temps de rentrer... Je ne reçus
d'autre réponse qu'un coup d'œil sinistre de Malano,
qui me fit frémir... Je gardai le silence...

Nous nous rapprochions de ce point noir; peu
à peu il grandissait, et la forme d'un navire se développait lentement. Au bout de peu de temps, nous
nous trouvâmes auprès d'un immense vaisseau dont
le profond sillage menaçait d'engloutir notre frêle
embarcation.

A ce moment, des cris sauvages se firent entendre; je levai mes regards vers ce navire, et je vis le
pont couvert d'hommes, parmi lesquels je reconnus ceux dont j'avais failli devenir la victime sur le
rivage de la mer.

Il me fut impossible de garder le silence.

— Où allons-nous? m'écriai-je avec angoisse,
quels sont ces hommes?

— Ces hommes, me répondit froidement le faux
duc, tu les connais déjà et tu sais qu'ils sont mes
compagnons.

A ces mots, le souvenir du mensonge dans lequel j'avais trempé revint à mon esprit.

— Oui, lui répondis-je d'une voix altérée, c'est
vrai... je les connais...

Des appréhensions sinistres s'emparèrent aussitôt de mon cœur ; mais je sentais instinctivement
que je devais les refouler au dedans de moi. Et puis
je me disais aussi que j'étais sous la protection de
mon époux.

Une échelle de corde descendit du navire jusque
dans la chaloupe. Malano me dit que je devais monter ; mais je ne savais comment m'y prendre pour
marcher sur cet escalier mouvant ; mes hésitations
et ma maladresse excitèrent les rires et les propos
grossiers de ces hommes. Je me tournai vers mon
époux, je vis avec douleur qu'il m'avait oubliée et
qu'il était occupé à se charger de ballots qui étaient
cachés dans un coin de la chaloupe. Je souffrais et
j'attendais.

Tout à coup, je vis apparaître sur le pont du navire ma négresse Dola, qui me tendait ses bras en
pleurant de joie. Elle comprit de suite que je ne
pouvais monter seule ; en un instant, elle descendit

l'échelle de corde et se trouva auprès de moi. Nous
tombâmes dans les bras l'une de l'autre.... puis
elle se baissa, et, me faisant asseoir sur ses épaules, elle me recommanda de me bien tenir, et s'a-
vança sur l'échelle, s'y cramponnant d'une main et
de l'autre me retenant. Elle arriva ainsi et me déposa sur le pont; bientôt, me prenant par la main,
elle m'emmena dans une cabine pour s'abandonner, sans témoins importuns, à la joie qu'elle
éprouvait de me revoir. Seule avec moi, elle épuisa
toutes les manifestations de l'affection la plus vive.
Passant ensuite d'une joie excessive à un excès de
douleur avec cette rapidité qui appartient à la race
des noirs, elle se mit à pleurer sur moi avec des
lamentations naïves et déchirantes qui remplissaient mon cœur de tristesse.

C'était en vain que je lui demandais des explications, elle continuait sa complainte douloureuse.
Enfin elle s'interrompit, et ce fut pour aller chercher des aliments, des boissons de toute sorte,
qu'elle rangea sur une table au devant de moi.

— Ma chère Dola, lui dis-je avec tristesse, rem-
porte toutes ces choses; je n'y goûterai point d'aujourd'hui. Reviens ensuite et reste auprès de moi.

Dola revint; elle était plus calme, et je compris
que je pouvais lui adresser quelques questions.

— Chère compagne, lui dis-je, où est mon époux?

Elle me regarda d'un air étonné. Dans ma préoccupation, je n'avais pas songé que Dola devait ignorer mon mariage. A la fin, elle me répondit :

— Ton époux, tu es donc mariée?

— Oui, lui dis-je, je le suis à cet homme qui me sauva lorsque nous fûmes prises toutes les deux sur le rivage de la mer.

Je me mis alors à lui raconter tous les événements qui avaient précédé et amené mon mariage, sans lui cacher la fraude dont je m'étais rendue complice.

— Tu as eu tort, me dit-elle, de tromper ton grand-père et de mentir.

Puis, craignant d'en avoir trop dit et d'avoir manqué au respect qu'elle me devait, elle baissa les yeux avec embarras.

— Ton époux, reprit-elle, est retourné vers le rivage avec Malano et dix hommes d'escorte. Le vaisseau ne voyagera pas cette nuit, car il attendra ici le retour de son maître. Je te conseille de t'endormir si tu le peux; je resterai auprès de toi.

— Je sens, lui répondis-je, que je ne pourrais dormir.

Reprenant alors la conversation, je lui racontai comment j'avais été emmenée dans la chaloupe, croyant aller faire une promenade sur la mer, et sans savoir qu'on me conduisait à ce vaisseau.

— Mais, ma pauvre Dola, continuai-je, que t'est-il arrivé depuis que je ne t'ai vue? Raconte-le, je t'en prie.

— Bonne maîtresse, me répondit-elle, je ne puis te raconter ce qui m'est arrivé qu'en t'instruisant en même temps de choses qui te feront mal.....
Il vaudrait mieux, s'il était possible, que tu ignorasses avec qui tu t'es mariée... Mais, comme il est impossible que tu ne viennes à le savoir, je vais te faire avec vérité le récit de ce qui m'est arrivé et te dire tout ce que je sais sur ton époux. J'étais assise à l'écart, n'osant remuer, lorsque je te vis partir; je m'élançai pour te suivre, mais l'un de ces hommes, me retenant par le bras, me dit :

— Quoique tu ne sois pas d'une aussi bonne prise que ta maîtresse, tu resteras, négrillonne, pour faire peur aux oiseaux de nuit.

Je me cachai toute tremblante derrière un ballot de marchandises. J'en fus bien vite chassée par un rude coup de pied que me lança un de ces hommes grossiers et méchants. Je supportai ma douleur sans me plaindre; lorsque l'un d'eux, c'était Malano,

5.

s'écria : « Bon ! j'ai trouvé ce qu'il me faut ; en
voilà une qui se laisse battre sans rien dire, c'est ce
que j'aime. »

En disant ces mots, il me fit signe d'approcher;
je le fis en marchant péniblement, tant je souffrais
du coup que j'avais reçu à la jambe. Il me jeta un
morceau de pain, comme l'on fait à un chien. Je
pris ce pain, bien que je n'en eusse pas envie; mais
je comprenais qu'il me fallait accepter ce rôle hu-
miliant. Je tenais ce pain à la main. « Mange-le,
me dit-il, et tout de suite. » Je le mangeai...

— Allons, s'écria-t-il, je la prends à mon service !
elle garnira mes pipes, me chassera les mouches
quand je dormirai et se laissera battre. Un ricanement général suivit ces derniers mots.

Me voilà donc au service de Malano. Sur ces entrefaites, des Indiens, qui paraissaient s'entendre
avec ces hommes, leur amenèrent des chameaux ;
ils les chargèrent de leurs marchandises, et plusieurs
d'entre eux, après s'être déguisés en marchands
arméniens, partirent pour aller les vendre. Ils revinrent peu de temps après, s'embarquèrent dans
des chaloupes et arrivèrent, m'amenant avec eux à
ce vaisseau où nous sommes.

Enfin, ma chère maîtresse, j'appris, à n'en pas
douter, que ces hommes étaient des pirates ; que

leur chef était le fils d'un bandit napolitain, et s'appelait Roncelli, mais qu'il changeait de nom suivant les circonstances où il se trouvait. Il avait fui le royaume de Naples pour échapper aux peines qu'il avait encourues en suivant la carrière du brigandage, dans laquelle son père l'avait élevé dès ses jeunes années. J'ai eu même beaucoup de détails sur lui et sur sa famille par l'un des pirates. Moins corrompu que ses compagnons, cet homme regrette amèrement d'être entré dans la voie coupable où il s'est laissé entraîner par Roncelli.

Les pirates, continua Dola, restèrent encore quelque temps au même endroit, puis ils croisèrent en pleine mer et firent pendant ce temps une capture importante. Oh! ma bonne maîtresse, ta pauvre Dola a été témoin d'un combat terrible entre les pirates et les gens d'un vaisseau qui a été pris par eux il y a environ deux mois. Tout l'équipage fut impitoyablement massacré par ces hommes affreux.

En entendant ce récit, je me livrai au plus violent désespoir. Ainsi donc le duc de Caprée se trouvait le fils d'un bandit, et il était lui-même chef de pirates...

Ma fidèle Dola cherchait en vain à calmer ma douleur...

— Prends courage, me disait-elle, il y a ici un

infortuné qui l'est encore plus que toi, et cependant il ne se désespère pas.

A force de lui entendre dire ces paroles qu'elle répétait à chaque instant, je lui demandai de qui elle parlait.

— Je parle, me dit-elle, d'un homme qui est aux fers au fond de la cale. Il se trouva, je ne sais comment, oublié par les pirates sur le pont du vaisseau pris par eux. Il était blessé, je le conduisis ici, et j'obtins de Malano qu'il le laissât en vie, en attendant le retour de ton époux, qui doit, disent les pirates, disposer de sa destinée.

— Et comment se fait-il, demandais-je à Dola, que tu aies pris assez d'ascendant sur Malano pour qu'il t'ait accordé la vie de cet infortuné ?

— Oh! me dit-elle, j'imaginai un jour de lui préparer une liqueur de mon pays. Cette liqueur est excellente et personne que moi sur le navire ne sait la composer. Je la lui offris. Il l'a trouvée si bonne, que chaque jour il me demande de lui en apporter. Il me dit qu'elle est sa vie, sa joie et son bonheur. Lorsque je veux obtenir de lui quelque chose, je n'ai qu'à le lui demander en lui donnant cette boisson.

La nuit approchait; ma fidèle Dola me dit : « Je

te quitte un instant. Je vais, à cette heure, apporter la couverture destinée à me servir de lit, à l'infortuné dont je t'ai parlé; sans cela il n'aurait pour
se coucher que le plancher de sa prison. Chaque
soir je vais le voir; je lui apporte une portion de
mon souper et je lui ôte en même temps les fers
dont il est enchaîné. Je lui procure ainsi une nuit
moins affreuse. La clef de ses fers et celle de sa
prison sont dans la cabine de Malano. Je sais l'endroit où ce dernier les tient cachées; je les prends
sans rien dire et je les remets ensuite, afin qu'il les
retrouve au moment du jour où il descend visiter la
cale du navire.

Demain, si tu le veux, je choisirai un moment favorable, et tu pourras venir voir avec moi cet homme
qui semble descendre du ciel. Il m'a appris de bien
belles choses; il porte sur sa poitrine l'image d'un
homme cloué sur une croix. Il m'a dit que cet
homme était un Dieu. Enfin, depuis que je l'ai entendu me parler de son Dieu, je n'aime plus nos fé-
tiches africains ni tes dieux de l'Inde.

Son Dieu, à lui, est tout différent des nôtres. Il
est tout bon, et il le faut bien, car cet homme prie
pour les pirates qui le tiennent aux fers. Oh! viens
demain! tu verras de tes yeux cet infortuné. Il est
l'un des prêtres du grand Dieu dont il m'a parlé.

En écoutant le récit de ma négresse, ce que mon père m'avait dit de la religion chrétienne revint à mon souvenir, et je souhaitai vivement voir le prêtre et lui parler.

III

Le lendemain Dola vint m'avertir que le moment
était venu de descendre dans la cale du navire. « J'ai
prévenu le prêtre, me dit-elle, il nous attend, viens,
suis-moi. »

Nous descendîmes un escalier étroit et roide, qui
allait s'obscurcissant de plus en plus. Arrivées au
bas, nous traversâmes des étables infectes où étaient
parqués des animaux destinés à la nourriture des
pirates. Au sortir de là nous trouvâmes une porte
basse, tellement basse, qu'il fallut nous courber
jusqu'à terre pour la passer. Nous entrâmes dans
un réduit large de six pieds environ, et où l'on ne
pouvait se tenir debout. Je fus un moment sans

pouvoir rien discerner; une lumière douteuse s'y projetait faiblement.

Enfin, je vis, assis sur un tronçon de bois, un prêtre ayant des fers aux pieds et aux mains. Aucun meuble ne se trouvait dans cet affreux réduit, où il n'y avait pas même un peu de paille...

A cette vue, une douleur profonde s'empara de mon cœur. Dola s'était agenouillée auprès du prisonnier, et soutenait dans ses mains le poids accablant de ses fers. Je m'agenouillai et j'aidai la pauvre Dola. Le prisonnier jeta sur moi un regard plein de douceur; puis, s'adressant à Dola : « Mon enfant, lui dit-il, est-ce là ta maîtresse, celle que tu m'as annoncée?

— Oui, lui répondis-je, d'une voix émue et entrecoupée de sanglots, c'est moi qui viens te voir et te dire la douleur que j'éprouve à te savoir dans les fers! Mais mon époux va bientôt revenir, et je le prierai tant, qu'il faudra bien qu'il te rende la liberté... » En disant ces paroles, je soutenais toujours ses chaînes pesantes et glacées.

Le prisonnier me regardait.

— Quel est votre époux? me demanda-t-il.

A cette demande une rougeur subite couvrit mon front. Je n'osais m'avouer la femme d'un pirate, et ce fut en baissant les yeux et la honte sur le visage que je lui répondis :

— Hélas ! mon époux est le chef de ceux qui montent ce navire.

Il soupira tristement ; puis, sortant de sa poche un catéchisme, il se mit à lire à haute voix.

Maintenant que je suis chrétienne, je peux dire ce que je ne compris pas de suite, je peux dire qu'il me parlait de Dieu descendu sur la terre pour sauver les hommes ; de la naissance miraculeuse du Sauveur, de sa mission, de ses miracles, de sa mort, de sa résurrection. On voyait qu'il avait hâte d'accomplir sa tâche sainte ; il prévoyait sans doute, et avec raison, que chacun de ses jours était compté, et qu'il lui restait peu de temps sur la terre.

Dans une âme telle que la mienne de pareils enseignements ne pouvaient demeurer sans fruit. Une pareille doctrine était faite pour attirer toutes mes sympathies.

Le lendemain et les jours suivants j'étais avec Dola, agenouillée auprès du prêtre, écoutant avec avidité ces paroles qui ramenaient la vie dans mon cœur malade et blessé. Je me faisais redire les souffrances de la Mère de douleur ; je me faisais redire Gethsemané et le sacrifice du Calvaire...

Ainsi que je l'ai dit, le culte de Brahma n'avait

jamais eu sur moi une sérieuse influence. Le sang
chrétien qui circulait dans mes veines, le sang de
mon père, ne pouvait mentir. Les enseignements
que je recevais répondaient si bien aux besoins de
mon âme, qu'ils y pénétrèrent sans difficulté. Je
demandai à être chrétienne.

A cette demande, le visage du prêtre rayonna
d'une joie céleste.

« O mon Dieu ! s'écria-t-il, qu'ai-je donc fait pour
recevoir les grâces dont je suis comblé? Que suis-
je, Seigneur, pour mériter de vous servir d'instrument pour amener des âmes à vous ? »

Il s'agenouilla et adressa à Dieu de telles paroles,
de telles actions de grâces, que de ma vie rien
d'aussi beau n'avait résonné à mes oreilles.

O sublimes accents de la vérité et de l'amour divin! qu'est-ce qui peut vous égaler, en ce monde,
pour l'âme qui vous écoute avec sincérité? Ces courts
instants jamais ne s'effaceront de mon souvenir; je
vois toujours devant moi l'image de ce saint prêtre,
à genoux, pliant sous le poids de ses fers et faisant
éclater sa joie.

Plusieurs jours se passèrent pendant lesquels je
pus aller m'instruire toujours davantage auprès du
prêtre chrétien. Mais ce bonheur fut pour moi de
courte durée. L'on vit revenir dans le lointain les

chaloupes qui ramenaient Ronçelli, Malano et leurs
dix compagnons. Elles paraissaient pesamment
chargées et n'avançaient que lentement et avec
peine. A cette vue, les pirates poussèrent des cris
de joie sauvages en frappant des mains et des pieds.
Un nouveau butin leur arrivait, et ces hommes, ne
respirant que l'intérêt matériel et la rapine, accla-
maient avec transport le gain criminel qui les couvrait d'opprobre.

Les chaloupes arrivèrent au navire. Les échelles
furent tendues de tous côtés, et ces hommes avides
s'y jetèrent tous à la fois, se culbutant et se dis-
putant les places. Bientôt chaque échelon fut
chargé d'un pirate tendant les bras et recevant le
butin.

Je me retirai dans ma cabine en proie à une nouvelle douleur. J'avais vu de mes yeux se confirmer
le récit de Dola. J'avais vu mon époux, celui que je
craignais d'aimer encore, présider au déchargement de ces richesses acquises au prix du pillage...

J'appelai Dola. J'aurais voulu me réfugier auprès du prêtre et lui confier mes douleurs poignan-
tes. Mais c'était en vain que j'appelais; Dola ne
venait pas. Je ne pouvais rester seule et en repos.
J'ouvris une étroite fenêtre qui donnait sur la mer,
du côté où se faisait le déchargement des chaloupes,

j'y restai quelques instants à regarder. Bientôt je
me reculai saisie d'horreur... Je venais de reconnaitre dans ce butin que l'on déchargeait les meubles de notre demeure... Je pensai à mon grandpère, je me demandai ce qu'il était devenu.
D'affreuses appréhensions se présentèrent à mon
esprit... Ne pouvant résister aux émotions qui m'oppressaient, je tombai dans ma cabine, privée de
mouvement.

En reprenant l'usage de mes sens, je vis ma
fidèle Dola auprès de moi. « Je connais, me ditelle, sans que tu aies besoin de me le dire, le sujet
de ta grande douleur. Mais, je t'en supplie, prends
patience. Contiens les mouvements de ta juste indignation. Rappelle-toi que tu dois demander à ton
époux la grâce de cet infortuné qui nous a fait tant
de bien. Si tu l'indisposes, il te la refusera et le
fera périr. »

Renfermant dans mon cœur les sentiments qui
le déchiraient, j'envoyai Dola le lendemain prier
Roncelli de venir un instant dans ma cabine. Il lui
dit pour toute réponse : « Si elle veut me parler,
qu'elle vienne, je le lui permets. »

Je me rendis, toute frémissante d'horreur, auprès
du pirate. Il était couché sur une pile de coussins
que je reconnus pour avoir fait partie du mobilier

de mon grand-père. Cette vue augmenta cruellement mes douleurs. Cependant, par un effort inouï, je parvins à me contenir, et m'adressant à lui, mais en détournant mes regards des siens, j'expliquai l'objet de ma visite. Il m'écouta avec un intérêt apparent et me répondit :

— Je songeais à ce qui t'occupe; mais dis-moi, je t'en prie, le motif qui te porte à t'intéresser à cet inconnu qui m'intéresse aussi ?

Je donnai, avec naïveté, dans ce nouveau piége. Je lui racontai, avec franchise, le bien que Dola et moi nous avions reçu du prêtre chrétien. « Essaye toi-même, lui dis-je, de connaître Dieu, et tu sentiras une vie nouvelle naître dans ton âme.

— Connaître Dieu, répondit-il avec dédain. Est-ce qu'il y a un Dieu ? »

A cette réponse, je restai muette d'épouvante... Il se fit un long silence...

— Eh bien, me dit-il enfin, cet homme sera amené demain sur le pont du navire; il sera mis en liberté; mais j'ai quelques conditions à lui faire... Elles ne seront pas difficiles à remplir.

Je me retirai. L'espoir de sauver la vie du prêtre chrétien s'était enfui, et je me reprochai d'avoir peut-être hâté le moment de sa mort par une démarche imprudente. Je passai la nuit entière en proie à une cruelle insomnie.

Le lendemain, Roncelli me fit appeler.

— Tu peux venir maintenant, me dit-il, ton protégé va paraître.

Je montai sur le pont du navire, suivie de ma fidèle Dola. En arrivant, je fus saisie d'un indicible sentiment de terreur. Tous les pirates, au nombre de plus de deux cents, étaient rangés sur le pont. Je pris place au milieu de cette troupe infâme. Au même instant, je vis apparaître Malano sortant de l'escalier de la cale et s'avançant sur le pont. Il était suivi du prêtre, qui marchait à pas lents et affaiblis par la souffrance. Dola et moi nous nous rangeâmes à ses côtés ; on eût dit que nous étions condamnées au dernier supplice, tant nos visages exprimaient l'angoisse de nos cœurs.

Je tournai mes regards sur le prêtre chrétien : le calme le plus imposant régnait sur son visage. Ses yeux étaient levés vers le ciel. Il attendait, sans trouble et sans crainte, le dénoûment de cette scène étrange. De temps en temps, il portait sur nous ses regards empreints d'une douce pitié et les relevait vers le ciel comme pour l'implorer pour nous dans une muette prière.

La vue de cet homme, entouré d'une auréole de

sainteté, frappa les pirates qui, pour la première fois peut-être de leur vie, parurent se recueillir..... Le silence le plus complet s'établit.

Roncelli était loin de s'attendre à l'effet produit par la présence du prêtre sur ses compagnons dépravés, mais moins encore dépravés que lui. Il se hâta de rompre le silence, et, s'adressant au chrétien :

— Compagnon, lui dit-il d'un ton qu'il cherchait à rendre familier et méprisant, qui es-tu ? et que demande-tu ?

— Je suis, répondit le prêtre, un missionnaire français envoyé aux Indes pour y prêcher la doctrine chrétienne et faire connaître la vérité aux âmes plongées dans les ténèbres de l'erreur. Ce que je demande, c'est d'amener des âmes à Dieu en faisant pénétrer au dedans d'elles la foi, la vérité, les enseignements de Jésus-Christ.

Cette demande, je l'adresse à tous ceux qui m'entourent en ce moment, dit-il en s'animant et en montrant un crucifix qu'il éleva dans ses mains en tombant à genoux : O frères ! qui que vous soyez, s'il est parmi vous des hommes nés de mères chrétiennes, s'il est parmi vous des hommes qui portent le nom de chrétiens, revenez au Sauveur, je vous le demande à genoux. Quittez cette vie qui

vous éloigne de celui qui peut tout, de celui qui
est la vérité, de celui qui est mort pour votre salut
et que vous crucifiez chaque jour en menant la vie
que vous menez. Revenez au Sauveur, et vos péchés
vous seront pardonnés, et l'espérance entrera dans
vos âmes désolées; car vous êtes malheureux. Oui!
vous l'êtes, au milieu de ce que vous appelez vos
joies.

Rappelez-vous que Dieu nous a créés à son image
et que notre vocation, à nous tous tant que nous
sommes, est de l'aimer et d'arriver à posséder un
bonheur éternel.....

Il s'arrêta, épuisé par son émotion. Je portai mes
regards sur les pirates. Des sentiments divers se
peignaient sur leurs visages. Les uns paraissaient
profondément touchés et baissaient leurs regards
humiliés. D'autres écoutaient avec admiration; tous
étaient vivement impressionnés.

Je regardai Roncelli. Une expression infernale
était sur son visage, qui, à ce moment, m'apparut
dans toute sa hideur morale; il tremblait, sa bouche était menaçante, il promenait ses regards effrayants sur tout son équipage..... Je détournai
mes yeux de lui avec horreur.

— Tes discours, dit-il au prêtre avec un accent
plein de rage, sont un appel de révolte à mes

gens..... mais ils sont inutiles..... nous renions ce
Dieu dont tu nous parles..... Pour nous, s'écria-t-il
en montrant une poignée de pièces d'or, voilà notre
Dieu .... voilà celui que nous adorons..... il nous
donne tout ce que nous lui demandons..... fêtes,
luxe, satisfactions de toute espèce..... C'est qu'il
faut jouir tant que l'on est en vie, parce qu'après la
mort tout est fini..... Maintenant, je te prouverai
que ma religion vaut quelque chose. Veux-tu renier
ton Dieu? faire cause commune avec nous?.... Tu
auras la vie sauve et une part dans nos richesses...
Mais, si tu t'obstines à vouloir adorer ce Dieu dont
je ne veux plus entendre parler, et détourner ainsi,
par ton exemple et tes paroles, mes gens de mon
service, tu n'as plus à attendre de moi que la
mort!....

Un rayon divin illumina le visage du martyr.

— O mon Dieu! s'écria-t-il, que suis-je pour
qu'il me soit donné de mourir pour vous! O jour
fortuné où je vais aller m'unir à mon Dieu! Pauvres brebis, dit-il à moi et à Dola, qui nous étions
prosternées à ses pieds que nous trempions de nos
larmes, pauvres brebis, qui bientôt n'aurez plus
de pasteur, recevez cette image du Dieu que vous
adorez avec moi. Recevez encore, ajouta-t-il en sortant de son sein une image de la Mère de Dieu et.

6

un petit paquet soigneusement enveloppé, recevez
ces souvenirs que j'avais emportés en quittant un
frère et des sœurs qui pleurent mon absence.

En disant ces mots, il suspendit à mon cou le
crucifix qu'il tenait dans ses mains, et me remit les
souvenirs de famille qui lui étaient si chers.

Les pirates demeuraient silencieux et regardaient
leur chef, qui, tout à coup, se leva et leur ordonna
de jeter le missionnaire à la mer..... Aucun pirate
ne bougea..... Alors Roncelli s'élança vers la victime, qui alla au-devant de lui..... les flots se refer-
mèrent, le martyre était consommé.....

A cette vue, je tombai sans connaissance.

Lorsque je revins à moi, je me trouvai dans une
cabine où Dola m'avait déposée, ne pouvant achever de me porter jusqu'à la mienne. Je demeurai
longtemps sans avoir aucune conscience, aucun
souvenir de ce qui s'était passé. A la fin, mes idées
me revinrent et d'abondantes larmes, s'échappant
de mes yeux, soulagèrent mon cœur.

Dola attendait ce signe de vie.

— Pleure, me dit-elle, pleure, ma pauvre maîtresse!

En disant ces mots, elle mêlait ses larmes aux
miennes.

Nos larmes s'épuisèrent et notre douleur devint

silencieuse. Nous étions assises à côté l'une de l'autre dans cette cabine demeurée inhabitée depuis longtemps, et où l'on aurait été bien loin de nous soupçonner.

Le bruit d'une conversation vint tout à coup frapper nos oreilles : deux hommes s'entretenaient ensemble dans la cabine qui touchait à celle où nous étions et n'en était séparée que par une mince cloison de planches. Nous reconnûmes la voix du chef des pirates et celle de Malano, son homme de confiance.

— Tu as vu, tout comme moi, disait Roncelli à Malano, une voile du côté de la pleine mer. Tu vas donner des signaux de la plus grande détresse. En attendant, tu feras aiguiser les pointes des grappins qui devront accrocher à notre navire celui qui s'avance. Tu armeras tous nos pirates, qui devront se tenir cachés. Tu arboreras le pavillon français ; c'est un navire indien qui s'avance ; mais j'ai sur lui des renseignements précis et je sais que nous l'attirerons encore mieux en arborant le pavillon français que le drapeau indien. Lorsque tu seras à sa portée, tu emboucheras le porte-voix et tu diras que le capitaine de ton navire a été tué dans une action contre les pirates des mers de l'Inde ; que presque tout l'équipage est mort en combattant et que tu es resté seul avec une dizaine d'hommes, dont la plupart sont blessés. Tu diras qu'il t'est impossible de manœuvrer le vaisseau avec d'aussi faibles ressources, et que tu pries le capitaine du navire indien de souffrir que tu te mettes à sa remorque, ou qu'il veuille bien te fournir quelques hommes afin de pouvoir amener ton navire au port de mer le plus prochain..... Je n'ai pas besoin de te dire le reste.

— Oui, lui répondit Malano, mais toi?..... que feras-tu pendant ce temps?..... Tu sais donner des ordres, j'en conviens; mais, dès que le péril est là, tu te caches. Cependant tes pirates commencent à trouver cette conduite étrange, et tu passes pour un lâche dans leur opinion.

— Et que m'importe à moi, répondit Roncelli, l'opinion de ces hommes, pourvu que j'arrive à mon but?... Des richesses, d'immenses richesses, voilà ce qu'il m'importe de posséder....; mais, pour en jouir, il faut conserver sa vie, et c'est pour cela que je ne veux pas prodiguer la mienne.

— Chère maîtresse, me dit à ce moment Dola, n'écoutons pas davantage, je t'en supplie, ces discours qui nous font du mal. Regagnons sans bruit ta cabine, où nous prierons notre Dieu pour le mal-

heureux navire qui va cette nuit, je le crains bien,
devenir victime de la plus infâme trahison. Hélas !
êtres faibles que nous sommes, nous ne pouvons,
en ce moment affreux, qu'élever vers le ciel nos
mains suppliantes.

Nous revînmes sans bruit à notre cabine. Là,
tombant à genoux, nous nous mîmes à prier celui
qui peut tout, mais dont la sagesse n'est pas la
nôtre. Celui à qui l'éternité appartient et qui tient
en réserve la félicité, les joies immenses de la vie
bienheureuse et éternelle, pour en combler ceux qui
sont à lui et qui reviennent à lui après leur court
pèlerinage en ce monde.

Nous étions encore en prières, lorsque, tout à
coup, la porte de ma cabine s'ouvrit, et Roncelli se
présenta..... Il s'avança vers moi en essayant de
sourire..... Je me reculai, saisie d'horreur, comme
à la vue d'un reptile hideux dont j'aurais fui le
contact.....

— Qu'est-ce à dire ? me dit-il en fronçant le
sourcil.....

Mes membres se crispaient, mes lèvres tremblaient... A la fin, l'indignation qui s'agitait dans
mon âme éclata avec force.

— Infâme pirate ! m'écriai-je, comment oses-tu te
présenter devant moi ? Vil assassin d'un martyr

6.

sans défense!... misérable qui, sous de faux semblants de vertu, as dérobé la confiance de mon grand-père dont tu viens de piller la demeure..... et, dans ce moment même, tu prépares les piéges d'une infâme trahison..... Je suffoquais, je tombai épuisée sur le divan de ma cabine.

— Je m'attendais, me répondit-il en concentrant sa rage sous les dehors d'une froide impassibilité, je m'attendais à une scène de ce genre; belle dame, ajouta-t-il d'un ton railleur, rassurez-vous. Avant la fin du jour de demain je vous mettrai dans une position qui vous délivrera de ma présence..... Des femmes..... certes..... j'en trouverai bien d'autres qui vous vaudront et n'auront pas, comme vous, la tête pleine d'idées fausses..... Au surplus, si vous avez jamais pensé avoir pour moi une grande valeur, vous vous êtes trompée; et si vous vous trouvez où vous êtes, n'en accusez que vous..... Vous devez vous rappeler que vous m'avez aidé à mentir.....

En achevant ces mots, il sortit.

IV

Je m'étais remise en prière. A ce moment, le souvenir de mon père et de ma mère se réveilla dans mon cœur avec plus de force. Je me rappelai qu'ils étaient attendus depuis déjà quelques jours par mon grand-père. Je songeai à la douleur qu'ils éprouveraient en rentrant dans notre demeure. Je songeai que leur navire faisait voile vers Pondichéry chargé d'une énorme quantité de marchandises d'une grande valeur.

Mon âme, assombrie par tant de sinistres événements, fut tout à coup frappée de pressentiments que je repoussai de toutes mes forces.....

Hélas! ces affreux pressentiments devaient bientôt se réaliser.

La nuit était presque entièrement passée. L'aube du jour n'était pas loin, Dola et moi nous attendions, pleines d'angoisses.

Tout à coup nous entendîmes distinctement Malano. Il avait embouché le porte-voix et il répétait la leçon de son maître. Le navire indien, répondant à l'appel émouvant qui lui était adressé, s'avança, confiant et généreux, au-devant de la perfidie et de la mort.

Bientôt il fut à portée des pirates... au même instant j'entendis le bruit des énormes grappins qui, en tombant sur le pont du malheureux navire, faisaient éclater le bois. Des cris de détresse se firent entendre... J'ouvris la fenêtre de ma cabine. Quel horrible spectacle s'offrit à mes regards!... Les pirates armés se précipitaient en foule sur le navire indien. Le jour commençait à paraître. Je vois un homme ralliant avec force son équipage et combattant, avec un courage héroïque, contre une troupe de pirates qui s'élançait sur lui. J'envisage cet homme dont la valeur étonnait ses adversaires... O ciel!... ce capitaine français... c'était mon père...

A cette vue, je sors de ma cabine, je monte sur le pont; je franchis d'un bond désespéré l'espace qui me sépare du navire de mon père... mon exaltation doublait mes forces.. je n'étais plus une femme, j'étais un lion déchaîné. Je perce la foule des pirates qui entouraient mon père... je me serre auprès de lui... Je ne sais s'il me reconnut..... Il s'affaissa bientôt affaibli par ses nombreuses blessures. Je restai auprès de ce corps d'où la vie se retira... Quelques hommes de l'équipage de mon père, des Français, vinrent, quoique blessés, se rallier autour du corps de leur chef. Ils succombèrent sous le nombre, mais en combattant toujours.

Les pirates m'enchaînèrent par l'ordre de Roncelli. Il n'osa me tuer. Je demeurai attachée au grand mât du navire de mon père. Je jetai des regards égarés autour de moi... Le cadavre d'une femme baignait au milieu d'une mare de sang... C'était ma mère !... le pont était jonché de mourants.

Mes idées devinrent confuses, je sentais que ma raison allait me quitter. Mes yeux rencontrèrent le crucifix que j'avais sur ma poitrine, je le portai à mes lèvres avec transport.

— O mon Dieu! m'écriai-je, vous qui avez tant souffert, ouvrez-moi votre royaume, comme vous l'avez fait pour votre saint martyr!... Délivrez-moi de ces supplices sans fin qui m'accablent!

Les pirates allaient et venaient sur le pont, mar-

chant sur les corps, et se hâtant d'enlever la riche
cargaison de notre navire. Roncelli passa à quelques pas de moi.

— Misérable! m'écriai-je.

Il ne se retourna même pas.

Le pillage était terminé; à cet instant, je vis venir
vers moi Malano, qui, me détachant du mât où j'é-
tais enchaînée, me dit :

— Ton époux te remet en possession du navire
qui t'appartient. Tu peux y demeurer seule en liberté et y régner en souveraine. Pour nous, nous
allons maintenant continuer notre route.

La perspective affreuse de me trouver seule sur
un navire, au milieu de l'immensité des mers, me
parut un bonheur auquel j'étais loin de m'attendre.
La vie n'était rien pour moi, surtout s'il avait fallu
la conserver en demeurant au milieu des pirates.

L'on commençait déjà à ôter les grappins qui re-
tenaient le navire de mon père à celui des pirates,
lorsque je vis apparaître ma négresse Dola qui s'é-
lançait vers moi. Malano la fit reculer d'un revers
de sa main. Les grappins étaient ôtés; Dola était
restée sur le navire des pirates, qui déjà commençait à s'éloigner du mien, lorsque, tout à coup,
trompant la surveillance de Malano, elle s'élança
dans la mer, et, nageant comme un dauphin, se di-

rigea vers moi en me criant de lui tendre un bout
de corde.

A ce moment je retrouvai toute ma présence d'esprit, et, saisissant un câble, je le jetai à la mer en
ayant soin de le retenir à un mât. Bientôt Dola fut
près de moi, au grand désappointement des pirates,
dont le navire s'éloignait avec rapidité.

Ma douleur était muette; elle m'avait pétrifiée.
Dola s'agenouilla auprès de moi et se mit à prier.
La pauvre négresse, dans une prière naïve et fer-
vente, demandait des secours au ciel.

Je n'oublierai jamais ce que j'éprouvai en mon
cœur en voyant cette faible créature, pleine de confiance et d'amour, transformée par la puissance de
la foi chrétienne.

Elle se releva calme et forte. « Viens, me dit-elle,
suis-moi. » Elle avait compris qu'il ne fallait pas
me laisser au milieu des débris de cette scène de
carnage, en présence des cadavres mutilés de mon
père et de ma mère.

Je me levai pour la suivre; mais mes genoux flé-
chirent. Dola me prit alors dans ses bras et me
descendit dans une des chambres du navire.

— Reste là, me dit-elle, je vais te quitter quelques
instants; mais tu ne seras pas seule, puisque tu as
sur ta poitrine l'image du grand Dieu qui nous

voit et nous entend; je l'ai compris lorsque je le
priais. »

Elle monta sur le pont du navire, je l'entendais
aller et venir. Au bout de quelques instants elle
vint voir l'état où je me trouvais. « Reste là encore,
me répéta-t-elle, je reviendrai bientôt. » Elle était
émue, et je vis des larmes dans ses yeux.

Elle revint après être longtemps restée sur le
pont; ses mains tremblaient. « Prions, » me dit-elle.

Nous nous agenouillâmes à côté l'une de l'autre,
tenant dans nos mains enlacées l'image de Celui que
nous invoquions. Notre prière fut longue. Elle s'é-
levait de nos cœurs, plaintive et douloureuse... Nos
accents se confondaient et se répondaient tour à
tour. Nous imitions ainsi, sans les avoir jamais entendues et sans le savoir, ces prières que les chrétiens prononcent à haute voix et en commun et où
chacun de ceux qui prient exprime, par des accents
venus des profondeurs de son âme, ses douleurs
intérieures, ses désirs, ses espérances. La tristesse
de nos âmes s'épanchait dans le sein de Dieu, qui, à
ce moment, m'apparaissait au milieu de sa splen-
deur immortelle, tournant vers nous ses regards.

Notre prière était finie. Dola, toujours attentive
et empressée autour de moi, m'engagea à prendre
un peu de nourriture. J'essayai, mais ce fut en vain.

Alors elle me prépara un breuvage que je pris. Au bout de quelques instants, le sommeil descendit sur mes paupières fatiguées et je m'endormis profondément.

Le lendemain, lorsque je me réveillai, mon état s'était considérablement amélioré. Douée d'une santé et d'une force peu communes, j'avais résisté à des épreuves qui auraient anéanti tout autre que moi. Mais à peine eus-je repris le plein usage de mes sens, que ma douleur, jusqu'alors muette, éclata en sanglots. Le sang impétueux et bouillonnant qui circulait dans mes veines s'agitait avec force. Mes yeux rencontrèrent la croix qui reposait sur ma poitrine, je l'embrassai avec transport; je me reprochai mon désespoir et mes larmes; je repris courage.

Je me levai de mon lit, je m'habillai et je fis ma prière. Je m'acheminai ensuite vers l'escalier, et je montai sur le pont du navire; je le vis, à ma grande surprise, débarrassé de tous les cadavres qui, la veille, l'encombraient. Je songeai à ceux de mon père et de ma mère, et de nouvelles larmes s'échappèrent de mes yeux.

Je m'assis au pied d'un mât. Le vaisseau, privé de direction, s'avançait tantôt d'un côté, tantôt d'un autre. Ses mouvements étaient par moments brusques et saccadés; d'autres fois il demeurait immo-

7

bile, suivant ainsi le caprice des vagues de la mer,
dont l'immensité s'étendait autour de moi, sans
rivage visible.

J'appelai Dola que je ne voyais pas; j'avais hâte
de me dérober à ma solitude qui m'apparaissait encore plus navrante en face de l'immensité de la mer.
Dola me répondit; je regardais autour de moi, mais
je ne la voyais pas encore. « Dola, ma sœur ! m'é-
criai-je avec angoisse, où es-tu? » Au même instant
j'entendis du bruit au-dessus de ma tête; je levai
les yeux, et je la vis descendre de la cime du grand
mât avec l'agilité d'un mousse. Je fus saisie d'une
telle crainte de la voir tomber, que je me mis à trem-
bler de tout mon corps. Elle arriva auprès de moi.

— Que fais-tu si haut ? lui dis-je... N'y reviens
plus... Ne me donne plus l'angoisse dont je tremble encore.

— Bonne maîtresse, me dit-elle, sois sans crainte;
je sais monter sur ces arbres sans branches et m'y
bien tenir. J'étais occupée à regarder au loin afin
de découvrir quelque voile, et de voir en même
temps si nous étions à portée de quelque rivage.

Elle se tut ; je compris que le résultat de ses ob-
servations n'était pas satisfaisant. Au bout de quelques instants elle me dit :

— Reviens, je t'en prie, dans ta cabine. Je veux

remonter encore, et tu souffrirais à me voir. — Non, lui dis-je, je resterai ici au pied du mât où tu vas monter.

Dola remonta; je la suivis des yeux et du cœur dans son ascension périlleuse.

Le vaisseau continuait toujours ses mouvements irréguliers et indécis. J'étais là, les regards tendus vers l'horizon sans bornes. Le silence qui m'entourait n'était interrompu que par le clapotement lugubre des vagues de la mer sur les flancs du navire.

A ce moment le souvenir du passé vint s'offrir à ma pensée. Je revis les beaux jours de mon enfance, entourés d'un bonheur que j'avais goûté sans en avoir conscience, sans en connaître tout le prix. Je revis les jours de mon adolescence se développer, pleins de poésie, d'aspirations généreuses... Je revis la demeure de mes jeunes années, belle et souriante comme aux jours heureux où le souffle de la passion insensée qui devait me détruire n'avait pas encore pénétré mon cœur.

Et, au-dessus de tous ces souvenirs, de toutes ces images, une image, un souvenir, m'apparaissaient palpitants et amenant avec eux le remords dans mon cœur. C'étaient le souvenir et l'image de mon grand-père!..... Qu'était-il devenu?.....

Pleurait-il encore celle qui l'avait trompé ?..... Ou bien, instruit de son mensonge, l'avait-il maudite ?... Des pensées de plus en plus sinistres se présentaient à mon esprit. Hélas ! peut-être était-il devenu la victime de l'homme infâme qui avait si indignement trompé sa confiance... A cette pensée déchirante, je tournai sur moi-même un regard d'indignation et de mépris. Je me fis de sanglants reproches ; je me courbai accablée sous le poids des conséquences désastreuses de mon mensonge. J'étais tellement absorbée, que je n'avais pas vu Dola descendre du grand mât. Elle s'était assise auprès de moi, triste et fatiguée. « Viens un moment, me dit-elle, nous prendrons un peu de nourriture. » Je lui obéis machinalement.

Lorsque nous eûmes terminé notre léger repas, Dola me dit : « Il faut visiter l'intérieur du navire. » Je la suivis. Les chambres n'avaient pas été pillées. L'immense quantité de marchandises que les pirates avaient trouvées était sans doute suffisante pour compléter la charge de leur navire.

Nous arrivâmes à la chambre de mon père et de ma mère. Je m'assis sur le bord du lit où, la veille encore, ma mère reposait, se confiant en la sagesse du pilote. Un portrait entouré d'un cadre brillant, pendait aux parois de cette cham-

bre... C'était celui de mon grand-père. Je me hâtai
de le détacher et je le couvris de baisers et de larmes. Je le montrai à Dola qui le porta respectueusement à ses lèvres. Puis elle me dit :

— Crois moi, ne reste pas ici au milieu de tous
ces objets dont la présence renouvelle tes douleurs.
Viens, détourne tes pensées des événements qui se
sont passés. Il faut songer maintenant à trouver
quelque moyen pour nous sortir de la position où
nous sommes. Dieu ne nous a pas abandonnées.
Nous avons des vivres en abondance. Je vais continuer à regarder de la cime du mât.

Le temps passait et ma compagne devenait triste;
car, si par moment une voile apparaissait au loin,
bientôt elle disparaissait.

Plusieurs jours s'étaient écoulés dans une attente toujours trompée, lorsque nous vînmes à
reconnaître que le mouvement du navire se faisait assez régulièrement et l'entraînait vers le
même côté. En même temps des oiseaux venaient se percher sur le haut des mâts. Nul doute
que le flux nous poussait vers la terre ; c'est, du
reste, la direction qu'il imprime à tous les corps

inertes restés à la surface de la mer. Nos prévisions
se réalisèrent ; bientôt nous aperçûmes la terre
dans le lointain. Le mouvement du navire continuait
toujours.

Dola, montée sur le grand mât, étudiait avec
intelligence ce rivage qui nous était inconnu.
Elle descendit et me dit : « J'ai vu les bords
vers lesquels est poussé notre vaisseau. Ils sont es-
carpés et hérissés de rochers dans l'une de leurs
parties ; l'autre, au contraire, est plane et n'offre
aucun danger. Il est temps de songer à aborder.
Il faut tâcher de démarrer l'embarcation qui est
attachée au navire ; nous y descendrons et nous
ramerons vers la terre. »

Nous détachâmes l'embarcation. C'était un canot
étroit et léger, destiné à se laisser manœuvrer facilement. Dola aurait bien préféré une chaloupe que
le vaisseau traînait à sa remorque. « Nous aurions
pu, disait-elle, emporter avec nous beaucoup de
choses. » Mais il fallut y renoncer ; il nous aurait
été impossible de la manœuvrer.

Nous fîmes des paquets aussi volumineux que
notre embarcation pouvait les supporter. Dola, dans
sa sollicitude pour moi, se serait chargée d'objets
qui auraient pu servir à mon usage particulier et
m'être agréables. Je l'arrêtai en lui disant : « Ma

chère Dola, laisse ces objets dont le luxe offre un contraste trop grand avec ma position. Le temps du bien-être est passé pour moi. Désormais nous devons vivre de la même vie. N'emporte que des choses qui puissent servir à notre commun usage. » En disant ces mots, je fis moi-même un paquet d'une épaisse couverture, à laquelle je joignis une natte de joncs.

Nos préparatifs terminés, nous descendîmes dans le canot. Dirigé par la main exercée de ma négresse, bientôt il fendit les flots avec rapidité. Dola, dans son enfance, avait fait seule sur la rivière du Sénégal de petits trajets. Plus tard, pendant son séjour sur le rivage de la mer en compagnie des pirates, ces derniers, à ce qu'elle me dit, s'amusaient souvent à la lancer seule, une rame à la main, dans une embarcation toute semblable à celle où nous étions. C'était un divertissement sauvage qu'ils se donnaient, s'imaginant la voir disparaître sous l'eau.

Nous arrivâmes à un endroit où le rivage s'étendait presque plan. Des arbres le bordaient. Dola en choisit un et y attacha notre canot.

— Maintenant, me dit-elle, attendons ici; avant de descendre sur le rivage, il faut l'observer. Il paraît désert. Nous regardions, lorsque nous vîmes descendre du sommet d'un arbre de haute futaie deux singes de petite espèce, au pelage velu et noi-

râtre. Ils nous avaient vues et venaient nous observer avec curiosité.

J'ai toujours eu en horreur ces vilaines bêtes, et
je me mettais à leur faire peur afin de les éloigner,
lorsque Dola me dit : « Garde-toi bien de les irriter,
car, si nous les avions pour ennemis, il nous serait
difficile d'échapper à leur malice. »

Au bout de quelques instants ces animaux capti-
vèrent mon attention. L'un d'eux, c'était la femelle,
portait dans ses bras un petit singe son nourrisson.
Elle mangeait un fruit, et, à chaque fois qu'elle y
mordait, elle l'offrait à son petit qui y mordait à son
tour. Il était curieux de voir cette guenon avec ses
petites mains noires éplucher soigneusement le
fruit qu'elle offrait à son petit en lui faisant des
grimaces pour lui témoigner son affection.

La nuit vint, brillamment éclairée par les rayons
de la lune qui montait dans un ciel étoilé et sans
nuage. Dola me dit : « Passons cette nuit dans notre
canot, nous y serons mieux qu'à terre. »

Au bout de quelques instants, nous entendîmes de
petits cris aigus, venant de plusieurs côtés, et nous
vîmes descendre de presque tous les arbres qui bordaient à cet endroit le rivage, des singes de l'espèce
de ceux que nous avions déjà vus. Ils venaient s'é-
battre et se divertir au clair de la lune, car, au

même moment, ils se mirent à faire toute espèce de cabrioles. Ils se poursuivaient en poussant des cris, s'étudiaient à se faire des méchancetés et parfois ils se frappaient même assez fort. Les uns remontaient sur les branches des arbres et puis s'élançaient de là sur ceux qui étaient en bas. Les guenons mères se tenaient à l'écart avec leurs petits qu'elles portaient dans leurs bras.

Quelle étrange parodie de l'espèce humaine! pensai-je en moi-même. Ces animaux s'amusent avec intelligence, et leur danse échevelée offre l'image de ces orgies où trop souvent, hélas! l'homme animal l'emporte sur l'homme spirituel.

— L'homme animal, dit à ce moment la Boëtie, est en tout semblable à la bête. Les instincts et les facultés physiques de l'homme sont les mêmes que celles des animaux, et, si l'on devait établir une comparaison entre l'homme animal et la bête, l'avantage resterait entièrement à cette dernière.

De cela il faut conclure que l'homme devrait s'attacher, de tout son pouvoir, à développer en lui l'*être* intelligent et moral, en un mot l'*être spirituel*, s'il veut se maintenir au degré qui lui appartient dans l'échelle des êtres; qu'il devrait avant tout se préoccuper de l'emploi de ses facultés *spirituelles* plutôt que de celles qui lui sont communes avec les

7.

animaux. Il arriverait ainsi à améliorer, je dirai même à *spiritualiser* en lui l'*être* animal. Son visage se ressentirait de l'état de son moral et toute laideur finirait, à la longue, par disparaître de la race humaine, si ses générations se succédaient en marchant dans la voie du progrès spirituel.

— Vous pensez donc, interrompit Nahouma, que l'esprit agirait assez sur la matière pour la former, la modeler de la même manière qu'un statuaire forme et modèle ses statues?

— J'allais compléter ma pensée, se hâta de répondre la Boëtie, vous me devancez. Il s'agit maintenant de savoir en quoi consiste sur le visage de l'homme la *beauté* digne de ce nom, et aussi la véritable *laideur*.

Il existe deux sortes de beauté et deux sortes de laideur. Il y a la *beauté physique* et la *beauté morale*, la *laideur physique* et la *laideur morale*.

La perfection du visage de l'homme serait de réunir en même temps la beauté morale à la beauté physique; mais, comme cet idéal ne se rencontre presque jamais, ou, pour mieux dire, ne se trouve pas, occupons-nous de savoir lequel serait *véritablement beau* de deux visages, dont l'un aurait en partage la *beauté physique* et la *laideur morale*, et l'autre la *laideur physique*, mais la *beauté morale*.

Il m'est souvent arrivé, ainsi qu'à bien d'autres, d'être ébloui à première vue par la beauté physique d'un visage. Au bout de quelques instants je le trouvais moins beau. En l'observant attentivement, j'y découvrais une laideur intérieure qui, perçant à travers la beauté apparente, arrivait jusqu'à me faire trouver laid ce que j'avais cru beau, et par me déplaire et me repousser.

Le plus souvent, un visage physiquement laid plaît infiniment dès qu'on l'a observé, et l'on finit par trouver beau ce que l'on avait cru laid, et par être attiré vers une beauté intérieure qui, perçant à travers la laideur physique, nous captive et se fait aimer.

Personne ne peut nier, sans mentir, ce que je dis en ce moment. Il est très-vrai que le plus beau visage peut être repoussant s'il reflète une laideur morale. Cela est tellement vrai, que Raphaël, ayant rassemblé toutes les beautés physiques les plus parfaites pour représenter le visage de l'ange rebelle et déchu, lui donna ensuite une expression telle, que ce visage parfaitement beau de beauté physique inspirait une horreur profonde à tous ceux qui le regardaient.

C'est donc dans la *beauté morale*, et non dans la *beauté physique*, que réside la *beauté véritable* et

seule digne de ce nom, et c'est celle-là que produit
le *progrès spirituel*.

Il resterait maintenant, continua la Boëtie, à dire
en quoi consiste le véritable *progrès spirituel*. Je ne
puis donner à cette question sérieuse le développement qu'elle comporte. Toutefois nous devons être
convaincus qu'il ne peut y avoir de progrès spirituel
digne de ce nom que dans les âmes réellement pénétrées des convictions chrétiennes.

Ce n'est pas dans une simple conversation que
ce qu'il y aurait à dire sur un tel sujet peut être dit.
D'ailleurs, nous avons des guides sûrs que nous pouvons suivre sans craindre de nous tromper; et, auprès de leurs enseignements, ce que je pourrais dire
serait bien faible, bien incomplet. Les saint Augustin, les saint François de Sales, et bien d'autres encore, nous indiquent la voie que nous devons suivre. Il reste à chacun de nous à se pénétrer des
enseignements de la doctrine chrétienne, qui seuls
peuvent faire arriver et maintenir l'homme au degré
qui lui appartient dans l'échelle des êtres.

— Je pense absolument comme vous, dit Nahouma
à la Boëtie, mais vous rendez mes idées bien mieux
que je n'aurais su les rendre moi-même.

Le moment était venu de se reposer; l'Indienne
se retira en laissant notre chevalier profondément
absorbé dans ses réflexions.

V

Le lendemain, Nahouma reprit son récit en ces termes :

Nous nous couchâmes dans notre canot. La natte et la couverture dont j'avais eu le soin de me pourvoir nous servirent de lit. Nous dormîmes peu et d'un sommeil souvent interrompu. Il eût été difficile, dans la position où nous étions, d'avoir l'esprit assez en repos pour que le sommeil eût repris sur nous tous ses droits.

Le jour apparaissait. « Eh bien, me dit Dola, nous sommes visiblement protégées par le grand Dieu dont tu portes l'image. Nous serons ici en sûreté; car, là où il y a beaucoup de singes, on peut

être sûr qu'il n'y a pas d'animaux féroces. Ces singes, ajouta-t-elle, pourront même nous être très-
utiles lorsque nous serons à terre.

— Oh! ma chère Dola, m'écriai-je, laisse, je t'en
prie, ces vilaines bêtes en repos, elles me font peur.
Évitons-les autant que possible.

— Ne crains rien, me répondit-elle, ces animaux
peuvent nous être utiles sans que nous ayons pour
cela besoin de les approcher. Laisse-moi faire; je
connais ceux de cette espèce, et, dans mon enfance,
je m'amusais souvent à les faire travailler. Tu re-
connaîtras bientôt la vérité de ce que je dis. »

Nous descendîmes sur le rivage. Nous avancions
lentement sur ces bords incultes, mais agréables.
Les singes, du haut des arbres, se penchaient à travers le feuillage pour nous regarder.

Dola s'arrêta au pied d'un arbre chargé de fruits
à l'enveloppe dure et épaisse. « Voilà, me dit-elle
en me les montrant, d'excellentes provisions pour
notre usage. Par bonheur, ce fruit n'est pas du goût
des singes, sans cela nous ne pourrions songer à
le récolter. Il nous sera d'une grande ressource;
car il se conserve longtemps sans s'altérer. Le voilà
parvenu à sa parfaite maturité; déjà même ses enveloppes s'entr'ouvrent en laissant échapper leurs
amandes sucrées et nourrissantes.

« Tu vois tous ces arbres chargés de fruits, eh bien, dans quelques instants, grâce à ces singes qui te font tant de peur, nous deviendrons maîtresses de toute cette abondante récolte. »

Dola grimpa lestement sur le moins élevé de ces arbres; elle cueillit les fruits qu'elle laissa tomber à terre; puis elle descendit et les arrangea autour du pied de l'arbre qu'elle venait de quitter.

Les singes l'avaient observée attentivement. A peine eut-elle terminé sa tâche, qu'ils se mirent tous à cueillir les fruits de l'espèce de ceux qu'ils avaient vu ramasser, en imitant les gestes et les poses de ma négresse. Ils descendirent, enfin, après avoir cueilli jusqu'au dernier de ces fruits et les rangèrent pareillement à ceux qui leur servaient de modèle [1].

—Tu vois bien, me dit Dola d'un air triomphant, que ces bêtes nous sont bonnes à quelque chose. Mais il ne faut pas nous hâter de ramasser ces

---

[1] Dans le séjour de MM. de la Condamine et Bouguet, au Pérou, des singes examinèrent si bien comment ces académiciens faisaient leurs opérations sur les montagnes, qu'on fut bien étonné de voir les singes planter des signaux, courir à une pendule, regarder les astres avec des lunettes, etc., etc. (Extrait de l'*Encyclopédie du dix-huitième siècle* par une société de gens de lettres, t. XVI.)

fruits; car les singes, en nous voyant faire, ne manqueraient pas de nous imiter.

Ainsi que nous l'avions prévu, notre navire arriva jusqu'à la côte et aborda sur les rochers où il se brisa. Nous vîmes ce beau vaisseau, où le pavillon français se mariait à celui des Indes, qui naguère y flottait joyeux et éclatant, s'affaisser, se disjoindre, et la mer emporter les innombrables débris de sa destruction.

Je regardais avec des larmes dans les yeux ce spectacle navrant, lorsque Dola me dit : « Nous ne pourrons pas toujours coucher dans notre canot; le temps peut se mettre à l'orage et la mer devenir mauvaise; il faut songer à trouver un abri où nous puissions au besoin nous retirer. Avançons et observons attentivement ce qui s'offrira à nos yeux. »

Nous nous mîmes à marcher à petits pas, nous arrêtant çà et là à ramasser des branches sèches qui devaient nous servir à faire du feu. Dola laissait derrière nous des marques de notre passage, afin de retrouver facilement le chemin qui conduisait à notre embarcation; elle coupait des branches d'arbres et les plaçait de loin en loin sur la route.

Nous arrivâmes sur les bords d'une large rivière dont les eaux silencieuses et unies comme une glace offraient l'image du calme le plus profond. Ses ri-

ves étaient planes, et l'on pouvait s'y avancer jusqu'à toucher l'eau. Nous nous désaltérâmes avec
de cette eau limpide que rien ne troublait, et nous
nous assîmes sur le bord.

Nous étions là depuis quelques instants lorsque
nous entendîmes marcher derrière nous. En nous
retournant nous vîmes, courbée sous le poids des
ans, une vieille Indienne qui venait puiser de l'eau
dans la rivière. Nous nous levâmes aussitôt et nous
avançâmes au-devant d'elle avec des marques de
respect.

C'est un usage sacré pour les jeunes gens de la
contrée de l'Inde à laquelle j'appartiens de témoigner le respect le plus profond aux vieillards. Je
m'avançai donc vers la vieille Indienne, et, après lui
avoir fait le salut d'usage, je pris de ses mains la
cruche qu'elle portait et je me mis en devoir de
puiser de l'eau pour elle. Encouragée par ces marques de déférence, l'Indienne s'assit. Nous restions
debout devant elle, lorsqu'elle nous fit signe de
nous asseoir à ses côtés. A ma grande satisfaction,
elle commença bientôt à nous parler dans une langue qui était, à quelque légère différence, la même
que la mienne. Elle me demanda d'où je venais, et
comment il pouvait se faire que nous fussions seu-
les sur ces bords, où presque jamais n'abordait

aucun étranger, hormis cependant quelques matelots venant renouveler la provision d'eau douce de
leur navire.

— Nous sommes venues ici, lui répondis-je, amenées par des événements dont le récit serait bien
long à te faire, et il rouvrirait les profondes blessures de mon âme qui saigne encore. Je me tus.

L'Indienne considérait avec curiosité mes riches
vêtements; elle observait mon visage où se voyait
à la fois ma jeunesse et les plis de la douleur...
« Je comprends, me dit-elle, des malheurs t'ont
amenée ici... » Elle demeura silencieuse.

Pendant ce temps, Dola était occupée à dépouil-
ler de leurs enveloppes quelques-uns des fruits que
nous avions récoltés et dont elle avait emporté avec
elle une petite provision. Lorsqu'ils furent épluchés,
avant d'y goûter j'en offris à l'Indienne qui en prit
et les mangea avec avidité. Je compris qu'elle avait
faim; je lui offris encore de ces fruits qu'elle accepta.

Lorsqu'elle eut apaisé sa faim, elle me témoi-
gna sa reconnaissance en me comblant de ses bénédictions. Puis, s'ouvrant à moi, elle me dit qu'elle
habitait une petite hutte, à quelque distance du rivage où nous étions, sur une élévation qu'elle me
montra; elle ajouta avec tristesse qu'elle était *seule*.

— *Seule!* répétai-je avec l'accent de la compassion. Tu n'as donc pas d'enfant?.

A ces mots la vieille Indienne se mit à pleurer. « J'ai des enfants, me dit-elle d'un air morne et les yeux fixés sur la terre; je les ai soignés et nourris de mon lait; je les ai portés dans mes bras et endormis de mes plus doux chants... Et maintenant je suis *seule!*

— Et ton époux? lui dis-je.

— Mon époux, répondit-elle, est allé encore jeune dans le pays des âmes; il me laissa veuve avec trois enfants, sans autre ressource qu'un petit champ et le travail de mes bras. Souvent je me suis privée de nourriture pour que mes enfants fussent rassasiés, et de vêtements pour qu'ils fussent vêtus. Je les voyais grandir et j'étais pleine de joie, de confiance et d'espoir..... Et maintenant, je suis restée seule au milieu de mon champ, qui est devenu inculte, faute de bras pour le travailler... Je suis restée seule dans la hutte où je les avais tous mis au monde, où je les avais vus croître et grandir... Bientôt la vie me quittera, et je m'en irai de ce monde sans qu'aucun de ceux de mes enfants qui vivent encore se souvienne de moi... »

En achevant ces mots, elle se leva pour s'en aller.

— Mon enfant, me dit-elle, toi dont le respect pour la vieillesse et la bonté pour le malheur se reconnaissent à tes actions, viens te reposer dans ma hutte avec ton esclave.

— Elle est ma compagne, et non mon esclave, me hâtai-je de répondre.

— Venez donc toutes les deux dans ma hutte. Venez, le ciel vous envoie vers moi comme une apparition douce et consolante.

Nous la suivîmes. Je soutenais ses pas chancelants et affaiblis, et Dola s'était chargée de sa cruche.

Oh! que de pensées amères et douloureuses vinrent à ce moment se presser dans mon cœur! L'image de mon grand-père m'apparut en éveillant en moi le remords, la tendresse, les regrets les plus déchirants! Je fondis en larmes...

— Tu pleures! me dit d'un ton affectueux la pauvre Indienne.

Je pressai sa main et je la couvris de baisers. Il me semblait que je rachetais mes fautes passées en entourant de mon affection cette Indienne vieille et abandonnée par ses enfants comme mon grand-père l'était par moi. Mon âme s'élança avec ardeur vers l'expiation que le ciel semblait m'envoyer. Je me promis de me dévouer à cette pauvre

femme vers qui la Providence m'avait amenée sur
cette plage déserte où j'avais craint de ne rencontrer personne.

Nous gravîmes le tertre escarpé sur le sommet
duquel était la demeure de l'Indienne. Arrivé à la
cime, on trouvait un petit plateau ; c'était le champ
dont elle nous avait parlé. Nous entrâmes dans sa
hutte, où elle nous fit asseoir sur des escabeaux de
bois.

— Reposez-vous, nous dit-elle.

En même temps, elle se disposait à préparer de
ses mains débiles un peu de riz qu'elle tenait en
réserve et dont elle voulait nous régaler.

— Bonne mère, lui dis-je, ne te hâte pas de con-
sommer tes minces provisions. Nous avons encore
de ces fruits dont tu as mangé avec nous, et nous
avons aussi quelques autres vivres. Ne te fatigue
donc pas pour nous recevoir. Assieds-toi, je t'en
prie.

En disant ces mots, je dépouillai la superbe veste
brodée d'or qui recouvrait mes vêtements, je l'é-
tendis sur l'un des siéges grossiers de cette demeure, et j'y conduisis l'Indienne qui s'y assit en
pleurant de la joie qu'elle éprouvait de se voir entourée de tant d'affection et de respect.

Je m'assis à ses pieds.

— Mère, lui dis-je, je veux te dire tout ce qui m'est arrivé. Je suis bien coupable... J'ai menti à un vieillard respectable, mon grand-père. Je l'ai trompé, et ce sont les conséquences de ma faute qui m'ont amenée ici. Appuyant alors mes mains sur ses genoux et levant vers elle mon visage, je me mis à lui faire, sans détour et en insistant sur mes fautes, le récit de mes malheurs.

Lorsque j'eus achevé mon récit, l'Indienne me fit répéter les circonstances qui l'avaient le plus frappée. La mort du martyr l'avait surtout profondément impressionnée.

— Je voudrais bien, me dit-elle, connaître ce Dieu qui rend si bon.

Je commençai alors à développer ce que j'avais appris du prêtre chrétien, en y ajoutant mes propres inspirations. Je parlais avec un tel enthousiasme, que l'Indienne était tout entière suspendue à mes paroles. Je vois encore le visage de cette femme, accablée sous le poids des ans, s'animer d'une vie nouvelle à la chaleur vivifiante de la vérité, dont elle ne faisait cependant que sentir les premiers rayons.

O puissance infinie de la foi et de l'amour divin ! tu transformes ceux que tu pénètres ; tu leur donnes une vie nouvelle qui de l'âme se répand sur leur être tout entier.

La nuit vint interrompre notre entretien. La vieille Indienne se leva pour aller traire une chèvre qu'elle avait et la mettre à l'abri de la nuit. Elle paissait en liberté et accourut à l'appel de sa maîtresse.

— Tiens, me dit l'Indienne en me remettant le vase où le lait était contenu, emporte-le dans notre hutte. Je vais maintenant faire litière à ma chèvre et l'enfermer. Bien que cette contrée soit exempte de bêtes féroces, il y passe de temps en temps quelque chacal pendant la nuit. Hélas! ajouta-t-elle avec un soupir, bientôt la porte de son étable ne pourra plus la garantir; elle s'use, et je ne puis la réparer.

Je m'acheminai diligemment, et je déposai le lait dans la hutte. Dola, pendant ce temps, était occupée à éplucher ce qui nous restait des fruits que nous avions apportés avec nous.

Je me hâtai de revenir aider la pauvre Indienne. Je lui fus d'un grand secours; car c'était avec peine qu'elle parvenait, chaque soir, à consolider la porte qui était destinée à garantir sa chèvre chérie, sa meilleure ressource. Le contentement se peignait

sur son visage et elle me donnait les noms les plus
doux.

Dola avait allumé dans la cheminée de la hutte
un feu clair et petillant. Dans cette partie de l'Inde
où nous étions, sans la connaître, nous fûmes frappées des brusques changements de la température,
qui passe alternativement et à de très-courts intervalles du chaud au froid. Nous nous assîmes autour
du feu, dont la chaleur nous était agréable et préparait en même temps le lait qui devait nous servir de souper.

Lorsque nous eûmes achevé notre repas :

— Tiens, me dit l'Indienne en me montrant un
hamac replié et suspendu à l'une des poutres qui
formaient le plafond de la hutte, voici le lit que je te
destine ; c'est celui de ma fille, du dernier de mes
enfants, dit-elle en versant des larmes.

Dola disposa le hamac le mieux qu'elle put et se
mettait à arranger pour elle un lit de feuilles sèches,
dans un coin de la hutte, lorsque je lui dis que je
ne coucherais dans le hamac qu'à la condition
qu'elle le partagerait avec moi.

Le lendemain ma compagne était levée de bonne
heure et s'occupait déjà à aider l'Indienne dans les
soins du ménage. Couchée dans mon hamac, je
voyais ma fidèle Dola, active et empressée, épargner

la peine de notre hôtesse. En moins d'une heure elle
eut transformé l'intérieur de cette pauvre hutte.
Chaque objet fut mis par elle à la place qui lui convenait le mieux. Le sol, balayé avec soin, offrit une
surface agréable à voir.

Je me disposais à me lever, lorsque l'Indienne
me dit : « Enfant de mon âme, dont la voix est
douce à mon cœur comme le chant du bengali, ac-
corde-moi ce que je vais te demander. Revêts-toi
des habits qui me sont restés de l'enfant que je
pleure, de ma fille Nihala. Elle était de ta taille, elle
était belle comme toi, et les yeux savouraient avec
délices le plaisir de la voir. Prends ses vêtements
afin que je me fasse illusion, et qu'en te voyant je
croie la voir encore... Bien qu'ils ne soient pas aussi
beaux que les tiens, ils ne te seront pas désagréa-
bles. C'étaient ses vêtements de fête. Je les lui avais
procurés au prix de bien du travail. Oh ! qu'ils
sont tristes, les événements qui m'ont privée de ma
fille ! »

En disant ces mots elle déployait lentement les
habits qu'elle me destinait. C'était un pantalon en
tissu de coton fin et lustré, brodé de blanc sur un
fond bleu d'azur, et s'attachant au-dessus de la che-
ville ; il y avait ensuite une tunique dont l'étoffe
était en tout semblable à celle du pantalon. Des san-

8

dales rouges, rattachées avec des rubans de même couleur, complétaient ce costume.

Lorsque je fus habillée, l'Indienne ne se lassait pas de me contempler. « Oh! disait-elle, je la revois. C'est ma Nihala, mon enfant égaré, mais non coupable; mon enfant, belle comme le soleil se couchant dans la mer, comme le printemps lorsqu'il revêt sa robe éclatante! » La journée se passa presque tout entière dans des transports et des ravissements.

Le lendemain je lui dis : « Mère, nous allons te quitter pour quelques instants ; tu nous attendras ici. Nous allons ramasser les fruits que nous avons laissés là-bas. Ils seront pour nous une précieuse ressource, car ils se conservent longtemps et nous en avons beaucoup.

— Ah! me dit-elle, est-il bien sûr que tu reviendras? Tu ne me tromperas pas? Non, tu reviendras, je le vois dans tes yeux. »

Nous partîmes afin d'aller chercher nos fruits et rapporter, en même temps, la couverture et la natte qui étaient restées dans notre canot. Nous allâmes à l'endroit où il était attaché. Quelle fut notre surprise en le voyant rempli de singes qui, ayant déployé notre couverture, l'avaient étendue dans le fond et imitaient les mouvements qu'ils nous avaient vu faire en nous couchant.

Mais, dans cette imitation grotesque et dans les mouvements brusques et saccadés de leurs petites mains aux doigts armés d'ongles aigus, la couverture avait reçu de cruelles atteintes. De longues déchirures s'y montraient. Les singes s'étonnaient de voir le jour passer à travers les trous, et cette découverte paraissait leur plaire, car la plupart d'entre eux soulevaient la couverture et passaient leur tête par les trous, en faisant des grimaces qui annonçaient leur vive satisfaction. Bientôt les déchirures s'agrandirent, et les singes, saisissant chacun un pan de la couverture, se mirent à tirer dans toutes les directions. A ce moment ils nous aperçurent et se hâtèrent de grimper sur les arbres en emportant les lambeaux qu'ils avaient faits.

Nous emportâmes notre natte, qui n'avait que peu souffert. Nous nous hâtâmes aussi d'enlever nos fruits, tandis que les singes étaient occupés à cacher les lambeaux de la couverture.

Comme nous arrivions à la hutte, la vieille Indienne vint au-devant de nous. « Entre, me dit-elle, tu apportes avec toi le bonheur dans ma demeure si longtemps restée solitaire. »

Le lendemain elle me dit : « Assieds-toi auprès

de moi. Tu m'as raconté tes malheurs, tu ne me refuseras pas d'entendre le récit des miens. Je veux te dire comment ma fille Nihala a été ravie à mon amour, comment elle a suivi la convoitise de ses yeux et les entraînements de la vanité. »

VI

HISTOIRE DE NIHALA

La vieille Indienne commença en ces termes :

Je t'ai déjà dit que j'étais restée veuve avec trois enfants.

Mes deux fils étaient les aînés. Ayant atteint l'âge de la force, ils me témoignèrent le désir d'aller chercher au loin des ressources que mon petit champ, malgré leur travail assidu, ne pouvait leur fournir. J'éprouvais une grande peine de cette sépa-ration ; mais je ne pouvais, raisonnablement, m'y opposer et les condamner aux privations que leur aurait imposées leur séjour auprès de moi.

Le plus jeune de mes enfants me resta ; c'était ma

8.

fille Nihala, celle que je pleure. Elle grandissait
sous mes yeux pleine de joie et de santé. Aucune
pensée autre que celles que je lui enseignais n'a-
vait pénétré dans son âme pure comme le cristal
des eaux. Nos voyages ne s'étendaient pas au delà
d'un village voisin, où nous allions quelquefois. Je
n'y vais plus maintenant; qu'irais-je y faire? mes
jambes pourraient à peine m'y porter, et, le pus-
sent-elles, je n'irais pas y montrer ma misère et
mon malheur.

Ma fille était heureuse; elle se contentait de sa
position. Des vêtements modestes, mais propres, une
nourriture saine et frugale, suffisaient à ses besoins.
Les travaux des champs et enfin l'affection vertueuse
d'un jeune Indien qui habitait le village, et auquel
je la destinais pour épouse, remplissaient sa vie et
me faisaient espérer de la garder auprès de moi.

J'avais été abandonnée par mes deux autres enfants, et je ne recevais plus d'eux aucun souvenir;
mais le jeune Indien était devenu pour moi un fils
que le ciel m'avait envoyé. Grâce à lui, mon champ
prospérait; grâce à ses soins, je n'avais plus à m'occuper de travaux pénibles au-dessus de mes forces.
Assise devant la porte de ma hutte, occupée à des
travaux doux et faciles, je voyais le fils de mon affection cultivant avec ardeur mon petit champ. Je con-

templais ma fille l'aidant avec amour, et je les
voyais chercher mes regards comme une récompense douce à leur cœur.

Zamore, c'était le nom de ce jeune Indien, attendait patiemment le jour où, devenu l'époux de ma
fille, il viendrait habiter notre hutte. Il était le qua-
trième enfant d'une famille s'occupant, comme
nous, aux travaux des champs. L'élévation de son
âme, la bonté de son cœur, m'assuraient de trouver
en Zamore l'appui de mes vieux ans.

Le soir venu, il prenait avec nous le dernier repas
du jour. Ensuite nous allions l'accompagner jusqu'à
moitié chemin de son village ; je marchais appuyée
sur son bras et sur celui de ma fille Je l'entendais
célébrer son amour pour sa fiancée dans des chants
plus doux que ceux du bengali. Nous l'avions quitté
et nous l'entendions encore redire ses chants joyeux;
souvent il s'arrêtait afin que nous l'entendissions
plus longtemps, et alors nous nous arrêtions aussi
pour l'écouter.

Images d'un bonheur évanoui, vous revenez à
mon souvenir, avec la fraîcheur de l'aube matinale
avec vos sourires et vos enchantements ! Pourquoi
faut-il que j'aie maintenant à me rappeler des souvenirs tristes comme une nuit sans étoiles, amers à
mon cœur comme l'est à la bouche l'onde de la mer!

Un jour, j'avais envoyé Nihala, alors âgée de seize ans, garder nos chèvres sur le bord de la rivière. L'heure du dîner était venue, j'attendais ma fille et je ne la voyais pas revenir. A la fin, je descends, je me dirige vers la rivière. Je vois de loin ma fille; elle n'était pas seule; elle écoutait, dans une attitude pleine d'attention, deux hommes qui lui parlaient. Ils paraissaient richement vêtus; à côté d'eux des esclaves puisaient de l'eau dans la rivière et en remplissaient des tonneaux.

Je me hâtai d'appeler ma fille qui vint aussitôt, mais je compris que c'était à regret qu'elle quittait l'entretien qui paraissait l'intéresser si vivement.

— Ma fille, lui dis-je lorsqu'elle fut près de moi, quels sont ces étrangers?

— Ces étrangers, me répondit-elle d'un ton où perçait une vive contrariété, sont des hommes riches et puissants; ils m'ont dit que leur navire était à l'ancre et qu'ils venaient faire leur provision d'eau douce dans notre rivière.

— Ma fille, lui dis-je, ces hommes ne t'ont-ils pas dit autre chose? Elle ne répondit pas; puis, d'un air impatient, elle me dit:

— Mère, tu aurais bien pu, ce me semble, me laisser écouter un peu plus de temps ces deux étrangers. Ils disent de bien belles choses agréables à entendre. Ils m'ont demandé avec qui je demeurais; et, lorsque je leur ai dit que j'étais seule avec ma mère, ils m'ont interrogée sur notre position. Je leur ai répondu que nous avions le travail de nos mains et un petit champ.

Alors ils m'ont dit : « Tu es pauvre, et cependant tu devrais être riche des biens de la fortune comme tu l'es de grâce et de beauté. Tu travailles les champs, tandis que tes mains sont faites pour manier l'or et la soie. »

A ce moment tu m'as appelée; mais, en me quittant, ils m'ont dit qu'ils viendraient dans notre demeure... Hélas! qu'elle est pauvre pour les recevoir...

En disant ces mots, elle rangeait de son mieux les ustensiles de notre hutte. Ensuite, jetant un coup d'œil de tristesse sur ses vêtements de travail qui, l'instant d'avant, lui paraissaient suffisants, elle se mit à soupirer. Elle ouvrit le coffre où étaient ses habits de fête, et je la vis, à mon grand étonnement, se mettre en devoir de s'en revêtir. C'étaient les habits que tu portes en ce moment, me dit l'Indienne les larmes aux yeux.

— Nihala! ma fille, m'écriai-je, que fais-tu? Que dira ton fiancé lorsqu'il te verra ainsi parée? Il saura que tu as prodigué tes plus beaux habits pour faire fête à des inconnus que tu ne reverras problement jamais.

— Mère, me répondit-elle, il y a longtemps que je travaille sans relâche, du matin au soir, que j'aide à pourvoir à tes besoins, que je me contente de te plaire; tu ne me refuseras pas aujourd'hui l'innocente satisfaction que je veux me donner de me revêtir de mes habits de fête. Quant à mon fiancé, je ne lui reconnais pas encore le droit de régler mes actions.

En disant ces mots, elle avait achevé sa toilette. Quelques instants après, je vis monter vers notre hutte les deux étrangers. L'un d'eux portait un paquet volumineux. Oh! que j'aurais voulu leur interdire l'entrée de ma demeure! Mais, hélas! que faire contre des homme forts?

Ils entrèrent en me saluant poliment; puis, déposant sur notre table leur paquet, ils me demandèrent la permission, qui ne pouvait plus leur être refusée, de s'asseoir et de se reposer dans notre hutte.

Lorsqu'ils furent assis : « Femme, me dirent-ils, tu es ici seule avec ta fille?

— Hélas! oui, » leur répondis-je.

Ils m'adressèrent alors plusieurs questions. Peu à peu je me laissai aller à leur parler, et je leur fis le récit de mes malheurs. Ils m'écoutèrent d'un

air de compassion, et l'un d'eux sortant une bourse
pleine d'or me l'offrit. » Non, lui dis-je, cet or
m'est inutile; il ne ferait que nous donner des désirs qui n'appartiennent pas à notre modeste condition. Nous vivons en travaillant, comme faisait
mon époux; je suis contente de ce que j'ai; qui sait
si cet or, en changeant nos habitudes, n'apporte-
rait pas en même temps un changement dans notre
bonheur.

Tandis que je parlais, l'autre étranger ouvrit le
paquet qu'il avait apporté, et, sous prétexte de replier les marchandises qu'il contenait, il se mit à
étaler dans notre pauvre demeure les plus riches
tissus de l'Orient.

Je regardai ma fille ; ses yeux s'étaient fixés sur
ces riches parures et elle ne pouvait les en détacher. A ce moment Zamore parut sur le seuil de
notre hutte; il s'arrêta tout étonné du spectacle qui
s'offrait à lui. Il entra et vint s'asseoir à mes côtés.

Je me hâtai de lui donner l'explication de ce qu'il
voyait. Mais ce qui l'occupait le plus, c'était Nihala
revêtue de ses habits de fête et maniant les belles
étoffes qui, étalant au grand jour leurs riches couleurs, faisaient ressortir la pauvreté de notre demeure.

Nihala était tellement absorbée dans la contem

plation des objets offerts à ses regards, qu'elle n'avait pas vu entrer son fiancé, elle cependant qui, à cette heure, allait au-devant de lui, elle qui le reconnaissait au seul bruit de ses pas.

Zamore la regardait en silence, et une tristesse involontaire se répandait peu à peu sur son visage. L'un des étrangers, se tournant vers moi, me dit : « Femme, quel est ce jeune homme ?

— C'est le fils de mon affection, lui répondis-je; c'est l'époux que je destine à ma fille.»

A ces mots, les deux étrangers échangèrent un coup d'œil d'intelligence suivi d'un ironique sourire.

— Jeune homme, dirent-ils à Zamore, quelle est ta profession ?

— Je suis, répondit-il avec dignité, le fils d'un laboureur, et je continue la profession de mon père.

— Et cette profession t'enrichit-elle ?

— On est assez riche, dit Zamore, lorsqu'on est content de ce que l'on possède.

— Certes, dit le plus jeune des deux étrangers d'un ton où perçait une piquante raillerie, tes paroles sont dignes du grand Confucius.

— Je n'ai pas lu ses ouvrages, répondit Zamore, l'expérience seule m'a dicté les paroles que je vous ai dites.

— Ton expérience? eh! mais tu n'as pas encore vingt-cinq ans.

— J'ai appris de mon père; dont l'expérience doit me guider, répliqua Zamore, que l'accroissement de la fortune n'amène pas infailliblement celui du bonheur, et que la convoitise des richesses nous expose à faire des chutes.

Ces hommes n'adressèrent plus aucune question à Zamore; ils replièrent les riches parures et les magnifiques étoffes, et me dirent que je les obligerais infiniment de les leur garder jusqu'à leur retour d'une petite excursion qu'ils avaient à faire. Je remarquai, mais sans y attacher aucune importance, que leur paquet était demeuré ouvert, et les riches parures se laissaient encore apercevoir.

Après leur départ Nihala devint embarrassée vis-à-vis de son fiancé. Ses habits de fête la gênaient, elle craignait d'avoir à donner des explications, ce qui ne manqua pas d'arriver.

— Nihala, ma douce fiancée, lui dit Zamore en lui prenant la main, quelle est la cause qui t'a fait revêtir aujourd'hui tes beaux habits?

À cette demande, faite d'une manière qui aurait dû commander la confiance, Nihala releva fièrement la tête. — J'ai pris ces habits, répondit-elle à son

9

fiancé, parce que mes vêtements de travail ont besoin d'être réparés.

Elle mentait, mais je ne voulus pas lui reprocher son mensonge.

Zamore se contenta de cette réponse. Nous nous mîmes à déjeuner; le repas fut silencieux; Nihala était soucieuse et Zamore était triste.

Après le déjeuner il fallait aller travailler aux champs. Ma fille allégua l'embarras où elle se trouvait de gâter, en travaillant, ses habits de fête, et elle resta à la maison sous prétexte de réparer ses vêtements.

Je m'en allai aux champs avec Zamore. Nous y étions déjà depuis quelque temps, lorsqu'ayant besoin d'un instrument de travail, j'envoyai Zamore le chercher dans notre hutte. Ne le voyant pas revenir, j'allai après lui. Mais quelle fut ma surprise lorsqu'en entrant je vis ma fille entièrement revêtue des riches parures qu'avaient laissées les deux étrangers. Elle était assise, muette et colère, en face de Zamore qui paraissait accablé de tristesse.

Lorsque je voulus demander à ma fille l'explication de l'étrange déguisement dans lequel je la voyais, elle se mit à répandre des larmes, en disant qu'il était bien fâcheux pour elle de ne pouvoir rien

faire sans être obligée d'en rendre compte ; qu'il
lui avait plu d'essayer ces parures, que du reste
elle allait quitter ; mais qu'elle ne se serait jamais
attendue à voir Zamore remplir auprès d'elle l'of-
fice d'espion. Ce fut en vain que Zamore chercha à
l'apaiser en lui disant que le hasard seul l'avait
amené dans la hutte ; sa mauvaise humeur persista.
Elle quitta en soupirant les magnifiques parures
dont elle s'était revêtue. Le soir, au lieu de venir
accompagner son fiancé, elle le laissa partir seul
avec moi.

J'avais le cœur navré. —Fils de mon affection, dis-
je à Zamore en l'accompagnant, pourquoi ton visage
est-il si triste ? Demain les nuages qui sont venus
obscurcir ton bonheur se seront dissipés, et tu retrouveras ta fiancée tout entière à ton amour.

— Mère, me répondit-il, puisses-tu dire vrai ! Je
voudrais avoir au cœur ton espérance. Mais, hélas ! j'ai compris que Nihala avait en un moment
oublié notre amour pour ouvrir son âme aux entraînements de la vanité.

— Mon fils, lui dis-je, rassure-toi, je vais cacher
aux regards de Nihala ces riches parures dont la
vue lui a causé une si déplorable ivresse. Demain tu
reviendras, comme d'habitude, et tu verras que ces
impressions se seront effacées de l'esprit de ma fille.

Il me quitta tristement, et je vis des larmes dans ses yeux.

En rentrant dans ma hutte, je m'attendais à trouver ma fille assise auprès du foyer ; mais elle s'était couchée dans son hamac. Je lui parlai, elle ne répondit pas. Je supposai qu'elle s'était endormie. Cette nuit je dormis peu ; les appréhensions de Zamore étaient dans ma pensée, bien que je n'eusse pas voulu le lui dire.

Le lendemain le soleil brillait à l'horizon, et ma fille était encore dans son hamac.

— Nihala, lui dis-je, d'où vient que tu ne te lèves pas comme d'habitude? Zamore est déjà à travailler dans le jardin.

— D'aujourd'hui, me répondit-elle, je ne pourrai aider Zamore. Je suis fatiguée et malade ; hier soir je me couchai sans prendre aucune nourriture, et j'ai passé une mauvaise nuit.

Je me hâtai de préparer un mets qui lui était agréable. Elle se leva et reprit ses vêtements de fête. Cette fois je ne lui fis aucune observation ; je craignais d'aggraver ses souffrances. Elle ne mangea presque rien ; puis elle se dirigea à pas lents et toute préoccupée, non dans le jardin où travaillait Zamore, mais du côté où elle avait rencontré les deux étrangers.

Elle s'assit sur le bord de notre champ, à un endroit d'où la vue s'étendait au loin. Elle appuya sa tête sur l'une de ses mains, et ses regards errèrent dans l'espace.

Je m'approchai et je m'assis auprès d'elle. — Tu souffres, ma fille? lui dis-je de mon accent le plus doux.

Elle garda quelques instants le silence, puis elle me répondit :

— Oui, mère, je souffre, et tu ne peux rien pour me guérir. Jusqu'à présent j'avais cru que nous étions heureux, et cette idée me rendait joyeuse ; mais aujourd'hui je vois qu'il nous manque beaucoup de choses, et je souffre. . . . .
. . . . Crois-tu, me dit-elle, en fixant sur moi un regard fiévreux, crois-tu que je ne vois pas notre pauvreté?... As-tu vu ces riches étoffes dont l'épaisseur égale celle des murs de notre hutte?... Eh bien, ces étrangers m'ont dit qu'il y avait des demeures dont le sol en était recouvert, et que les pieds de ceux qui les habitaient les foulaient comme au printemps nous foulons l'herbe des prairies... As-tu vu ces étoffes aux mille couleurs, frangées d'or? Elles sont destinées à recouvrir les murs de ces superbes demeures... Et ces magnifiques tissus, ajouta-t-elle en soupirant, dont la finesse surpasse

celle des plumes du colibri, eh bien, ils sont destinés
à la parure de femmes qui peut-être sont moins
belles que moi... Oh! qu'ils doivent se trouver heureux, ceux qui jouissent de tant de richesses! et pourquoi tous les hommes ne sont-ils pas riches!...

Ces dernières paroles me pétrifièrent. Je demeurai dans le silence le plus complet. A ce moment je
vis Zamore, qui, debout derrière nous et sa bêche à
la main, venait d'entendre les discours de sa fiancée.
L'étonnement se peignait sur son visage. Il se recueillit quelques instants, puis, s'adressant à ma
fille, il lui parla en ces mots :

— Nihala, tes paroles sont arrivées à mon
cœur telles que des flèches aiguës; souffre, je t'en
prie, que j'oppose mes pensées à celles qui commencent la destruction de notre bonheur.

L'on peut être heureux sans être riche, et la
meilleure preuve de ce que je dis, c'est qu'hier encore tu étais heureuse. Ta voix s'élevait en chants
joyeux comme l'oiseau dans les airs. Ton visage
était serein comme un beau ciel étoilé. Et cependant étais-tu riche alors? possédais-tu ces super-
fluités dont tu parles avec tant d'ardeur?

Aujourd'hui ta position est la même qu'elle
était hier; et pourtant quel triste changement s'est
opéré dans ton âme!... Ce qui faisait ton bonheur ne

te donne plus que de la tristesse. Le désir de posséder ces richesses qui brillent à tes yeux dans un
lointain inconnu et t'attirent vers elles comme ces
feux trompeurs qui attirent vers l'abîme le voyageur
inexpérimenté; le désir de ces richesses, si tu n'y
prends garde, aura bientôt éteint cet amour vrai,
cet amour qui te rendait si heureuse en répondant
au mien.

Détrompe-toi si tu penses que la possession des
biens de la fortune pourrait te donner le bonheur.
Je sais par mon père, qui a vu de près des demeures semblables à celles dont tu te fais l'idée,
que la mesure du bonheur ne se comble pas avec
des richesses. Ces riches dont tu convoites le bien-
être, et auxquels tu portes peut-être une coupable
envie, sont moins heureux que nous ne l'étions hier
encore; et il ne tient qu'à toi de rappeler notre
bonheur.

Tu demandes : « Pourquoi les hommes ne sont-
ils pas tous riches? »

Prends garde. Tu offenses le Ciel, qui est le
maître et le dispensateur des biens de toute sorte.
Que répondrais-tu à quelque pauvre être chétif et
contrefait qui viendrait te dire : « Pourquoi ta taille
est-elle droite et élancée comme le tronc du pal-
mier, tandis que la mienne est courbée sous l'é-

treinte de la difformité? » Que répondraient ces esprits intelligents et créateurs qui s'élèvent dans
des régions supérieures, soit par de grandes actions,
soit par des découvertes utiles à l'humanité, si
d'autres venaient leur dire : « Pourquoi sommes-
nous privés de ces dons qui vous distinguent et
vous élèvent au-dessus de nous? »

Et cependant, s'il fallait convoiter des richesses,
ce serait bien plutôt celles de l'intelligence et de la
grandeur morale qui devraient attirer vers elles les
efforts de notre volonté. Les biens de la fortune
sont en dehors de nous, et n'ajoutent rien à notre
valeur personnelle; ils nous entourent, mais l'on
peut dire qu'ils ne nous appartiennent pas; au lieu
que ceux de notre perfection morale sont à nous, et
ne cessent jamais de nous appartenir. Pourquoi
ceux-là n'attirent-ils pas de préférence tes désirs?...

Restons heureux, Nihala; notre bonheur, à nous,
c'est notre amour. Que de cœurs voudraient pouvoir aimer comme nous aimons! Jouissons en paix
et sans arrière-pensée du bonheur que le Ciel,
dans sa bonté, met dans nos mains. Il dépend de
nous de le conserver.

Nihala écoutait, pensive et recueillie, les discours
de son fiancé.

— Zamore, lui dit-elle, je reconnais la vérité de ce que tu viens de me dire. Je m'efforcerai d'oublier ces convoitises qui s'allument dans mon cœur.

Elle rentra dans la hutte, et se remit, mais d'un air découragé, à ses occupations.

Le soir elle était déjà couchée lorsque nous rentrâmes pour souper.

— Où donc est Nihala? me dit Zamore.

— Dans son hamac, lui répondis-je.

Mon fils soupira, et me dit : — Nihala laisse fuir loin d'elle le bonheur !......

VII

Plusieurs jours se passèrent : ma fille semblait avoir oublié les pensées qui l'avaient tant fait souffrir, lorsque Zamore fut obligé d'aller accompagner son père à une assez grande distance, dans un lieu où ils devaient demeurer quelque temps.

Nous attendions son retour avec impatience, lorsqu'un matin nous vîmes revenir les deux étrangers; cette fois ils arrivaient menant avec eux des chameaux chargés et plusieurs esclaves. Leur nombreuse suite défila devant notre demeure, et ils allèrent se camper sur le terrain inculte que tu vois au bas de notre champ. Là ils dressèrent une tente magnifique dont les couleurs se voyaient de loin.

Ils brûlèrent des parfums dont l'odeur montait jusqu'à notre hutte.

Le vent soulevait les rideaux soyeux de leur tente et laissait entrevoir tout ce que le luxe oriental peut étaler de plus beau.

J'évitai d'envoyer ma fille du côté où était la tente de ces étrangers; mais, seule et obligée de pourvoir aux besoins du ménage, je ne pus sans doute exercer une surveillance assez active pour empêcher que leurs discours n'arrivassent aux oreilles de Nihala et ne pénétrassent de nouveau dans son cœur.

Maintenant, pourquoi faut-il que j'aie à raconter le reste de cette triste histoire? pourquoi faut-il que j'aie survécu à mes malheurs?

Zamore ne revenait pas, et bien des jours s'étaient écoulés depuis le retour de ces étrangers, lorsqu'un matin je vis, à ma grande satisfaction, qu'ils se préparaient à partir. Je les vis de loin, replier leur tente, charger leurs chameaux; et, quand vint la nuit, les feux qu'ils allumèrent me les firent voir assis au milieu de leurs bagages et mettant la dernière main à leurs préparatifs de départ. Je me réjouis intérieurement de voir s'éloigner ces hommes qui, une fois déjà, avaient apporté le trouble dans ma maison.

Accablée de fatigue, je rentrai. Je trouvai Nihala empressée et apportant sur la table notre souper, qu'elle avait préparé avec le plus grand soin.

— Mère, me dit-elle, assieds-toi et mange; pour moi, je n'ai pas faim.

Je la regardai; son visage exprimait la vive tendresse qu'elle avait pour moi; mais en même temps il était empreint d'une profonde tristesse.

Après que j'eus pris mon repas, elle vint s'asseoir à mes genoux, comme tu es en ce moment, fille de mon âme, me dit l'Indienne en passant une main caressante dans mes cheveux.

Nihala prit mes mains, qu'elle couvrit de baisers; au même instant je sentis des larmes brûlantes qui tombaient de ses yeux.

— Ma fille, lui dis-je, consolation de mes derniers jours; pourquoi pleures-tu?

A ces mots, ses pleurs redoublèrent.

— O ma mère! me dit-elle, je voudrais te rendre heureuse, entourer tes vieux ans de soins et de bien-être. Je voudrais être riche, afin de te procurer les jouissances que donne la fortune.

— Tes idées sont-elles donc toujours les mêmes, ma fille? lui répondis-je. Tu me dis que tu voudrais être riche afin de me rendre heureuse. Mais rien ne manque à mon bonheur. Ne me prodigues-tu pas chaque jour les trésors de ton affection? Ils sont bien préférables pour moi à ceux de la richesse.

— O ma mère! continua-t-elle, que je serais heureuse de te voir entourée d'esclaves empressés d'obéir à tes ordres et allant au-devant de tes désirs!

— Nihala, ma fille, lui dis-je, tu oublies que tes soins me sont chers et que jamais les services d'aucune esclave ne sauraient, pour moi, remplacer les tiens!... Et toi? ajoutai-je, penses-tu que des esclaves, si nombreux qu'ils fussent, te rendissent les soins d'une mère?

Elle soupira profondément.

— Ma mère, reprit-elle au bout de quelques instants, ne repousse pas les souhaits que je fais pour toi. Ce n'est pas la vanité qui me les inspire, c'est mon affection.

En disant ces mots elle se leva et m'embrassa plusieurs fois et longtemps; elle ne pouvait se détacher de moi, et ses larmes coulaient en silence.

A la fin elle se retira dans sa chambre. Je me couchai. Longtemps après (j'étais à moitié endormie), il me sembla que j'entendais remuer autour de mon lit; je crus même entrevoir, à la clarté des rayons de la lune qui passaient à travers le treillis de ma fenêtre, ma fille ouvrant mes rideaux et se penchant sur moi; mais le sommeil, à ce moment, ferma mes paupières, et ce ne fut que le lendemain que je pus me rendre compte de ces circonstances.

Le lendemain matin, en m'éveillant, le premier objet qui s'offrit à mes regards, ce fut une feuille de papyrus déposée auprès de mon lit. Elle était couverte de caractères tracés par ma fille. Je prends cette feuille; à peine avais-je lu, que je retombai sur mon lit, accablée de douleur... Cependant je m'efforçai de lire jusqu'au bout...

La vieille Indienne reprit, après un long silence :

— J'ai conservé cette lettre; elle est sur mon cœur et ne me quittera plus, même dans mon tombeau.

En achevant ces paroles, elle sortit de son sein la feuille repliée de papyrus, qu'elle me donna à lire.

Je dépliai cette feuille, qui portait l'empreinte du temps et de la vétusté, et je déchiffrai les lignes suivantes, tracées d'une main tremblante et inexpérimentée :

« Ma mère, je te quitte; mais ce n'est que pour peu de temps. Je m'arrache à ton affection et à celle de Zamore; mais c'est pour revenir bientôt en rapportant l'aisance et le bien-être dont je veux vous entourer.

« O ma mère ! quel déchirement j'éprouve dans mon pauvre cœur ! Mais il faut que je parte... Je ne puis demeurer plus longtemps sous l'étreinte de cette pauvreté qui m'oppresse. Je m'éloigne de toi, mais mon cœur te reste. Oh ! qu'il me tarde de revenir, rapportant les biens de la fortune pour les déposer à tes pieds et enrichir Zamore, qu'alors je ne verrai plus courbé sous le travail. »

— Je ne pouvais croire, reprit la vieille Indienne, ce que je venais de lire... Il me semblait que j'étais en proie à quelque hallucination ; je promenais mes regards égarés autour de moi, comme pour voir si j'étais dans le monde des réalités. A ce moment, je vis sur ma table la bourse que j'avais déjà refusée de ces deux étrangers. A cette vue, le sentiment de la réalité se réveilla en moi. Je me lève toute tremblante ; je m'habille à la hâte, je m'élance dans la chambre de ma fille... Son hamac était vide... Ses vêtements, ceux dont tu es en ce moment habillée, étaient restés comme pour témoigner encore mieux de sa disparition.

Je sors, j'appelle ma fille ; je descends à l'endroit où ces étrangers, cause de mon malheur, étaient la veille encore. Mais, hélas ! tout était disparu, et je ne retrouvai que les traces qu'ils avaient laissées...

Je tombai sur le sol, en proie à la plus vive douleur, et j'exhalais en plaintes déchirantes les souffrances de mon âme, lorsque je vis venir à moi Zamore. Son visage était d'une pâleur effrayante; il tenait à la main la feuille de papyrus laissée par ma fille. Ses genoux fléchissaient.

— Mère, me dit-il, le Ciel nous frappe... Je vais aller à la poursuite de Nihala, je retrouverai facilement les traces des chameaux. Viens, rentre dans ta demeure, ne perdons pas de temps... Je partirai aussitôt que je t'aurai mise en sûreté.

Bientôt Zamore disparut à mes regards, et je restai seule avec ma douleur. Je me traînai, en pleurant, dans la chambre de ma fille. Je ramassai ses vêtements, et je m'assis, en les tenant sur mes genoux, auprès de son hamac vide. Oh! que les heures de ce jour furent longues! Combien de fois me rendis-je au bout de notre champ pour voir si je ne découvrirais pas, au loin, ma fille ramenée par Zamore!

Le père de Zamore, ne le voyant pas rentrer chez lui le soir comme d'habitude, vint chez moi. Je lui fis en pleurant le récit de ce qui m'était arrivé.

Lorsque j'eus fini, il me dit d'un ton sévère :

— Ta fille, en partant, emporte la vie de mon fils. Mais il a eu tort d'aller à sa poursuite; il ne

la retrouvera pas. Si j'avais été ici, je l'aurais empê-
ché d'aller après ta fille; car, si par malheur il venait
à la retrouver, il courrait les plus grands dangers.

Sais-tu, ajouta-t-il, quels sont ces hommes ?...
Je le sais, moi. Ce sont des marchands d'esclaves
qui courent notre contrée, sous le faux semblant
d'un commerce d'étoffes, afin d'accaparer les belles
filles et de les emmener avec eux pour les vendre ensuite, à prix d'or, à d'autres marchands qui les
achètent pour les sérails de Perse et de Turquie.
Sais-tu le destin de ces femmes ? Logées dans de
riches demeures, il est vrai, mais où elles rem-
plissent le rôle d'animaux parqués, les courts instants de leur jeunesse sont consacrés à satisfaire les caprices des hommes qui les ont achetées.
Mais cette vie, aussi ignoble, aussi dégradante qu'elle
soit, est comme une faveur qu'elles ne peuvent
conserver longtemps. Bientôt elles sont renvoyées
pour faire place à d'autres. Le sort le plus déplorable
attend ces femmes, désormais vouées au mépris et
à la dégradation. Elles sont revendues à tous ceux qui
veulent les acheter, soit pour les employer à des
travaux pénibles, soit pour les faire recommencer,
si elles sont encore jeunes, la vie infâme qu'elles
viennent de quitter.

En entendant ce discours, je tombai sans mouvement. Le père de Zamore se reprochait de m'avoir parlé avec une franchise trop rude.

— Ta fille, me dit-il quand je revins à moi, ignore, j'en suis sûr, le but vers lequel on l'entraîne. Elle pourra peut-être s'échapper des mains de ces hommes, qu'elle n'aurait pas suivis si elle avait su qui ils étaient. Pour moi, je m'en vais sur les pas de mon fils, afin de le ramener.

En disant ces mots il disparut.

Je passai la nuit dans d'inexprimables angoisses. Je ne sais comment j'ai pu survivre à tant de douleurs !

Le jour revint; j'allai m'asseoir à l'endroit de mon champ d'où je pouvais voir au loin. Le soir arrivait, et j'étais toujours là, lorsque je vis revenir Zamore et son père.

Zamore marchait lentement, appuyé sur son père. Il gravit péniblement la route qui conduisait à mon champ. Arrivé devant moi, il tomba dans mes bras en fondant en larmes.

— Elle est perdue sans retour ! s'écria-t-il... O ma mère ! quelle destinée affreuse attend celle qui faisait toute ma joie ! Ces misérables l'ont emmenée en trompant sa crédulité, en abusant de la faiblesse de cet esprit sans expérience. Je sens que je ne survivrai pas à un tel malheur ! Mon père, laisse-moi retourner sur mes pas... je ne peux demeurer ici..... je veux repartir..... il faut que je la retrouve!...

— Insensé! lui dit son père : le vaisseau qui emporte Nihala est déjà en pleine mer. Maintenant tu dois écouter et suivre les conseils de ton père. Efforce-toi d'oublier Nihala ; elle n'est plus digne de ton affection et de mon estime. Tu l'oublieras; il le faut, et je l'exige!

A ces mots, prononcés d'un ton sévère, Zamore baissa la tête et se rapprocha de moi.

— Mon père, répondit-il, je te promets de faire ce que je pourrai pour oublier Nihala ; mais ne me refuse pas de me laisser auprès de ma mère d'affection. Je ne puis maintenant la laisser seule. Ne suis-je pas son fils ?

— Mon ami, lui répondit son père, l'un de tes frères viendra te remplacer auprès de la mère de Nihala. Il s'acquittera même bien mieux que toi des soins que réclame son champ. Crois-moi, éloigne-toi de ces lieux, dont la vue entretiendrait dans ton cœur des souvenirs qui te consumeraient. Viens, suis-moi.

— O mon père ! s'écria Zamore, je ne puis accomplir un pareil sacrifice ; je te promets de ne pas aller à la recherche de celle qui n'existe plus pour moi;

mais laisse-moi ici, mon père, je t'en supplie!

Le père soupira et lui dit :

— Malheureux enfant! tu ne sais ce que tu me demandes, faut-il que je sois obligé de t'accorder ce qui te sera funeste!

En disant ces mots il s'éloigna.

Zamore vint s'asseoir à mes pieds et nous pleurâmes ensemble. Il me fit redire, avec détail, les moindres circonstances qui avaient précédé la fuite de ma fille; puis il pleurait encore. — Mère, me dit-il, Nihala mourra de douleur lorsqu'elle reconnaîtra le piége dans lequel elle est tombée. Son âme est trop pure pour qu'elle consente à marcher dans la voie où on la conduit.

La nuit vint, je dis à Zamore : — Mon fils, tu prendras pour toi ma chambre, je prendrai celle de ma fille. — Mère, me dit-il, laisse-moi la chambre de Nihala. — Infortuné! lui dis-je, tu ne comprends pas que, loin de chercher à te rapprocher des objets qui te la rappellent, tu devrais au contraire t'en éloigner; oui, malgré la consolation que tu m'apportes, c'est à regret que je t'ai vu demeurer avec moi. Tu ne pourras dormir dans la chambre de Nihala, tu y seras entouré de souvenirs qui te consumeront.

— Laisse-moi, me répondit-il, mieux vaut pour moi la mort que la vie!

Il se retira dans la chambre de ma fille ; je restai éveillée, et je l'entendis s'agiter sans pouvoir trouver le sommeil. Je vis à travers la porte briller de la lumière. J'écoutai.

Le malheureux Zamore promenait ses souvenirs sur tous les objets qui l'entouraient. Il leur parlait comme s'ils eussent pu le comprendre. Je souffrais d'être seule et de l'entendre pleurer en comprimant ses sanglots, de peur que je ne les entendisse. J'entrai dans la chambre. Je le trouvai couché à terre à côté du hamac vide. Il tenait des objets qui avaient appartenu à Nihala.

— Mon fils, lui dis-je, pourquoi n'écoutes-tu pas les conseils de mon affection ? Faudra-t-il qu'après avoir perdu ma fille je te voie mourir ?

Il vint s'asseoir auprès de moi. Le reste de la nuit se passa ainsi, et le jour nous retrouva pleurant encore.

Brisé de fatigue, accablé de douleur, Zamore se remit dès le lendemain aux travaux des champs. Je m'applaudis intérieurement de cette diversion à son chagrin. Mais, hélas ! le sentiment seul des devoirs qu'il voulait remplir auprès de moi soutenait ses forces ; le coup mortel était porté dans son cœur, et je devais voir dépérir le fils de mon affection sans pouvoir porter aucun remède à son mal.

Les jours se passaient, Zamore déclinait rapidement. Bientôt ses forces l'abandonnèrent et il lui devint impossible de quitter ma hutte. Son père, qui était venu le voir chaque jour sans réussir à l'emmener, saisit ce moment pour le dérober aux objets qui réveillaient en lui de si funestes souvenirs. Il pensait qu'en le ramenant au sein de sa famille, il parviendrait à lui faire oublier son malheureux amour.

Affaibli de force et de volonté, Zamore n'opposa plus qu'une faible résistance à son père. Deux de ses frères vinrent le chercher et l'emportèrent à la maison paternelle. Là il fut entouré de la plus tendre affection. Mais, hélas ! le mal continua ses progrès rapides.

Chaque jour j'allais le voir. Un soir je le trouvai calme et résigné.

— Mon fils, lui dis-je, tu te trouves mieux ce soir ?

— Oui, me dit-il, je sens que le Ciel prend pitié de moi et que j'irai bientôt dans le pays des âmes.

À ces mots, je fondis en larmes. — Mère, ne pleure pas, me dit-il, je suis content de m'en aller de ce monde ; quelque chose me dit que là où je vais on retrouve ceux que l'on aime, pour ne plus les quitter. Tu m'y retrouveras, me dit-il avec tendresse, et Nihala aussi. Peut-être m'a-t-elle devancé.

En disant ces mots, ses regards rayonnants d'espérance s'élevaient vers le ciel.

— Oh! si j'avais alors connu ton Dieu, me dit la vieille Indienne, que de consolations j'aurais données à Zamore! Mais tu vois que ses pensées l'amenaient sur le seuil de cette religion qui enseigne la réunion des âmes bienheureuses dans le Ciel.

Le lendemain du jour où cet entretien avait eu lieu, je revins pour voir Zamore. Mais, hélas! en arrivant j'entendis les chants funèbres qui annonçaient sa mort...

Avec Zamore s'en allait tout ce qui me restait de consolations en ce monde... Je demeurai quelques jours dans sa famille, dont j'éprouvai la tendre compassion. Mais bientôt il me fallut revenir dans ma solitude.

Pendant longtemps les frères de Zamore vinrent, tour à tour, me prêter le secours de leurs bras. Peu à peu le temps apporta des changements dans leur position. Ils se marièrent. L'aîné demeure avec son père. Il est maintenant chargé d'enfants, et je ne le vois presque plus. Cependant il m'en-

voie quelquefois un peu de riz, et c'est beaucoup
qu'il se souvienne de la mère de celle qui a causé
la mort d'un frère qu'ils aimaient tendrement.

En achevant ces mots, la mère de Nihala soupira
en courbant la tête dans ses mains. Un long silence
suivit ce triste récit.

—Et ta fille, lui demandai-je à la fin, tu ne la
revis plus?

— Non, me dit-elle, et je ne la reverrai plus en
ce monde. Au lieu de ces biens qu'elle désirait tant
et dont elle attendait le bonheur, elle ne trouva
que le désespoir et finit par se donner la mort... Ne
m'interroge pas davantage.

Il était minuit; la mère de Nihala me dit en
m'embrassant :

— Ma fille, couche-toi et tâche de dormir.

VIII

Cependant nous songeâmes à nous procurer les ressources indispensables à un ménage qui venait de s'augmenter de deux personnes. L'active et ingénieuse Dola se mit à travailler le petit champ inculte. Aidée des conseils de l'Indienne, elle ensemença ce champ naguère couvert de mauvaises herbes, mais qui, grâces à ses soins, devint en peu de temps un vaste jardin où croissaient des récoltes de toute espèce.

Je voulus m'associer à ces travaux, malgré Dola et l'Indienne, qui s'y opposaient par affection pour moi. Chaque matin, avant que le soleil eût atteint l'heure où sa chaleur devenait incommode, nous

avions ôté les mauvaises herbes de notre champ.
Rentrées à la hutte, nous faisions, avec des joncs
que nous coupions sur les bords de la rivière, d'é-
paisses nattes que Dola allait vendre au village voisin. J'avais bien vite appris à faire ces espèces de
tapis, dont l'usage est très-répandu dans les contrées
de l'Inde.

Peu à peu la nouvelle de notre arrivée chez l'Indienne se répandit. Elle-même ne pouvait se lasser
de faire part de son bonheur inattendu aux habitants du village où demeurait le père de Zamore.

—Le Ciel, leur disait-elle, prenant pitié de moi, m'a
envoyé une fille pour remplacer celle que j'ai perdue.

La bonne Indienne veillait sur moi avec une
sollicitude touchante et infatigable. Dès qu'elle me
voyait m'éloigner un peu des alentours de son
champ, elle courait après moi en me disant :

— Ma fille, ne t'éloigne pas, je t'en prie; ces environs ne sont pas sûrs; on pourrait te prendre.
Épargne-moi ce nouveau malheur.

Grâce à notre travail assidu, l'aisance était rentrée sous le toit de l'Indienne. Mais, en même
temps, je n'avais cessé de songer à mon grand père,
vers lequel mes pensées se portaient avec force. Le
remords me consumait; j'avais besoin d'avoir en
mon cœur le baume de la foi et de l'espérance

chrétiennes pour résister à ces souffrances intérieures.

Un seul désir vint bientôt s'emparer de moi; c'é-
tait de retourner auprès de mon grand-père, afin de
lui faire oublier, à force d'affection et de dévouement, le mal que je lui avais causé. Mais je me demandais, avec une profonde tristesse, s'il me serait
donné de retrouver encore en ce monde celui qui
peut-être avait succombé sous le poids de la douleur... Par quel moyen sortir de ces contrées, où
s'arrêtaient bien rarement les navires, et seulement pour refaire leur provision d'eau douce, si
par hasard elle venait à leur manquer? Toutefois je
poursuivais avec persévérance la réalisation de
mes desseins. Chaque jour Dola et moi nous allions
sur les bords de la rivière, dans l'espoir d'y rencontrer les gens de quelque navire. Mon intention
était de leur demander le passage jusqu'à Pondichéry (si toutefois c'était leur direction) pour moi,
Dola et la vieille Indienne. J'avais offert à cette dernière de l'emmener avec nous, et elle avait accepté
avec empressement.

Six ans entiers se passèrent dans une attente
toujours trompée. Enfin, un jour qu'assises au bord
de la rivière nous attendions, bien que l'espoir fût
presque éteint dans nos cœurs, nous vîmes des ma-

telots qui venaient renouveler leur provision d'eau
douce. Je m'avançai vers eux; c'étaient des Écossais,
parmi lesquels se trouvait, par bonheur, un Français à qui je pus me faire comprendre.

J'appris de lui que le vaisseau qu'il montait avait
pour capitaine un Écossais et qu'il se rendait à Pondichéry.   Je lui dis ce que je souhaitais : mon passage et celui de deux personnes jusqu'à Pondichéry.

—Il vous sera, je crois, assez difficile, me répondit-il, d'obtenir cela.

J'insistai pour qu'il me fît parler au capitaine;
il consentit à me présenter à ce dernier, et je le
suivis en compagnie de ma fidèle Dola.

Nous arrivâmes à une baie où le navire attendait.
Le capitaine nous accueillit d'abord avec méfiance;
mais bientôt il devint plus confiant.

— Je veux bien vous recevoir, me dit-il, vous et
vos deux compagnes. Avez-vous l'argent nécessaire
pour payer le passage de trois personnes?

Je lui répondis que, loin d'avoir l'argent nécessaire pour notre passage, je me trouvais, au contraire, sans aucune ressource.

— Mais, ajoutai-je, lorsque je serai arrivée à ma
destination, je vous indemniserai largement des dépenses que nous aurons faites.

— Je ne puis accepter, me répondit-il, un marché de ce genre; il me faut être sûr de ne pas exposer en vain mes intérêts.

Je demeurai interdite et découragée.

Cependant j'avais, sans y songer, plus de ressources qu'il ne m'en fallait. Tandis que je restais là, réfléchissant à l'obstacle qui se présentait, l'intelligente Dola était allée dans la hutte et en rapportait mes riches habits, couverts d'or et de pierreries, qu'elle avait soigneusement enfermés et conservés.

Elle les présenta au capitaine. Après les avoir considérés, il aplanit toutes les difficultés.

— Je veux bien, me dit-il, accepter, en échange de votre passage, ces vêtements, dont la valeur est suffisante pour me payer. Je vous promets même de vous remettre, par mes soins, jusqu'aux lieux où est votre habitation. Hâtez-vous donc d'aller chercher votre autre compagne; car nous partirons dans deux heures.

Nous revînmes à la hutte. Mais une autre difficulté s'éleva : il était pénible à la bonne Indienne d'abandonner sa chèvre, qui lui était très-attachée.

— Eh bien, lui dis-je, emmenons-la. Je réponds de la faire accepter. Son lait payera son passage.

Nos préparatifs furent courts. Nous ramassâmes à la hâte les objets auxquels l'Indienne attachait un

10.

souvenir, une valeur d'affection; mais, si nous l'avions laissée faire, nous n'aurions pu marcher sous le poids de tout ce qu'elle voulait emporter. Nous partîmes de la hutte pour aller au navire. Dola marchait en avant, chargée de nos bagages. Je venais ensuite avec l'Indienne, dont je soutenais la marche; et, d'une main, je conduisais la chèvre par une corde. Nous arrivâmes à la baie. A ce moment le pont du navire était couvert des gens de l'équipage et des passagers. Parmi eux se trouvait la femme du capitaine avec un petit enfant à ses côtés.

En voyant la chèvre, le capitaine s'écria que nous ne lui avions pas parlé de ce passager d'une nouvelle espèce, et qu'il ne pouvait pas se charger de ce surcroît de dépense. Mais sa femme dit qu'il fallait recevoir la chèvre, dont le lait servirait pour son enfant. Tout était aplani, et notre embarquement eut lieu sans plus de difficultés. Nous eûmes pour nous trois une cabine et deux couchettes. Notre chèvre couchait dans la cale, et pendant le jour elle avait ses coudées franches et se promenait sur le pont du navire.

La femme du capitaine écossais lia plusieurs entretiens avec moi; elle parlait le français et était aimable et spirituelle. Nos relations s'établirent si bien, qu'au bout de quelques jours elle m'invita à

prendre le thé avec elle chaque soir. Je me rendis
à son invitation, et nous nous assîmes devant une
table chargée de riches porcelaines. Nous étions là
depuis quelques instants, lorsqu'une coupe magnifique frappa mes regards. Je l'examine attentivement, je la prends, et je reconnais à une marque
qui était en dessous qu'elle avait appartenu à mon
grand-père... L'étonnement se peignit sur mon
visage à tel point, que la dame s'en aperçut et me
demanda le motif de l'impression que paraissait
produire sur moi la vue de cet objet.

— Madame, lui répondis-je, permettez-moi de
vous demander, si toutefois vous le savez et si vous
pouvez me le dire, comment cette coupe se trouve
en votre possession?

— Mon mari, me dit-elle, l'a reçue d'un riche
négociant qui arriva en Écosse, il y a environ
cinq ans, avec une cargaison énorme d'objets les
plus rares et les plus magnifiques. Il fit connaissance avec mon mari, qui lui facilita la vente d'une
grande quantité de marchandises, ainsi que celle
de son vaisseau. Cet homme quittait le négoce, se
trouvant assez riche. Il épousa, à Édimbourg, quelque temps après, une orpheline sans fortune. Nous
partîmes quelque temps après son mariage, mais
non sans lui rendre visite ainsi qu'à sa femme. Ja-

mais ameublement semblable à celui de ce négociant
n'avait frappé nos regards.

J'écoutais, émue et tremblante, le récit de la
femme du capitaine écossais. — Madame, lui dis-je,
comment était cet ameublement?

— Oh! me dit-elle, il était d'un genre à la fois
magnifique et terrible. Ces meubles imitaient la
forme d'animaux. J'en ai ici un curieux échantillon : c'est un petit fauteuil que la jeune femme de
cet étranger m'a donné pour mon enfant. Appro-
chez, je vais vous le montrer.

En disant ces mots elle ôta l'enveloppe qui recouvrait ce meuble. Quelle fut ma surprise lorsque je
reconnus le fauteuil qui me servait dans mon enfance, alors que, bercée par l'amour de mon grand-
père, je m'endormais, mollement couchée à ses
pieds, dans ce fauteuil aussi doux que le plus doux
berceau ! . . . .
. . . . . . Plus de doute pour moi : Roncelli était
en Écosse, jouissant dans l'impunité du fruit de ses
crimes.

Je contins l'émotion qui m'agitait, et j'interrogeai
de nouveau la femme du capitaine. Bientôt les renseignements et les détails les plus précis vinrent
confirmer mes conjectures. Une seule circonstance
aurait pu faire naître quelque doute, si le doute

eût encore été possible; mais il ne l'était plus. Roncelli avait pris en Écosse le nom de *Wander*, et son
compagnon Malano, qui ne l'avait pas quitté, avait
pris celui de *Dick*.

Je m'empressai de raconter à Dola ce que je venais
d'apprendre. — Le ciel le punira, me dit-elle, sois-
en sûre. Il est impossible qu'il soit heureux; je ne
puis le penser. Hélas! qu'elle est à plaindre, celle
qui a épousé, sans doute sans le connaître, un pareil
scélérat! Mais laissons ces pensées; occupons-nous
maintenant d'arriver chez ton grand-père.

Au bout de trois mois de traversée nous arrivâmes en vue de Pondichéry. Lorsque j'aperçus de
loin mon pays, je sentis mon courage faiblir.

— Comment, me dis-je, oser me présenter à mon
grand-père, si toutefois il vit encore! Et, s'il ne vit
plus, comment supporter la vue de mes parents;
celle de mon grand-oncle et de ses enfants! Mais il
le faut, je dois aller au-devant de l'expiation et tout
accepter d'avance.

Le capitaine écossais, fidèle à sa promesse, après
avoir abordé à Pondichéry, me procura les moyens
d'aller à mon habitation des champs. Je voulais ainsi
éviter la honte que j'aurais éprouvée en arrivant
chez mon grand-oncle, qui habitait Pondichéry, ainsi
que je l'ai déjà dit.

Je ne vous peindrai point ce que j'éprouvai à la vue de ma demeure. De telles émotions ne peuvent s'exprimer... Je levai mes yeux baignés de larmes vers ces fenêtres où je voyais autrefois mon grand-père applaudir à mes jeux et sourire de bonheur en me regardant... Ces fenêtres étaient fermées... J'entre dans la cour... L'herbe y croissait en liberté ; les arbustes, autrefois fleuris et odorants, n'offraient plus maintenant aux regards attristés que leur tige amoindrie et desséchée... Je m'avance vers une porte ouverte, j'entre... je vois Tom, le vieil esclave de mon grand-père, celui qui ne le quittait jamais, assis dans l'ombre, triste et silencieux comme un sépulcre.

— Qui est là ? dit-il en tournant de mon côté son regard éteint et obscurci.

— C'est moi ! m'écriai-je en pleurant et me jetant à son cou. C'est Nahouma qui revient, après de longs malheurs, expier ses fautes et implorer son pardon. Mais où est mon grand-père ?

A cette demande, des larmes arrivèrent au bord de ses paupières desséchées. — Ton grand-père, me dit-il d'une voix altérée, ton grand-père n'est plus de ce monde.

Je ne sais, reprit-il d'un ton sévère, si je dois

l'accueillir ou te repousser. . . . Je ne sais si tu
es innocente ou coupable de tous les malheurs
qui sont tombés sur nous. . . Quoi qu'il en soit, re-
pose-toi au foyer domestique. . . . Demain je ferai
avertir de ton retour les parents qui te restent encore. C'est à eux qu'il appartient de te juger.

En achevant ces mots il s'apprêtait à me servir,
gardant pour moi, malgré ses soupçons, un reste
de déférence. Je m'empressai de le prévenir, et je
le suppliai de me laisser faire. Il se rassit On
voyait sur son visage l'émotion que lui causait mon
retour, et c'était en vain qu'il s'efforçait de dissi-
muler sa tendresse pour moi sous un air de sévérité.

IX

Bientôt le besoin de parcourir la demeure de mes premières années se fit sentir à mon cœur malade. Dola me suivit. J'entrai dans la chambre habitée autrefois par mon grand-père. D'une main tremblante j'ouvris les volets, restés fermés depuis bien longtemps... Le jour pénétra dans cette chambre; mais pourquoi aller y chercher des souvenirs?... Rien n'était resté ..

Pillée par les mains de Roncelli et de ses pirates, de toutes parts elle n'offrait à mes regards obscurcis par mes larmes que le dénûment le plus complet, que l'image de la plus sauvage dévastation... Des murs totalement dépouillés où pendaient encore

quelques lambeaux des riches tentures qui en avaient
été brusquement arrachées; çà et là quelques frag-
ments de meubles brisés en les enlevant ; le parquet privé de ses moelleux tapis et sillonné des
rudes traces laissées par les pirates : voilà le triste
spectacle qui s'offrit à mes yeux.

Je ne cherchai plus aucun souvenir, j'étais brisée;
je m'appuyai sur le bras de ma fidèle Dola et je
me hâtai de descendre dans le jardin, où je tombai
sur un banc, épuisée par tant de pénibles émotions.
Nous restâmes longtemps en silence. A la fin, je dis
à Dola :

— Je n'ose demander à Tom le récit des événements qui ont suivi mon départ de la maison; et
cependant je ne voudrais pas demeurer plus longtemps dans l'ignorance... Je ne puis supporter les
doutes affreux qui m'oppressent. Mon grand-père
serait-il mort par les mains de Roncelli ou de ses
pirates?... Ah! je t'en supplie, ma chère Dola, tâche
de savoir la vérité et reviens me la dire; hélas ! je
tremble en la demandant... J'attendrai ici jusqu'au
soir s'il le faut... je ne me sens pas le courage de
rentrer dans cette demeure que l'infâme Roncelli
a peut-être souillée d'un parricide.

- Dola me laissa seule et se rendit auprès de Tom.
Au bout de quelques instants je la vis revenir. Elle

paraissait péniblement impressionnée. Je l'interrogeai, elle ne répondait pas.

— Dola, lui dis-je, pourquoi as-tu l'air de vouloir me dérober tes paroles?

Elle ne me répondit que par des sanglots; j'attendais, silencieuse et angoissée.

— Tom m'accuse, me dit-elle enfin, d'être la cause de tout ce qui est arrivé. Il m'a dit : « Fille de perdition, sans toi, sans ton concours odieux, notre Nahouma, notre enfant chérie, serait demeurée sous nos yeux et près de nos cœurs. Tu es cent fois plus coupable qu'elle. C'est toi, j'en suis sûr, qui lui as inspiré le mensonge. Sans tes perfides conseils jamais ma Nahouma, l'enfant de mon cœur, l'enfant que j'ai vue naître et que j'ai bercée, ne nous aurait abandonnés... Et tu oses encore venir t'adresser à celui dont l'âme saigne en te voyant!... Vas, fuis loin de moi, serviteur infidèle et perfide. »

Je pressai sur mon cœur ma pauvre Dola, qui portait si injustement le poids de mes fautes.

— Allons, lui dis-je, auprès de Tom, afin de lui raconter sans détour les événements de ma malheureuse destinée. Seule je suis coupable et je dois seule porter le poids dont il voudrait te charger.

En entrant dans la chambre de Tom, nous le trouvâmes écoutant avec attention l'Indienne qui

lui parlait. Comme les récits de cette dernière pouvaient produire un bon effet sur l'esprit de Tom,
nous remîmes au lendemain l'entretien que je voulais avoir avec lui.

La nuit s'avançait, nous nous disposions à la
passer, assises l'une à côté de l'autre, sur le plancher nu de ma chambre, lorsque nous entendîmes
monter dans l'escalier Tom, suivi de la vieille indienne. Ils me cherchaient. Ils entrèrent dans la
chambre où nous étions. En me voyant assise sur
le plancher, l'Indienne se répandit en reproches.

—Comment! dit-elle, la fille de mon affection, celle
à qui je dois six années de soins et de consolations,
serait-elle moins bien ici que dans ma pauvre hutte !
Mais, ajouta-t-elle avec fierté et s'adressant à moi,
j'ai apporté le hamac dans lequel tu couchais. Je
m'en vais le chercher. Suis-moi, dit-elle à Dola, afin
de m'aider.

Tom resta auprès de moi, je compris que l'entretien de la vieille Indienne avait eu sur lui une
heureuse influence ; déjà les noms d'amitié qu'il me
donnait autrefois revenaient dans ses paroles.

Le hamac où j'avais reposé dans la hutte fut apporté.

— Et toi, mère, dis-je à l'Indienne, où couche-
ras-tu ?

— Elle a un lit préparé, répondit Tom. Pour toi, ajouta-t-il en s'adressant à Dola, tu as une natte à la porte de ta maîtresse, et tu t'y coucheras.

— Non, répondis-je, non ! Dola ne couchera point à ma porte, dussé-je sortir à l'instant pour ne plus revenir.

Tom me regarda avec étonnement.

— Laisse faire ma fille d'affection, lui dit l'Indienne ; ses actions sont bonnes et généreuses, et le malheur lui a donné de grands enseignements.

Le lendemain matin, j'entendis Tom qui m'invitait à descendre déjeuner. A la douce appellation qu'il me donnait et qui me rappelait les jours de mon enfance, je pleurai d'attendrissement ; et, me hâtant de descendre, je me suspendis à son cou en l'embrassant. Malgré ses quatre-vingts hivers il pleurait de joie.

— Ma Nahouma, me dit-il, viens t'asseoir à la place que tu occupais autrefois. Ils n'ont pu, ces infâmes pirates, emporter la table où vous vous réunissiez tous, avec ton père et ta mère, et où tu nous réjouissais de ton babil, doux comme le gazouillement des hirondelles. Ils n'ont pu enlever cette table, elle était trop solidement scellée dans le sol, et elle est restée couverte de souvenirs chers à mon cœur.

En disant ces mots, il me conduisit par la main à la table où nous nous réunissions tous autrefois. Il y avait étalé le peu d'ustensiles qui étaient échappés au pillage. Ces objets étaient là, dépareillés et la plupart endommagés. Je m'assis, profondément émue ; Tom, reprenant ses anciennes habitudes, s'était déjà placé debout derrière moi pour me servir. Je me levai et je dis que je ne pourrais manger s'il ne venait s'asseoir avec moi ainsi que la vieille Indienne. Ce fut en vain ; il voulut demeurer à sa place. L'Indienne seule céda à mes instances. Dola me fit signe de ne pas la convier à s'asseoir avec moi, de crainte d'indisposer Tom, qui en aurait été vivement contrarié.

Lorsque nous eûmes fini, je priai Tom de m'accorder quelques heures d'entretien, et, m'asseyant auprès de lui, je lui racontai mes malheurs. J'insistai sur le dévouement de Dola, sur son innocence. Enfin, lorsque j'eus terminé mon récit, ma compagne était pleinement justifiée.

— Ma Nahouma, me dit le vieux Tom, fille de mon maître et de mon affection, tu as été plus malheureuse que coupable. Je te sais gré des soins que tu as donnés à une femme vieille et abandonnée. Que ne m'appartient-il de te juger ! mon jugement te serait favorable. Mais cette faveur ne m'appar-

tient pas. Les membres de ta famille sont avertis;
demain nous les verrons arriver.

—Je n'ose te demander, lui dis-je après un long
silence, le récit des événements qui se passèrent
après mon départ de ces lieux.

— J'allais te le faire, me répondit-il.

Le soir du jour où tu nous quittas, croyant
aller te promener sur la mer, ton grand-père, ne te
voyant pas revenir, envoya des barques dans toutes
les directions, afin de te retrouver. En même temps
il fit parcourir les rivages. Mais ce fut en vain. La
nuit se passa, tu ne revins pas, et nous souffrions
d'indicibles angoisses.

Le jour suivant, ton grand-père partit pour Pondichéry, afin de se concerter avec son frère sur la
marche à suivre dans la circonstance imprévue de
ta disparition. Ton grand-oncle lui dit :

—Je suis à ta disposition pour toutes les démarches qui seront nécessaires pour retrouver Nahouma. Mais en ce moment les craintes que m'avait
inspirées, dès le commencement, cet étranger qui
est devenu malgré mes conseils l'époux de Nahouma,
ces craintes se réveillent avec force; crois-moi, ne
reviens pas dans ta demeure; reste avec moi. D'ailleurs, tu t'inquiéterais davantage là-bas, que tu ne
le feras en demeurant ici.

Ton grand-père suivit les conseils de son frère.
Cette maison resta à ma garde et à celle de quelques esclaves. Nous ne pouvions soupçonner le
malheur qui nous menaçait. Les richesses de ton
grand-père étaient enfermées dans des meubles. Il
m'avait en partant confié ses clefs. Les portes
étaient fermées avec soin.

Pendant la nuit un bruit de pas se fit entendre
sur les dalles de la cour. J'ouvris ma fenêtre afin
de savoir ce que c'était. Au même instant, j'en-
tends la voix de ton époux, le duc de Caprée, qui
me disait de lui faire ouvrir la porte.

Je lui répondis que j'y allais moi-même. J'étais
joyeux; car je pensais qu'il te ramenait avec lui.
Mais quel fut mon étonnement, lorsque je vis entrer une troupe d'hommes à la suite de ton époux,
qui, me poussant brusquement dans une chambre,
m'y enferma sous clef!

Quelques instants après j'entendis les cris de détresse de nos esclaves. On les égorgeait. J'entendis,
tout le reste de la nuit, un remuement extraordinaire dans toute notre demeure. Je ne pouvais
comprendre ce qui se passait. Je ne pouvais m'imaginer l'affreuse réalité... J'appelai ton époux, mais
ce fut en vain. Aux approches du jour, le bruit avait
complétement cessé.

J'étais toujours enfermé, lorsque, vers le milieu
du jour, un esclave apportant une lettre de ton
grand-oncle vint ici. En entendant mes cris, et à la
vue du spectacle de dévastation qu'offrait notre
maison, il s'empressa d'aller chercher du secours.
L'on vint, l'on brisa la porte qui me tenait enfermé... Je n'ai pas besoin de te dire ce qui s'était
passé, tu le sais aussi bien que moi.

Ton grand-père ne revint plus; son frère le re-
tint à Pondichéry, afin de lui dérober le triste spectacle qu'offrait cette demeure, la veille encore si
belle et si riante. Ton grand-oncle et ses deux fils
vinrent... ils se retirèrent pleins d'horreur. Je demeurai seul à la garde de ces tristes lieux.

Beaucoup de recherches furent faites, elles abou-
tirent à nous apprendre que le duc de Caprée était
un pirate des plus dangereux, et qu'il était (à
ce que l'on conjecturait) reparti sur son navire.
Nous sûmes aussi par des Indiens que Dola avait
été vue, sur le rivage, en compagnie des pirates
qu'elle servait. Tu comprendras maintenant le
courroux qui m'animait contre elle.

Ton grand-père ne put résister à de si cruelles
épreuves, il tomba malade. Pour comble de malheur, ton père et ta mère, que nous attendions,
n'arrivaient pas. Hélas! j'avais ignoré jusqu'à pré-

sent leur cruelle destinée!... Quelques mois après ces sinistres événements, ton grand-père mourut, sans savoir ce que tu étais devenue, sans savoir ce qu'étaient devenus ton père et ta mère...

Le vieux Tom se tut, et ses larmes coulèrent silencieuses.

X

Il était nuit. Je me retirai dans mon hamac avec Dola. J'étais épuisée de fatigue et d'émotion. Je m'affaissai sous le poids d'un sommeil lourd et troublé par des songes pénibles.

Le lendemain, vers l'heure de midi, Dola et moi nous étions à la fenêtre de notre chambre, d'où l'on découvrait la route de Pondichéry, lorsque nous vîmes, dans le lointain, se mouvoir une file de voyageurs : les uns étaient montés sur des chameaux, les autres suivaient à pied. Peu à peu ils se rapprochèrent, et je les vis prendre l'avenue de bambous qui conduisait à notre demeure. A ce moment, je reconnus les membres de ma famille.

En tête de cette caravane, composée d'une tren-
taine de personnes, en comptant les esclaves qui
suivaient à pied, s'avançait un superbe palanquin
surmonté d'une tenture aux riches couleurs; les
rideaux en étaient ouverts; je regardai, et je vis un
vieillard vénérable, assis dans ce palanquin. C'était
le frère de mon grand-père; il était revêtu des insignes des fonctions importantes qu'il occupait dans
la magistrature. Son visage portait l'empreinte de
la noblesse et de la dignité morales; son renom de
probité s'étendait dans toute la contrée. Il me parut
plongé dans une profonde tristesse. Il m'avait vue
naître et m'avait assise sur ses genoux..... En le
voyant, je me sentis défaillir; je me retirai de la
fenêtre, et, tombant à genoux, j'invoquai le secours de Dieu.

Quelques instants après, les pas de la caravane
résonnaient sur les dalles de la cour, et elle s'arrêtait devant la grande porte d'entrée.

J'entendis que des ordres étaient donnés. Les
battants de la grande porte tournèrent avec fracas
sur leurs gonds rouillés, afin de donner passage au
palanquin qui portait l'aïeul vénérable. A ce moment tout le reste de la troupe suivait à pied. Ils
montèrent le grand escalier qui conduisait à une
immense salle. Là se réunissaient, au temps de

notre bonheur, les membres de notre famille, une
fois chaque année, pour fêter l'anniversaire de la
naissance de mon grand-père, qui était l'aîné de
ses frères.

Je m'avançai furtivement sans être vue, pour
contempler le spectacle imposant qui s'offrait à mes
yeux. Je vis le magnifique palanquin s'arrêter au
milieu de la salle. Mais, avant que l'aïeul en descen-
dît, des tapis moelleux avaient déjà recouvert le
parquet resté nu depuis longtemps. Un siége superbe et exhaussé fut disposé pour recevoir le vénérable vieillard. Au même moment les porteurs
abaissèrent le palanquin, et j'en vis descendre mon
grand-oncle appuyé sur le bras de ses deux fils.

Il s'assit. Ses fils se placèrent à ses côtés sur des
siéges moins élevés que le sien ; les autres membres de la famille, au nombre de quinze environ, se
rangèrent des deux côtés et se tinrent debout. Je
vis parmi eux des enfants qui atteignaient à peine
leur quinzième année, et qu'on avait amenés sans
doute pour leur donner une leçon sévère et mora-
lisante.

Dola et moi nous étions toutes tremblantes.
« Dola, lui dis-je, va chercher ma mère d'affection,
qu'elle vienne ; je sens que je n'oserai me présenter
seule avec toi devant cette imposante assemblée de

ma famille. » La vieille Indienne se hâta de venir, mais elle était saisie de crainte en voyant se déployer un semblable appareil. Tom vint me chercher. Lorsque je voulus emmener l'Indienne avec moi, il me dit que je ne le pouvais pas, que j'avais à me présenter seule. Je le suivis éperdue et tremblante. Je m'arrêtai à la porte de la salle et je tombai à genoux sur le seuil. Tom me releva et me dit : « Avance-toi ; il le faut. »

Je me relevai, et, par un mouvement spontané, je m'avançai et tombai de nouveau à genoux, et la face contre terre, aux pieds du siége de l'aïeul.

Un profond silence répondit seul à mon entrée et à mes larmes. Je restai à terre longtemps sans me relever ni proférer aucune parole... A la fin, mon grand-oncle s'adressa à Tom, et lui dit d'une voix où perçait une émotion profonde, mais combattue, de me conduire à la place qui m'était destinée. J'obéis. Je m'assis sur un siége isolé du reste de la famille, et j'attendis en silence, le visage caché dans mes mains, l'interrogatoire qui allait commencer.

Il se passa plusieurs instants avant qu'aucune question ne me fût adressée. Le frère de mon grand-père était en proie à une émotion qui arrêtait ses paroles. Il luttait au dedans de lui contre les sentiments de tendresse que ma vue éveillait dans son cœur.

Enfin, surmontant son trouble et s'efforçant de
donner à sa voix l'accent de la sévérité, il commença
par m'imposer le serment solennel de dire toute la
vérité.

— C'est à regret, dit-il en se tournant vers les
membres de sa famille, que je continue ici les habitudes sévères de mes fonctions.

Mon interrogatoire commença; il se prolongea,
et ne fut suspendu que lorsque les ombres du soir
descendirent sur cette scène imposante. Je fus ramenée par Tom, mais cette fois je n'eus pas la permission de garder Dola avec moi. Elle était enfermée dans une chambre pour être interrogée sépa-
rément.

Le jour vint, je fus strictement tenue au secret.
Tom m'apporta ma nourriture. Je l'interrogeai; il
me répondit qu'il lui était défendu de me parler de
ce qui se passait. Mon interrogatoire fut repris, les
mêmes questions me furent plusieurs fois adressées; huit jours se passèrent ainsi. Le neuvième
jour je fus encore amenée en présence de ma
famille. Mon grand-oncle me demanda le récit cir-
constancié de tous les événements qui m'étaient
arrivés. Je le fis avec exactitude et sans omettre
aucun détail. On m'écouta en silence jusqu'au moment où je racontai la découverte, presque certaine,

que j'avais faite de la retraite où Roncelli jouissait
dans l'impunité du fruit de ses crimes.

A ce récit, des cris de vengeance sortirent à la
fois de toutes les bouches. L'aïeul arrêta d'un geste
ces manifestations bruyantes et m'ordonna de continuer. Lorsque j'eus terminé, Tom m'emmena.
Le lendemain je revins encore au milieu de la réunion de famille.

L'aïeul parla en ces termes :

« Le ciel nous a ouvert la voie que nous devons
suivre. L'assassin de notre famille, le destructeur
de notre repos, respire l'air et se réchauffe aux
rayons du soleil, tandis qu'il devrait être depuis
longtemps couché dans la nuit du cercueil.

« Il nous reste maintenant à trouver les moyens
d'arriver jusqu'à lui. On dit que dans les pays d'Europe la justice est fidèlement rendue. Eh bien, il
faut y aller demander vengeance ! Il faut y aller à la
recherche du coupable, à la recherche de preuves,
de témoignages qui se joindront à ceux que nous
avons déjà, et obtenir la punition du criminel.

« Des pièces importantes pour notre famille entière ont disparu dans le pillage accompli par
l'infâme dont je ne veux pas prononcer le nom. . .
Il faut les retrouver, s'il est possible.

« Maintenant, continua-t-il en s'adressant à moi, il

est un moyen, le seul qui te reste pour expier ta faute
et les malheurs qui l'ont suivie. C'est de te consacrer
entièrement à la recherche du coupable. Nous allons
te fournir d'abondantes ressources. Pars ! traverse
les mers... Tu as résisté à de fortes épreuves ; celles
qui te restent encore à supporter ne pourront les
égaler. Si jamais nous te revoyons, que ce soit pour
recevoir la preuve que tu as fait tout ce qui était en
ton pouvoir, afin d'accomplir notre volonté.....
Si nous ne te revoyons plus (en disant ces mots il
avait des larmes dans la voix et il s'arrêta), si nous
ne te revoyons plus, nous te pleurerons, mais nous
aurons au cœur la pensée consolante que tu n'as
reculé devant aucun sacrifice pour l'accomplissement d'un devoir sacré ! »

A ces paroles, je tombai à genoux :

— O mon père ! m'écriai-je en me traînant jusqu'aux pieds de l'aïeul, ne m'impose pas une tâche
que je sens être au-dessus de mes forces ! Ne m'envoie pas à la recherche de cet être odieux dont la
vue seule serait pour moi plus pénible que la mort
la plus affreuse ! Grâce et pitié, m'écriai-je suffo-
quée par mes sanglots, laissez-moi demeurer auprès
de vous au rang de vos plus humbles esclaves, je
vous servirai en bénissant mon sort !

Je levai mes regards vers le visage vénérable de l'aïeul. Des larmes s'échappaient de ses yeux. Il paraissait ému d'une profonde compassion.

A ce moment ses deux fils se levèrent et lui demandèrent la permission de me parler; il la leur accorda.

« Femme sans courage, me dit l'aîné, tu recules devant l'expiation qui doit te relever ! Tu voudrais demeurer dans les lieux témoins des malheurs arrivés par ta faute ? Mais, si nous avions la faiblesse de t'accorder ce que tu nous demandes, tu nous supplierais bientôt de te laisser partir pour aller vers l'accomplissement des devoirs sacrés qui te sont imposés.

« Ce n'est pas en vain que tu appartiens à notre famille pleine d'honneur et de courage. Tu peux beaucoup plus que tu ne le crois. Pars! nous le voulons, et toi aussi tu le veux, malgré les sentiments qui en ce moment ébranlent ta résolution.

« Écoute : si tu pars, tu emportes avec toi notre estime et notre affection. Si tu restes, tu ne dois t'attendre qu'à notre mépris et à notre indifférence... Choisis maintenant. »

Je me relevai. Mon attitude était ferme. — J'accepte, dis-je d'une voix profondément émue, la

mission dont vous me chargez, et je fais ici le serment solennel de la remplir avec persévérance, abnégation et fermeté.

A ces mots tous les bras s'ouvrirent pour me
recevoir. Mais je sentis des larmes sur le visage
de l'aïeul, et ses mains tremblaient en tenant les
miennes.

Dès ce moment je repris ma place parmi les membres de ma famille. On s'occupa de suite de mes
préparatifs de voyage. Des valeurs considérables
furent remises entre mes mains. On me rendit ma
fidèle et dévouée Dola, qui pleura de joie en me
revoyant.

Mon grand-oncle me donna quelques instructions
sur la conduite que j'aurais à suivre lorsque je serais arrivée à ma destination. Il était très-instruit et
possédait quelque connaissance de la manière dont
se rendait la justice en Écosse. Dans le même
temps son fils aîné alla à Pondichéry afin d'y retrouver le capitaine écossais sur le navire duquel
j'avais fait les découvertes relatives à Roncelli. Il
devait lui demander de nouveaux renseignements.

Cependant ma famille ne se dissimulait pas les
difficultés que je rencontrerais dans l'accomplissement de la tâche qui m'était imposée. D'après ce
que m'avait dit la femme du capitaine, Roncelli

avait encore une fois dissimulé son véritable nom ; ce n'était plus le duc de Caprée, c'était Wander. Il prétendait appartenir à une famille de bourgeois allemands. Son complice Malano, dont j'avais reconnu la personne et les habitudes, aux détails que m'avait donnés la femme du capitaine sur ce serviteur de M. Wander, — Malano portait en Écosse le nom de Dick et se disait Allemand tout comme son maître.

Lorsque j'appelai l'attention de mon grand-oncle sur cet obstacle, il me dit :

« Mon enfant, je ne me dissimule pas les difficultés sans nombre que tu vas rencontrer. Mais ce qui m'importe avant tout, c'est de te voir réhabilitée dans l'opinion et dans notre estime. Toutefois ne désespère pas d'arriver au but que nous poursuivons. Le ciel, sois en sûre, te fournira les moyens d'atteindre cet homme, et alors même que tu ne pourrais, à défaut de preuves suffisantes, le faire punir par la justice des tribunaux de l'Europe, ta seule présence serait pour lui le plus terrible châtiment. Il doit être persuadé que tu as trouvé la mort sur le vaisseau où il t'avait laissée seule à la merci des vagues. Tu seras à ses yeux comme un être venant de l'autre monde, envoyé par les puissances du ciel pour le confondre... En te revoyant,

il reconnaîtra, malgré lui, ces puissances qu'il nie
et qu'il blasphème. »

Bientôt le fils aîné de mon grand-oncle revint de
Pondichéry portant quelques nouveaux renseignements. De son côté, mon grand-oncle avait amassé
toutes les preuves qu'il avait pu recueillir à l'époque
du pillage de notre demeure et de la disparition de
mon père et de ma mère. Mais ces renseignements
et ces preuves n'aboutissaient, en définitive, qu'à
prouver que le duc de Caprée était un pirate des plus
dangereux. Là s'arrêtait leur portée, qui n'allait pas
même jusqu'à faire connaître et à prouver que le
véritable nom du duc de Caprée était celui de Roncelli.

Ma famille songea à me donner des esclaves pour
m'accompagner dans mon voyage ; je refusai en disant que ma mission pouvait exiger, selon les circonstances, une grande discrétion. J'étais sûre de
ma fidèle Dola, mais je ne pouvais l'être d'autres
esclaves qui peut-être, au lieu de devenir un secours
pour moi, eussent été un obstacle de plus à l'accomplissement de ma tâche difficile.

J'avais encore à m'occuper de la vieille Indienne.
J'en parlai à ma famille assemblée ; à ma grande
satisfaction, mes parents me promirent, d'un commun accord, de la garder et d'en avoir soin ; une

chambre de ma maison fut disposée pour elle avec tout le confortable qu'on pouvait désirer. Une esclave fut attachée à son service. J'eus le bonheur de la voir en pleine jouissance de sa nouvelle position.

— Pourquoi faut-il, me disait-elle, qu'à présent je sois condamnée à te voir aller loin de moi! Grâce à tes soins et à ton bon cœur, rien ne me manque; j'ai tout en abondance. Je puis regarder se coucher le soleil sans me préoccuper de la pensée qu'en rentrant dans ma demeure j'aurai à préparer mon repas du soir. Je sens mes forces affaiblies se relever sous l'influence du bien-être dont tu m'as entourée. Oh! je veux vivre pour te revoir encore!

En disant ces mots, elle me pressait dans ses bras et me comblait de caresses.

XI

Mes préparatifs étaient terminés. Mon passage avait été arrêté sur un vaisseau qui retournait en Écosse, ramenant des passagers de plusieurs pays de l'Europe.

A la veille de mon départ, je me mis en prière. Le sentiment religieux releva mes forces et mon courage. J'envisageai avec calme l'entreprise difficile et peut-être périlleuse dans laquelle j'allais m'engager.

Le moment de partir était venu. Cette fois ma place fut marquée à côté de l'aïeul, dans le palanquin d'honneur. La vieille Indienne voulut absolument m'accompagner jusqu'à Pondichéry. Nous lui donnâmes une place à côté de moi.

Tom, accablé par son grand âge, eut le déplaisir de ne pouvoir m'accompagner. « Ma Nahouma, me dit-il, enfant de mon affection, lorsque tu reviendras ici, le vieux Tom sera allé rejoindre son maître. » En disant ces mots, il pleurait et m'embrassait; je ne pouvais me séparer de lui. A la fin il fallut le quitter. La petite caravane n'attendait plus que moi pour se mettre en marche. Je montai dans le palanquin de mon grand-oncle. Dola était à côté, sur un cheval qu'elle maniait avec l'adresse d'un écuyer.

Nous entrâmes dans Pondichéry aux derniers feux du jour. Je passai encore cette nuit sous le toit de ma famille, que je devais quitter le lendemain matin. Je voyais sur le visage de mes parents l'émotion que leur causait une séparation qu'ils redoutaient et désiraient en même temps. Je les rassurai par mon attitude calme et ferme. Toutefois un trouble secret était au fond de mon cœur; mais je le surmontais.

Aux premiers rayons du jour, le capitaine du navire écossais nous fit prévenir que le départ allait avoir lieu. Bientôt ma famille entière se réunit. Je vins cette fois au milieu d'eux, non plus comme une accusée subissant un interrogatoire, mais comme un enfant chéri et regretté de tous. L'aïeul me donna sa bénédiction, puis il dit qu'il m'accompagnerait jusqu'au navire : c'était une faveur à laquelle j'étais loin de m'attendre, et je la reçus avec une profonde reconnaissance.

Appuyé d'un côté sur son fils aîné et de l'autre sur moi, le vénérable vieillard s'avança lentement vers le navire qui devait me recevoir. Arrivé au navire, il fit demander le capitaine.

— Je mets sous ta protection, lui dit-il, cette enfant qui m'est chère comme la moelle de mes os. Elle est appelée en Écosse par des circonstances impérieuses. Protége-la comme tu voudrais que ta fille fût protégée. Maintenant, montre-moi le lieu qu'elle doit habiter sur ton vaisseau.

Le capitaine s'empressa, avec la plus respectueuse déférence, de conduire mon grand-oncle dans la cabine qui m'était destinée. En la voyant, il soupira. « Hélas ! dit-il, quel étroit espace ! surtout lorsqu'on le compare aux vastes demeures qu'elle vient de quitter. »

Il fit minutieusement l'examen de cette cabine qui contenait deux lits, l'un pour moi et l'autre pour Dola. Il y fit apporter plusieurs objets qui devaient m'être agréables. Il serait resté encore long-

temps, mais le signal du départ fut donné, et je lui
fis mes adieux ainsi qu'à ma famille, qui était venue
m'accompagner.

Je restai sur le pont avec ma fidèle Dola à mes
côtés. Ma famille entière était encore sur le rivage.
Bientôt les voiles, enflées d'un vent favorable, firent
éloigner le navire avec rapidité. Le rivage disparut
à mes regards, et nous n'eûmes bientôt plus d'autre
spectacle que celui de la pleine mer et d'un ciel
azuré d'où le soleil étincelant et radieux répandait
ses flots de lumière.

Lorsque j'eus perdu de vue les bords de mon pays
natal, je descendis dans ma cabine, où Dola me suivit. Les sentiments que j'avais comprimés éclatèrent
et je répandis un torrent de larmes. Peu à peu,
cependant, le calme revint dans mon âme affligée.
Je me dis que je partais, mais pour revenir. Je me
dis que j'allais vers l'accomplissement d'un devoir,
et que, loin de m'affaiblir par ma tristesse, je devais
prier et consolider mon esprit.

XII

Le soir venu, Dola et moi nous montâmes sur
le pont du navire; il était couvert en ce moment
de nombreux passagers qui venaient prendre l'air
et admirer le magnifique spectacle du soleil couchant. Ils causaient entre eux. Je prêtai mon attention aux paroles qu'ils disaient à haute voix. Il y
avait des gens de divers pays. Je distinguai quelques Français que je reconnus à leur langage et à
leur costume.

L'un d'eux, aux manières distinguées et polies,
vint tout près de l'endroit où j'étais avec Dola. Il
nous salua et s'assit. Apercevant le crucifix que je

portais à mon cou : — « Vous êtes chrétienne, madame? me dit-il en langue indienne.

— Oui, lui répondis-je en français, et je suis la fille d'un Français et d'une Indienne. »

Il parut très-satisfait de m'entendre lui répondre dans la langue de son pays, et il commençait un entretien avec moi lorsque tout à coup il cessa de me parler, et je vis son attention tout entière se porter vers une conversation qui avait lieu, à voix très-haute, à quelques pas de nous. Comme j'avais entendu dire que les Français ont une grande mobilité d'esprit, je ne m'étonnai nullement de voir ce dernier cesser brusquement la conversation qu'il avait commencée, et porter ailleurs son attention. Bientôt il se rapprocha du groupe, et je le vis s'engager dans l'entretien qui avait vivement excité son intérêt.

J'écoutai en silence. On parlait musique. Le Français qui venait de me quitter se mit à parler à son tour avec enthousiasme de cet art, qu'il plaçait très-haut. Il faisait à cette occasion des réflexions pleines de vérité, quoique empreintes d'un peu d'exagération. Il soutenait avec force que la musique religieuse était un moyen puissant d'amélioration morale. Il citait, à l'appui de son opinion, l'exemple de Saül calmé par les chants de David. Il citait en-

core bien d'autres exemples que je ne me rappelle
pas.

Mais celui à qui il s'adressait, en déployant les
ressources d'un esprit heureusement doué; était
loin de le comprendre. Il soutenait au contraire
que la musique, de quelque genre qu'elle fût, était
complétement inutile et ne servait à autre chose
qu'à dissiper le temps qui pouvait être beaucoup
mieux employé.

« Qu'aurais-je gagné, disait-il d'un ton aigre,
après avoir employé, je suppose, deux heures de
ma journée à chanter ou à jouer de quelque instrument? Cela, ajouta-t-il d'un air qui annonçait la
suffisance d'un esprit borné, ne remplit pas la poche
et encore moins l'estomac, à moins cependant que
l'on ne soit professeur de musique. Dans ce cas elle
rapporte son prix ; mais ce qui prouve que cet art
ne vaut pas grand'chose, c'est que ceux qui le professent ne ramassent pas de fortune.

« — Autant vaudrait demander, répliqua d'un
ton où perçait l'indignation le Français qui venait
de me quitter, autant vaudrait demander à quoi
servent, dans la création des œuvres de Dieu, les
oiseaux qui chantent, les fleurs qui étalent leurs
riches couleurs, la poésie dans l'âme de l'homme,
se traduisant en savantes harmonies ; autant vau-

drait, dit-il en s'animant de plus en plus, demander à *quoi servent toutes choses créées*, que de dire *A quoi bon la musique*? Et il vaudrait autant conclure que toutes choses ne servent à rien, que de conclure que la musique est un art inutile.

« Il est bien vrai, continua-t-il en regardant d'un air de mépris son contradicteur, qui était demeuré muet devant lui et la bouche béante, il est bien vrai que l'on ne peut exiger de tous les êtres le même degré d'intelligence. Il est impossible, par exemple, que l'oie ou le dindon chantent comme le rossignol et la fauvette, et ces derniers perdraient leur temps à vouloir se faire écouter par eux. Ils aimeraient mieux, sans contredit, remplir de glands leur estomac que s'arrêter un moment à entendre les mélodies du chantre des bois. »

La rage se peignait sur les traits du contradicteur, qui cherchait en vain des paroles pour réfuter son emporté mais éloquent adversaire.

« Eh bien, dit-il enfin d'un ton qu'il cherchait à rendre moqueur, puisque la musique vous plaît tant, vous tient tant à cœur, vous devez sans doute savoir chanter... Chantez alors... chantez donc... les requins viendront autour du navire pour vous écouter. »

A ces mots, le Français, qui paraissait doué d'une

12.

extrême vivacité, s'avança vers son contradicteur
pour lui répondre de plus près. Mais une réflexion
soudaine lui vint sans doute, car il s'arrêta court, et
nous le vîmes se diriger dans l'escalier qui conduisait aux cabines du navire.

Il revint bientôt portant dans ses bras un luth
magnifique, et se mit à l'accorder. A peine les premiers sons avaient-ils résonné, que le musicien put
pressentir l'effet qu'il allait produire. Tout le monde
se pressait autour de lui. Il préluda avec grâce et
simplicité. Puis sa voix s'éleva pleine et calme au
milieu de cette foule silencieuse et recueillie. Les
ricanements jaloux de son contradicteur essayèrent
en vain de détruire l'effet qui commençait. Il fut
bien vite obligé de se réduire au silence le plus
complet.

Peu à peu le musicien, encouragé par les témoignages de sympathie qui l'entouraient, laissa
échapper ses accents en toute liberté. Alors, ce fut
plus que la plus belle musique. C'étaient des voix
inconnues venant des profondeurs de l'âme : c'est
que la musique est la langue de l'âme; comme elle,
elle est universelle.

Nous écoutions avec enthousiasme ces chants
pleins de poésie et d'idéal dont les paroles étaient
aussi belles que la musique. Il chantait la céleste

patrie, vers laquelle nous marchons tous; il disait les songes de l'âme s'élevant au-dessus du monde matériel qu'elle habite à regret, et s'élançant dans un monde inconnu au vulgaire.

Soulevé par cette puissante harmonie, l'esprit de ceux qui écoutaient s'élevait vers les régions supérieures de l'idéal. Le pilote avait quitté son gouvernail; les rameurs restaient immobiles. La lune répandait sa clarté mystérieuse sur cette scène enchantée. Le calme le plus profond régnait sur la mer, et le navire laissé à lui-même s'était arrêté.

Les chants avaient cessé, et nous écoutions encore... Mais le Français avait disparu en emportant son luth. Aussitôt mille questions furent adressées au capitaine.

— Quel est, lui disait-on, cet homme dont les accents inspirés produisent un effet si puissant?

— C'est un poëte, répondit le capitaine; j'ai fait sa connaissance en Écosse où il était venu chercher des inspirations; maintenant il revient des Indes. C'est un homme pour lequel je professe le plus profond respect et la plus grande admiration.

Il était minuit. Le capitaine donna le signal de la retraite. Chacun rentra aussitôt dans sa cabine, et il ne resta plus sur le pont que les hommes chargés de la direction du navire.

Le lendemain, je cherchai à me rapprocher de
cet homme inspiré qui avait laissé sur moi une profonde impression. Le soir venu, j'allai sur le pont.
Dola était à mes côtés. Le poëte ne tarda pas à arriver; il me salua poliment; puis, s'étant assis à
quelque distance, il demeura silencieux. Il était tout
entier absorbé dans ses pensées, son regard était
tendu au loin; mais on voyait qu'il n'était fixé sur
aucun objet extérieur.

Je m'arrêtai à le considérer. Bientôt il captiva et
enchaîna mes regards. L'âge de cet homme était
pour moi une énigme que je cherchais vainement à
deviner. Une auréole de jeunesse entourait son visage, resplendissant d'une beauté singulière qui
n'était pas dans les traits, mais qui n'en existait
pas moins. Cependant des fils argentés sillonnaient
sa chevelure et son front portait l'empreinte de plis
qui annonçaient que les jours de la jeunesse com-
mençaient à s'éloigner de lui. D'autres passagers
étaient venus sur le pont, il y avait parmi eux des
personnes de tout âge. Je voyais des figures d'une
régularité irréprochable, parées de jeunesse et de
beauté physique. Mais aucune ne pouvait être com-
parée à celle du poëte. C'est que l'expression de
son visage était le rayonnement de son âme et de
son intelligence. Sous ce rayonnement il s'opérait

en lui une sorte de transfiguration, qui produisait une beauté qu'aucun pinceau n'aurait pu saisir et qu'aucune perfection physique ne pouvait égaler. J'étudiais avec attention les secrets qui se révélaient à moi sur ce visage où se peignaient, au suprême degré, le spiritualisme et l'idéal, lorsque je vis tout à coup s'opérer dans la physionomie du poëte un changement subit.

L'homme grossier avec lequel il avait eu, la veille, cet étrange démêlé, venait de s'asseoir auprès de lui et lui adressait des paroles que je ne compris pas. Le contact moral de cet être, d'une nature si opposée à celle du poëte, refoula l'épanouissement qui répandait sur ses traits un charme si puissant. Son visage devint terne et glacé. Il souffrait visiblement. Il se leva et disparut dans l'escalier qui conduisait aux cabines.

J'éprouvais le plus grand désir de lier connaissance avec cet homme qui me paraissait si heureusement et si extraordinairement doué. Un attrait puissant, qui prenait sa source dans les régions les plus élevées de l'âme et de l'intelligence, m'attirait vers lui.

Le lendemain au soir, selon leur habitude, les passagers se rendirent sur le pont. Lorsqu'ils eurent pris leurs places, il resta à l'extrémité du navire un

espace libre ; j'allai m'y asseoir en compagnie de
ma fidèle Dola. Bientôt je vis arriver le poëte ; il
promena ses regards sur le pont du navire, et,
apercevant l'espace resté libre où nous avions pris
place, il vint s'y asseoir. Il avait tiré de sa poche
un crayon, et il commençait à écrire sur un petit
cahier, lorsque, Dola m'adressant la parole, je lui
imposai silence afin que notre conversation ne vînt
pas le distraire.

Cette marque de déférence parut le toucher vivement. Au même instant il remit son cahier dans sa
poche et arrêta sur moi un regard où se peignait
la plus aimable bienveillance. Je voyais qu'il voulait commencer la conversation, mais qu'il lui fallait
auparavant descendre des hauteurs où son esprit
paraissait être. Enfin il m'adressa, en souriant,
cette phrase banale :

— La soirée est bien belle, madame.

— Oui, lui répondis-je, elle est belle... même
aux regards du vulgaire, qui cependant n'y voit que
ce qui frappe les sens extérieurs. Mais que de beautés
elle dévoile à celui dont l'âme, s'élevant dans les
régions du monde invisible, en connaît les secrets
et possède le feu vivifiant de la vie spirituelle !

A ces paroles, le poëte se rapprocha de moi. Je
vis sur son visage s'épanouir le rayonnement de

beauté morale qui m'avait déjà frappée et qui, à ce moment, atteignit un degré qu'aucune expression ne saurait rendre. Nos rapports venaient de s'établir, et la conversation allait se continuer sans autres préliminaires. Il appuya sa tête sur l'une de ses mains, et, arrêtant sur moi son regard expressif et profond :

— Peu d'âmes, me répondit-il, connaissent les secrets de la vie spirituelle. Sans cesse entraînés par nos sensations extérieures et par les besoins matériels de notre existence, nous nous laissons absorber entièrement par notre être physique et par nos sens grossiers. Et cependant il dépend de nous de ne pas laisser s'éteindre l'étincelle de feu sacré que nous tenons de notre céleste origine. Ce n'est pas en vain que l'homme a été créé à l'image de Dieu. Si son être matériel l'en éloigne, son être spirituel l'y ramène sans cesse.

Tout en l'homme annonce que le monde matériel n'est pas sa véritable sphère. Son être multiple se débat sans cesse sous l'étreinte d'une existence qui jamais ne le satisfait, sans qu'il sache se rendre compte du malaise qu'il éprouve et y apporter remède. Et cependant c'est sur ce point qu'il devrait appliquer son attention et les ressources de son esprit.

S'il se donnait la peine de s'étudier avec soin, il

ne tarderait pas à reconnaître qn'il y a en lui deux
êtres distincts quoique étroitement unis : l'être physique et l'être moral ou spirituel. Le premier pos-
sédera, en vain toutes ses satisfactions; il n'en
saura jouir tant que l'autre, qui lui est supérieur,
n'aura pas les satisfactions d'un ordre plus élevé
qui lui appartiennent et qu'il réclame impérieu-
sement.

— Mais, lui dis-je, pensez-vous que nous soyons
tous également doués de la faculté d'arriver à la vie
spirituelle, qui, d'après vous et je dois dire aussi,
dans ma pensée, peut seule compléter le bonheur
de l'homme?

— Vous soulevez là, me dit-il, une question très-
sérieuse.. Non, nous ne sommes pas tous doués au
même degré de la faculté d'arriver à la vie spirituelle,
et parmi nous il y a beaucoup d'êtres incomplets
sous le rapport moral et intellectuel ; à cela je ne
connais d'autre explication que ces paroles de nos
Saints Livres : *L'esprit souffle où il veut*. Ainsi donc,
sans chercher à trouver (ce qui est impossible) la
raison de cette inégalité dans les intelligences, je
continuerai ma pensée... J'en suis convaincu, et chacun de nous, aussi mal doué qu'on puisse le supposer, pourrait, en réfléchissant sur lui-même, reconnaître la vérité de mes paroles, l'homme, en

général oublie trop son être intérieur et immortel
pour s'occuper trop exclusivement de son être extérieur et périssable. .

Ceci, du reste, s'explique. Les secrets de la vie
spirituelle ont besoin d'être étudiés pour être connus. L'homme matériel répugne à cette étude,
parce qu'il redoute qu'elle ne trouble l'existence à
laquelle il s'est habitué. Dans son ignorance des
ressources qu'elle pourrait lui apporter, il repousse
ainsi sans le savoir un puissant auxiliaire qui lui
aiderait à se soutenir dans les épreuves inévitables
qui s'attachent ici-bas à l'existence de tout homme.

Heureux si ses épreuves l'amènent sur le seuil
de la vie spirituelle et l'entraînent, même forcé-
ment, dans ce sanctuaire où il lui répugnait de pénétrer...

Le poëte demeura silencieux quelques instants ;
puis il reprit en ces termes :

— Il est dans la vie des moments où toute espérance cesse, et où le cœur souffrant et blessé se
retire au dedans de lui-même pour y mourir . . .
. . . . Oh ! bienheureux si, enfermé vivant dans son
sépulcre, il y reprend de nouvelles forces ! Heureux
si, dans le silence profond de son tombeau, il écoute
et comprend les secrets de la vie spirituelle ! Essayant d'abord dans sa solitude silencieuse les pre-

13

miers effets de cette vie nouvelle qui se révèle à lui,
il s'élance bientôt, puissant et radieux, de son sépulcre. Toutes choses lui apparaissent alors dans
leur réalité. Ses jouissances ne peuvent désormais
lui être ravies, parce qu'elles prennent leur source
dans des régions inaccessibles au monde extérieur.

Il aurait continué à parler; mais le capitaine
s'approcha et lui demanda, de la part des passagers, de vouloir bien faire entendre encore les
chants qui les avaient remplis d'admiration. Il céda
avec simplicité à cette demande, et, étant descendu
chercher son luth, il se disposa à chanter.

Mais cette fois ce n'étaient plus les chants de la
veille. Ils étaient aussi beaux, plus beaux peut-être,
mais ils étaient déchirants. Le poëte dépeignait avec
une inspiration saisissante l'état d'une âme cherchant le bonheur hors de Dieu, hors du bien et du
vrai, tombant de chute en chute et de déception
en déception, et il exprimait le désespoir de cette
âme livrée à elle-même et séparée de Dieu. Il
nous semblait voir ce qu'il chantait; nous soupi-
rions, nous pleurions. Peu à peu ses chants pri-
rent une expression différente. Ils exprimaient
encore la douleur; mais la douleur consolée. Bientôt ils s'élevèrent en hymnes d'actions de grâces

vers celui qui peut tout, et ils dirent les transports d'allégresse de l'âme revenue de ses erreurs et se retrouvant auprès de Dieu. A ce moment il semblait que des esprits célestes descendaient sur nous et nous entouraient d'une atmosphère divine.

J'admirais en silence les richesses intérieures de cette âme où le sentiment vibrait en accents si pénétrants. Je voulais m'approcher du poëte pour lui parler; mais je m'aperçus qu'il était sous le poids d'une émotion qui arrêtait ses paroles. De telles inspirations ne pouvaient passer par une organisation humaine sans l'ébranler fortement.

XIII

La rencontre de cet homme si merveilleusement
doué fut pour moi, dans ma pénible position, un
bonheur inattendu. Mon âme se sentait attachée à
la sienne par des liens qui, pour être invisibles,
n'en existaient pas moins. Bientôt je lui racontai
mes malheurs, dont le récit lui inspira le plus vif
intérêt.

— Vous rencontrerez, me dit-il, beaucoup de
difficultés dans l'accomplissement de la tâche que
vous avez entreprise. Je voudrais pouvoir aller en
Écosse afin de vous rendre moins pénibles, s'il était
possible, les obstacles de toute sorte que vous allez

trouver. Mais des devoirs impérieux me rappellent en France. J'ai des frères qui m'attendent et qui comptent sur moi.

Je lui adressai alors quelques questions, auxquelles il répondit avec franchise et simplicité. Il appartenait à une famille honorable, dont il me dit le nom.

Continuant à répondre à mes questions, il me dit :

« Ma vie, sans être marquée d'autant d'événements que la vôtre, n'a pas été moins agitée pour cela..... Dans les profondeurs et le secret de mon âme, des orages ont grondé et éclaté avec force ; avec d'autant plus de force, que je les ai concentrés et enfermés en moi. Ils ont bouillonné au dedans de moi, ils ont frappé sur toutes les fibres de mon être..... J'ai usé mes forces à des luttes intérieures, et que n'ai-je pas souffert dans ces combats contre moi-même où j'étais à la fois le vainqueur et le vaincu !

« Tourmenté dès mes jeunes années par un désir immense de bonheur et un besoin infini d'idéal, j'ai cherché partout l'un et l'autre. Je me suis fatigué à la poursuite de rêves qui jamais n'ont atteint pour moi ce qu'on appelle, en ce monde, la *réalité*.

« De guerre lasse, je cherchai dans le monde in-

visible et spirituel les satisfactions qui me manquaient. Ce ne fut qu'après de grands efforts que je
parvins à me détacher du monde visible, et, si quelquefois je me sens encore attiré vers lui, je fuis avec
soin ses amorces trompeuses et décevantes. Je sais
qu'il ne peut rien pour mon bonheur.

« Enfin, lorsque, arrivé de déceptions en déceptions, à un découragement complet, je ne m'attendais plus à rien, des lumières divines sont descen-
dues dans mon âme souffrante, en m'apportant les
germes d'une vie nouvelle.

« M'attachant avec force aux vérités qui m'apparaissaient, j'ai écouté, dans le recueillement de mon
être tout entier, les précieux enseignements de la
doctrine chrétienne. A chaque pas que je faisais
dans cette voie, je sentais en moi l'être spirituel
s'accroître. Peu à peu mon cœur s'est pénétré de
l'amour divin, et je me suis initié par la prière
aux secrets du monde invisible et spirituel. J'ai
senti se développer en moi des facultés qui n'y
existaient pas auparavant. Alors il m'a été donné
d'exprimer ce que j'éprouvais au plus profond de
mon âme. A ce moment que de joies intimes m'ont
récompensé de mes douleurs passées ! J'étais comme
un homme qui, privé de l'usage de la parole, sen-
tirait tout à coup sa langue se délier et livrer pas-

sage à ses pensées demeurées captives. Ainsi la
poésie est venue à moi et m'a prêté ses accents. J'ai
trouvé un soulagement infini dans ce secours, auquel
j'étais loin de m'attendre ; je suis devenu poète,
parce que Dieu, dans sa bonté, m'a envoyé des inspirations pour me consoler et me guérir. Aussi
mes chants sont uniquement consacrés à celui de
qui je les ai reçus.

« Je trouve dans ces épanchements des jouissances que rien ne saurait égaler. Maintenant les
joies du monde extérieur me sont devenues insipides
et fatigantes, et je craindrais qu'elles ne desséchas-
sent en moi la source de l'idéal et de l'amour divin,
si je m'exposais à leur contact.

« Cependant, continua le poète, ne pensez pas
qu'absorbé dans mes jouissances intérieures j'y demeure égoïstement enfermé sans me répandre au
dehors.. Non..... C'est au contraire pour moi un
bonheur inexprimable de pouvoir faire partager à
mes semblables les sentiments dont mon âme est
remplie.

« Ainsi, lorsque j'ai vu autour de moi cette foule
recueillie et silencieuse ouvrir son cœur aux accents
de l'idéal et du spiritualisme qui inspiraient mes
chants, j'ai éprouvé une joie telle que le monde
ne peut en donner de semblable. Je sentais mon

âme en communication intime avec toutes ces âmes qui chantaient avec moi, bien que leurs accents restassent muets.

« Oui, reprit-il, après un moment de silence, je goûte un bonheur infini à me communiquer. J'ai éprouvé une joie à laquelle j'étais loin de m'attendre, alors qu'essayant de converser avec vous j'ai vu votre âme s'ouvrant à la mienne. Vous aussi vous possédez des germes puissants de vie spirituelle. Encore quelques années, et vous y serez parvenue. »

J'écoutais en silence. . . . . « Vous êtes encore trop jeune, reprit-il avec un accent qui pénétrait jusque dans les profondeurs de mon être, pour arriver de sitôt à la connaissance complète des secrets de la vie spirituelle, mais elle ne peut vous manquer. Vous l'avez déjà commencée en ouvrant votre cœur avec sincérité aux enseignements de la doctrine chrétienne, et c'est la seule voie qui y conduise sûrement. Votre transformation n'est pas encore achevée. Quoiqu'il en soit, vous êtes destinée à la vie de l'âme, et vous y arriverez à un degré dont vous ne vous doutez pas. »

— Cet épisode de votre traversée, dit Étienne de la Boëtie à Nahouma, est vraiment bien intéressant. De telles rencontres sont, pour celui qui sait les ap-

précier, une heureuse fortune. On gagne à s'entretenir avec des hommes comme celui dont vous me
parlez. Leur esprit fait faire à ceux des autres,
même les plus vulgaires, des découvertes qui agran-
dissent le cercle où se meut l'intelligence humaine.

La poésie, continua la Boëtie, revêt la forme qui
lui va le mieux, lorsqu'elle s'exprime en vers harmonieux. Cette forme est la plus propre à la faire
valoir, et sans son concours la poésie est privée du
puissant auxiliaire qu'elle trouve dans la musique ;
car on ne peut guère chanter de la prose. Toutefois
beaucoup de poëtes écrivent leurs œuvres en prose,
et tous ceux qui font des vers ne sont pas poëtes.

La Boëtie rêva un moment, puis il reprit la conversation. :

— Madame, dit-il à Nahouma, la musique possède une bien grande puissance... Je l'aime extrêmement, et, lorsqu'elle est belle, j'en suis toujours
vivement impressionné. Si vous voulez bien me le
permettre, et si vous pensez que l'heure de se coucher ne soit pas encore venue, je vous raconterai
une anecdote qui vous montrera un exemple frappant du pouvoir de la musique.

Nahouma regarda l'horloge de sable ; il était dix
heures du soir.

— Bien que ce soit l'heure de se retirer, j'accepte,

13.

dit-elle, le récit que vous voulez me faire. Je l'attends.

Étienne de la Boëtie commença en ces termes :

— J'ai encore dans mon château un vieux domestique qui m'a vu naître. Cet homme est entièrement inculte, ne sachant lire ni écrire.

Il vint à notre château, il y a environ quinze ans, un violoniste distingué de la ville de Bordeaux. Cet artiste avait apporté son violon, et en jouait chaque soir avec un talent remarquable. Les sons parvenaient jusqu'à la cuisine, où nos domestiques se réunissaient. La première fois que le musicien se fit entendre, je vis à ma grande surprise notre vieux domestique entr'ouvrir la porte du salon où nous étions, et se mettre à écouter. J'allai à lui, et je lui dis :

— Jacques, que fais-tu là ?

— J'écoute la musique, me dit-il ; laissez-moi, je vous en prie, écouter.

— Eh bien, lui dis-je, entre et viens t'asseoir.

En ce moment le musicien développait avec une grande puissance d'expression un adagio magnifique empreint de tristesse. Je regardai Jacques ; il pleurait.

Chaque soir il revint écouter les ravissantes mélodies du musicien. Une fois, dans la journée, à un moment où le salon était désert, je le surpris observant attentivement le violon qui excitait au dernier point son intérêt.

— Je voudrais, me dit-il, savoir jouer comme ce monsieur.

Je ne pus m'empêcher de rire de bon cœur en entendant Jacques exprimer ce souhait.

Le musicien partit. Jacques le regretta vivement, et devint tout triste.

Plus d'un an après, il me prit un jour envie de monter dans un grenier à foin où couchait Jacques. Je me mis à fureter, comme font presque tous les enfants. Je trouvai, caché sous du foin et enveloppé dans un morceau de toile, un violon à moitié fait. Déjà le manche était sculpté, et le reste de l'instrument était commencé. J'examinais avec curiosité cette trouvaille, qui me semblait extraordinaire, surtout en la rencontrant dans un réduit où Jacques seul avait accès, lorsque je vins à me rappeler la vive impression qu'avait produite sur lui le violon du musicien. Il me vint l'idée que ce violon, grossièrement sculpté, pouvait bien être l'œuvre de Jacques. Je ne me trompais pas. J'étais encore dans le grenier lorsqu'il monta et me trouva tenant le violon. Il parut contrarié de me voir là.

— Mon ami, me dit-il, pourquoi fouiller dans mon grenier? ce n'est pas bien.

— Sois tranquille, lui répondis-je, je ne parlerai à personne de ce que j'ai trouvé. Mais, je t'en prie, montre-moi comment tu fais ce violon.

Jacques s'assit; et, sortant de sa poche un petit couteau, il se mit à travailler sous mes yeux. Il avançait si peu, que je ne pouvais me rendre compte de son travail.

— Eh bien, lui dis-je, c'est ainsi que tu prétends arriver à terminer ce violon? Tu n'en viendras jamais à bout.

— Vous voudriez, me dit-il, voir le violon se faire à vue d'œil? Allez vous asseoir devant le blé qui pousse, et essayez si vous pourrez le voir croître? Je gage que vous n'en viendrez pas à bout. Mon violon fera comme le blé, il s'achèvera insensiblement.

Un an environ après cet entretien, nous étions tous réunis dans le salon, lorsque nous vîmes entrer Jacques portant un violon. A notre grand étonnement, il se mit à jouer de cet instrument, auquel rien ne manquait, et il en tira des sons inhabiles, il est vrai, mais qui n'étaient pas dépourvus de charme et surtout étaient très-expressifs. Nos bruyants applaudissements, mêlés d'une vive gaieté, récompensèrent son talent.

Comme le violon de Jacques laissait beaucoup à désirer, mon père voulait lui en donner un meilleur.

— Non, répondit-il, je tiens à celui-ci, et je ne m'en séparerai qu'à ma mort[1].

— Je vous remercie de votre anecdote, dit Nahouma; elle est très-intéressante, et j'en conclus que l'idéal peut se trouver dans les esprits les plus incultes et là où l'on s'attendrait le moins à le rencontrer. Le goût extraordinaire de ce paysan pour la musique en est une preuve.

[1] Ceci n'est pas un fait de pure invention. Nous avons vu un paysan du Périgord qui avait construit, à force de temps et de patience, un violon très-bien fait dont il joua en notre présence. Il était âgé de soixante ans, lorsque ayant entendu pour la première fois, dans une maison où il travaillait, un violoniste distingué, le sentiment de la musique s'éveilla en lui avec une telle force, qu'il entreprit et réussit de faire un violon auquel rien ne manquait. Je me rappelle que cet homme était chaussé de gros sabots avec lesquels il battait la mesure.

XIV

Le lendemain, Nahouma reprit son récit en ces termes :

— Notre traversée fut marquée d'un événement qui faillit me priver de ma fidèle Dola.

Nous étions sur les côtes de Sénégambie ; le capitaine dit qu'il fallait s'arrêter et aller ensuite à terre pour renouveler notre provision d'eau douce. A la vue de son pays, qu'elle avait quitté à un âge où le souvenir se grave avec force, Dola fut vivement impressionnée et me demanda à descendre à terre avec ceux qui allaient à la recherche de l'eau.

Je cédai à sa demande, mais à la condition d'aller

avec elle. Bientôt nous débarquâmes avec la petite troupe, qui se composait de deux robustes matelots chargés de traîner le chariot sur lequel était le tonneau, et d'un contre-maître qui devait faire exécuter les ordres du capitaine.

Ces hommes s'avançaient, guidés par des indications bien sûres, car en peu de temps nous arrivâmes directement au bord d'une source abondante et limpide, sortant d'un monticule couvert d'arbres au feuillage épais et d'une fraîcheur qu'entretenait l'eau qui circulait au-dessous de leurs racines. Arrivée à cette fontaine, Dola me parut très-émue et préoccupée. Elle avait les regards tendus vers le bosquet qui couvrait le monticule. Tout à coup je la vis s'élancer comme un daim et disparaître au milieu des arbres. Je me hâtai de courir après elle. Arrivée dans le bosquet, je vis au loin, à travers le feuillage, la tunique flottante et bariolée de blanc de ma compagne, qui me décelait sa présence en ces lieux. Je l'appelai, elle répondit en me disant de venir la joindre, ce que je fis aussitôt. J'arrivai auprès d'elle; mais quelle fut ma surprise en la voyant dans les bras d'une vieille négresse et d'un vieux nègre qui, tous les deux, l'embrassaient en pleurant de joie !

Le hasard nous avait conduits précisément au lieu

de la naissance de ma négresse, là où elle avait été
enlevée à l'âge de onze ans. Ce hasard n'avait, du
reste, rien d'étonnant. Sur les côtes de l'Afrique
l'eau douce est très-rare; aussi les navires ne man-
quent jamais de se rendre là où il y a des sources,
et dans les environs l'on est toujours sûr de trouver
des huttes de nègres dont les habitants observent
avec curiosité les gens qui viennent renouveler leur
provision d'eau. Ces pauvres nègres payent souvent
de leur liberté cette curiosité innocente. C'était ainsi
que Dola avait été enlevée par des matelots d'un
vaisseau négrier.

A ma vue, les deux vieillards témoignèrent par
leurs gestes l'impression défavorable que je produi-
sais sur eux. Mais Dola leur parla, et, loin de me
fuir, ils se rapprochèrent de moi ; elle m'expliqua
la vive tendresse que lui témoignaient ces deux
vieux nègres, en m'apprenant qu'ils étaient son
père et sa mère. Elle me dit qu'elle les avait reconnus la première et qu'ils l'avaient reconnue ensuite.

Dola et ses parents m'amenèrent dans leur hutte,
où je vis en entrant un jeune nègre et une jeune
négresse; c'étaient le frère et la sœur de ma compagne. Assise entre son père et sa mère, entourée
de son frère et de sa sœur, Dola était comblée de

caresses, qu'elle rendait avec ravissement. Etran-
gère à ces transports, je me mis à examiner curieusement l'intérieur, nouveau pour moi, d'une
hutte de nègres. A l'endroit le plus apparent
était une figure grossièrement sculptée représentant une tête humaine sur un corps d'animal.
Cette figure, d'un aspect affreux, était le fétiche qu'adoraient les habitants de cette pauvre
hutte, où règnait la malpropreté la plus dégoûtante.

Le temps passait. Dola oubliait que le vaisseau
allait repartir. A la fin je l'avertis; mais elle n'entendait rien et se livrait toujours davantage à ses
joyeux transports.

Sur ces entrefaites, les matelots achevèrent de
remplir leur tonneau, et, ne nous voyant plus,
s'imaginèrent que nous étions revenues au navire.
Ils nous appelèrent cependant avant de quitter la
fontaine; mais nous ne les entendîmes pas.

Enfin j'étais toujours dans la hutte, sollicitant
Dola à retourner avec moi au navire; mais, au lieu
de céder à mes avertissements, elle se mit au contraire à me presser de demeurer avec elle dans
sa famille, me disant que j'y serais très-bien;
que ses parents me construiraient une belle hutte
où nous habiterions toutes les deux ensemble; que

nous serions fort heureuses et que nous ne nous quitterions jamais.

Les choses en étaient à ce point lorsque j'entendis le capitaine écossais m'appelant à grands cris, dans le bosquet ; je lui répondis.

A peine les parents de Dola eurent-ils entendu la voix qui m'appelait, que, fermant au plus vite la porte de leur hutte, ils se barricadèrent en disant qu'il ne fallait pas laisser entrer ceux qu'ils entendaient, qu'on leur enlèverait de nouveau leur fille.

Me voilà donc solidement enfermée avec Dola et ses parents. J'avançai ma tête à une étroite ouverture et je vis le capitaine qui arrivait, suivi du poëte. J'eus bientôt expliqué les circonstances dans lesquelles je me trouvais engagée. Je les priai de ne rien brusquer et d'attendre tranquillement que la porte s'ouvrît.

Cependant ma compagne représenta à ses parents qu'une telle conduite n'était pas bonne. Au bout d'un long pourparler, elle obtint d'ouvrir la porte et livra passage au poëte et au capitaine.

— Eh bien, me dirent-ils, le vaisseau vous attend.

Je tournai mes regards sur Dola; elle me fit pitié; je vis le combat qui se passait au dedans d'elle.

D'une main, elle s'attachait à mes vêtements; de
l'autre, elle tenait la main de sa mère. Elle ne pouvait ni se séparer de ses parents ni me quitter. Je me
demandai si je ne commettrais pas une injustice en
la sollicitant à quitter son père et sa mère pour me
suivre. Mais je tournai mes yeux vers le fétiche de
ces pauvres gens, et je me dis que ce serait une
faute de laisser Dola au milieu de l'idolâtrie. Je me
dis en même temps que ses parents n'étaient pas
seuls, puisqu'ils avaient d'autres enfants. Une idée
lumineuse me vint; je pris le précieux crucifix qui
ne me quittait jamais, et, le lui présentant :

— Dola, lui dis-je, ma sœur en Jésus-Christ,
m'abandonnerais-tu pour demeurer ici, où peut-
être, oubliant le Dieu véritable, le Dieu que tu
aimes, tu reviendrais adorer cette idole?

A ces mots la pauvre négresse s'arracha des bras
de ses parents, et, prenant le crucifix, tomba à genoux en le couvrant de baisers et de larmes.

— Oui, me dit-elle, je te suivrai. Mais quel désespoir pour moi de laisser mes parents privés de la
connaissance du Dieu véritable, du Dieu d'amour et
de bonté!

— En vérité, dit le poëte, la ferveur de cette
pauvre négresse est plus grande que celle de bien
des chrétiens élevés dès l'enfance dans la connais-

sance de leur religion. Que n'est-il possible que
nous demeurions ici un peu de temps, afin de donner à ses parents les premières notions du christianisme! Un ou deux jours de plus, dit-il au capitaine, ne peuvent compter dans un aussi long
voyage que le nôtre. Vous pouvez facilement, si
vous le voulez, vous arrêter ici. Nous préparerions
ces pauvres gens à accueillir les missionnaires qui
sillonnent ces contrées. Ils n'ont pas encore découvert cette hutte cachée et solitaire, mais leur zèle
ne manquera pas de les y conduire.

Le capitaine céda volontiers à cette demande.

Le lendemain nous revînmes à la hutte. Le poëte
s'employait avec ardeur à préparer ces pauvres
nègres à recevoir les missionnaires. Dola était son
interprète.

— Fais-leur comprendre, lui disait-il, qu'il viendra vers eux des hommes animés de l'esprit du
Dieu véritable, du Dieu tout bon et tout-puissant.
Dis-leur que ces hommes renoncent à toutes les
douceurs de la vie, qu'ils quittent tout pour le service de leur Dieu, qu'ils supportent les privations,
les supplices, la mort même, et qu'ils se trouvent
heureux et récompensés de tant de sacrifices, s'ils
peuvent amener une âme au Dieu véritable.

Si nous n'avions eu sur ces pauvres gens l'influence

de leur fille qu'ils chérissaient, nos paroles seraient demeurées sans effet. Mais, grâce à Dola, le peu de temps que nous avions à leur donner porta de bons fruits. Ils promirent d'accueillir comme des frères ceux que nous leur annoncions.

Le moment de notre départ étant venu, nous invitâmes les parents de ma compagne à visiter le navire. Ils nous donnèrent un grand témoignage de leur confiance en acceptant notre invitation.

Ils passèrent plusieurs heures sur le navire, examinant tout avec curiosité. Nous leur fîmes des présents. Enfin le signal du départ fut donné. On les ramena sur le rivage, où ils demeurèrent à regarder s'éloigner notre navire. Dola, afin de les voir plus longtemps, monta à la cime d'un mât. Elle était vivement et péniblement affectée lorsqu'elle descendit; ce jour-là ce fut à mon tour de la consoler.

XV

Notre voyage continua sans être marqué d'aucun autre événement.

Après avoir remonté les côtes du Portugal, nous arrivâmes devant la ville de Bordeaux. C'était là que le poëte devait débarquer. A la veille de quitter le navire, il m'indiqua le lieu de sa demeure et me dit de m'adresser à lui si jamais je venais en France et que j'eusse besoin d'un appui. Il ajouta qu'il était intimement lié avec l'archevêque de Bordeaux.

Le moment de débarquer étant venu, il me fit ses adieux. Ce ne fut pas sans regret que je le vis s'éloigner. Je lui devais de précieux enseignements, et j'aurais vainement cherché dans la conversation

des autres passagers des ressources semblables à
celles que j'avais trouvées dans ses entretiens.

Quelque temps après, notre navire entra dans le
golfe de Forth, et jeta l'ancre sur les bords de
l'Écosse.

Le lendemain de mon arrivée à Édimbourg, le
capitaine écossais me conduisit chez un négociant
qui pouvait me donner des renseignements sur ce
que je désirais savoir. Je lui demandai s'il connaissait un monsieur nommé Wander, arrivé en Écosse,
il y avait plus de cinq ans, sur un navire chargé
de marchandises qu'il avait vendues de même que
son navire, réalisant ainsi une grande fortune.

Il m'écouta attentivement ; lorsque j'eus fini de
parler, il me dit :

— Madame, je puis mieux que personne vous
donner des renseignements sur celui dont vous me
parlez ; car il a épousé, peu de temps après son
arrivée en Écosse, la fille de l'un de mes anciens
amis, mort depuis longtemps. Cette orpheline sans
fortune a trouvé dans M. Wander un homme désin-
téressé et agissant noblement.

En entendant ces mots, j'éprouvai une violente
indignation. Je me contins.

— M. Wander, continua le négociant, a séjourné
peu de temps en Écosse, et à notre grand regret il

est parti pour la France il y a déjà quelques années.
Je reçois souvent de ses nouvelles. Il a acheté en
Guyenne, sur les bords de la Dordogne, un château
où il habite avec sa femme, ses deux enfants et de
nombreux domestiques. Madame, ajouta-t-il avec
un accent marqué de curiosité, pourriez-vous me
dire pourquoi vous me demandez des renseignements sur M. Wander?

Je me recueillis un moment.

— Monsieur, répondis-je, l'un de mes parents
m'a chargée d'une commission pour lui; mais, avant
de faire des démarches, je voudrais savoir si celui
dont on m'a parlé est le même que le Wander que
je cherche.

— Connaissez-vous, madame, l'écriture de ce
Wander sur lequel vous demandez des renseignements?

— Oui, monsieur, lui répondis-je.

— Eh bien je vais vous montrer une lettre qui
peut-être pourra vous fixer.

Il me la remit. A peine l'avais-je entre les mains,
que je reconnus l'écriture de Roncelli.

— Vous pouvez, madame, me dit le négociant,
en prendre lecture.

Je la lus malgré l'horreur que j'en avais, et je
pus reconnaître que Roncelli savait très-bien jouer

le rôle d'un honnête homme et en imposer à ceux qui ne le connaissaient pas.

Dans cette lettre, écrite avec soin, il assurait le négociant de son dévouement et de sa sincère amitié. Il parlait de sa femme et de ses enfants en bon père de famille. Mais ce qui mit le comble à mon indignation, ce fut son hypocrisie. A l'occasion d'une affaire d'intérêt qui lui restait encore à terminer en Écosse, il affectait le désintéressement et la probité la plus parfaite.

Je me retirai en remerciant le négociant des renseignements qu'il avait bien voulu me donner. Quelques jours après, nous nous embarquâmes sur un navire français qui retournait à Bordeaux. En arrivant dans cette ville, je me mis à réfléchir sur ce que je devais faire. Je n'y connaissais personne.

Je me rappelai alors l'offre obligeante que le poëte m'avait faite en me quittant. Je lui écrivis, afin de lui demander ses conseils et son appui. Il ne tarda pas à me répondre. Il me disait de ne rien entreprendre avant d'avoir consulté l'archevêque de Bordeaux, et il m'envoyait une lettre de recommandation pour ce prélat.

En même temps il m'écrivait :

« Vous devez agir avec prudence et discrétion, et cependant vous avez besoin des conseils de quel-

14

qu'un à qui vous puissiez confier entièrement la
position difficile où vous vous trouvez. Je ne puis
mieux vous adresser qu'à mon ami le digne archevêque de Bordeaux. Il vous conseillera comme un
père, et vous protégera s'il en est besoin. »

Le lendemain je me rendis, suivie de ma fidèle
Dola, à l'archevêché. Je présentai ma lettre de
recommandation, en disant que j'attendais une
réponse. Elle ne se fit pas attendre. Quelques
minutes après nous fûmes introduites dans le cabinet de l'archevêque.

Son abord bienveillant eut bientôt dissipé l'embarras que j'éprouvais à me présenter devant un si
haut dignitaire de l'Église. Son aspect vénérable
inspirait un profond respect. Ses cheveux blancs,
son air majestueux, son ton grave et doux en même
temps, tout en lui l'offrait à mes yeux tel que devaient être les Pères de l'Église, dont le poëte m'a-
vait souvent parlé. Il me sembla que je retrouvais
en lui un véritable père. Je me sentis abritée sous
la puissance qui se répandait autour de lui. Je voulus me prosterner à ses pieds, mais il m'en em-
pêcha et parut contrarié de mon mouvement. Il
nous fit asseoir, et, après quelques instants de silence, il me dit avec bonté :

— Mon enfant, je suis disposé à vous écouter.

Je commençai alors le récit de mes malheurs.
Lorsque je fus à l'endroit de mon récit où je dé-
peignis avec l'entraînement de mon cœur la rencontre que j'avais faite du missionnaire français, la
conversion de ma négresse, la mienne, et enfin la
mort du martyr, des larmes s'échappèrent de ses
yeux.

Je lui montrai le crucifix que je tenais du martyr; il le prit et le baisa. A peine y avait-il porté les
yeux, que l'étonnement se peignit dans ses regards.

— Ce crucifix, me dit-il, je le reconnais..... J'en
ai fait don à un missionnaire consacré de mes
mains.....

Alors il m'adressa plusieurs questions sur celui
dont j'avais reçu le crucifix. Lorsque je lui eus répondu :

— Mes doutes, dit-il en se parlant à lui-même,
sont dissipés; ce martyr est l'un de mes disciples.
Oh! que de grâces n'ai-je pas à rendre au Seigneur
d'avoir choisi dans mon diocèse ce digne martyr!
Mon enfant, me dit-il, continuez votre récit, où je
vois partout la main de Dieu.

J'achevai. En finissant, je m'arrêtai à parler de
la tâche difficile dont mes parents m'avaient chargée et que je m'étais engagée à poursuivre avec
abnégation et persévérance.

— J'ai entendu parler de Wander, me dit l'archevêque, comme d'un homme qui, grâce à son
immense fortune, se trouve dans une position assez
influente. Voici comment, sans le connaître, j'ai eu
sur lui quelques détails.

« Chaque année les prêtres de mon diocèse viennent auprès de moi, afin de me communiquer l'exposé de leur position, et me faire part des progrès
de la foi chrétienne et des événements qui s'y rat-
tachent. L'année dernière j'ai vu, comme d'habitude, le desservant de la paroisse où est le château
habité par la famille Wander. Il me parla de cette
famille et en particulier de la jeune femme de
M. Wander. Il me dit qu'elle était un modèle de
douceur et de vertus chrétiennes; mais M. Wander,
ajouta-t-il, semble dévoré de sombres pensées. J'ai
étudié cet homme, qui, je le crains, se cache sous
de faux dehors. Lorsque je lui parle, je le vois détourner ses regards qui ne peuvent supporter les
miens. Cependant il suit les pratiques de l'Église,
mais il est aisé de reconnaître qu'il les suit sans
conviction. Je me doute qu'il existe dans la vie de
cet homme des événements cachés. Du reste, nous
ne pouvons le bien connaître, puisqu'il est étranger
à notre pays.

Maintenant, ma fille, reprit l'archevêque, il est

très-difficile de vous indiquer une marche à suivre.
Toutefois je puis vous dire que vous ne pouvez at-
taquer Wander devant les tribunaux français avec
les preuves que vous avez; elles sont insuffisantes.
D'après ce que je vois, il a complétement dérobé ses
traces. Elles sont évidentes pour vous et pour moi.
Mais les lois françaises procèdent d'une manière
différente : il leur faut des preuves palpables de ce
que l'on avance; et, fût-on dans la vérité au delà
de tout ce qui peut s'exprimer, on courrait le plus
grand risque à formuler une accusation sans preuves
suffisantes pour la soutenir.

Vous m'avez dit que des pièces importantes, appartenant à votre famille, étaient disparues dans le
pillage fait par Wander-Roncelli. Il vous sera peut-
être possible de les ravoir par l'entremise du prêtre
dont je vous ai déjà parlé. Je vous donnerai une
lettre de recommandation pour lui, et vous serez
reçue chez lui, non comme une étrangère, mais
comme l'enfant de la maison. M. Nerval, tel est le
nom de cet ecclésiastique, dessert, depuis bientôt
trente ans, la paroisse dans laquelle se trouve le
château de Wander-Roncelli. Il habite son presbytère en compagnie de deux de ses sœurs, à peu
près de même âge que lui. Il est l'aîné d'une nombreuse famille dont le dernier enfant était le martyr

14.

qui le premier vous a initiée à la connaissance de la religion chrétienne.

A ces paroles, je fus pénétrée d'une profonde émotion.

— Monseigneur, dis-je à l'archevêque, M. Nerval connaît-il la mort de son frère ?

— Mon. enfant, me répondit-il, vous voyez bien que cela eût été difficile... Ne recevant aucune nouvelle du frère de M. Nerval, nous étions dans l'attente, lorsque le ciel vous a envoyée vers nous pour nous apporter la nouvelle douloureuse, mais consolante, de sa mort.

— Monseigneur, dois-je faire à M. Nerval le récit de la mort de son frère ?

— Oui, vous devrez le faire, lorsque vous connaîtrez cette famille. Vous devez aussi leur raconter les événements de votre vie sans rien omettre. Le vrai chrétien voit les choses de ce monde au point de vue spirituel. La mort édifiante de leur frère sera pour M. Nerval et pour ses sœurs, malgré la douleur qu'ils en auront, un sujet de bénédictions et d'actions de grâces.

L'archevêque cessa un moment la conversation, et, s'étant recueilli, il m'interrogea sur ma foi, m'exhorta et me donna des enseignements propres à me faire avancer dans la voie chrétienne. Puis il me dit :

— Mon enfant, vous pouvez maintenant vous retirer ; mais vous devez attendre encore avant de vous rendre chez M. Nerval. Vous avez besoin de recevoir mes instructions et mes conseils. Revenez demain, et ayez toujours avec vous votre négresse, afin qu'elle profite de mes instructions.

Je ne manquai pas de me rendre le lendemain à l'archevêché, devançant même l'heure qui m'avait été indiquée. Je fus reçue, comme le jour précédent, avec une bienveillance toute paternelle.

J'écoutai, dans un respectueux silence, ces instructions pleines de charité, de cette vertu qui est la plus excellente de toutes. Mon cœur goûtait un doux repos dans ces entretiens où je me sentais comme un petit enfant qui écoute les leçons de son père. Je ne me serais jamais lassée d'entendre ces paroles saintement inspirées. Une semaine se passa de la sorte. Chaque jour j'allais recevoir la nourriture spirituelle si douce à mon âme, lorsqu'à mon grand regret l'archevêque m'annonça que je devais partir le lendemain pour me rendre chez M. Nerval.

— J'ai préparé pour vous, me dit-il, quelques instructions que je vais vous remettre. Voici des livres que je vous donne.

En disant ces mots, il prenait lui-même le soin de les empaqueter.

— Mon enfant, ajouta-t-il, le moment est venu
de vous rendre à votre destination ; mais ma sollicitude ne vous manquera pas. Je vous suivrai
par la pensée, je vous écrirai, et soyez sûre que
mes enseignements et mon appui ne vous feront
pas défaut.

Vous trouverez en M. Nerval et en ses sœurs
de vrais chrétiens, vous aurez dans cette famille des
enseignements pratiques de la foi qui se révèle dans
toutes leurs actions. Je vous engage à demeurer
longtemps dans cette maison, où habitent la charité
et la paix du cœur. N'agissez que d'après les conseils
de M. Nerval. Le but de votre vie ne doit pas être
celui de poursuivre une vengeance juste sans aucun doute, mais qui néanmoins troublerait la paix
de votre âme et nuirait à votre salut, qu'il faut considérer avant tout.

Je sais bien que vous devez tenir à accomplir
la volonté de vos parents. Mais ils seront, j'en suis
sûr, satisfaits, lorsque vous leur aurez fait connaître
les obstacles que vous avez rencontrés ; vous avez,
d'ailleurs, fait preuve d'un grand courage et d'une
grande soumission à leur volonté en entreprenant
seule une tâche aussi pénible. Ils ne peuvent exiger
de vous l'impossible.

Il me paraît très-difficile de ravoir les pièces

importantes qui ont disparu dans le pillage de votre
maison. D'abord il est possible que ce Roncelli
ne les ait plus entre ses mains ; mais, les eût-il, il
est à croire qu'il ne voudrait pas, en les remettant,
faire ainsi un aveu tacite de ses crimes et vous donner par conséquent prise sur lui. Vous devez vous
attendre à des dénégations complètes de sa part.
Toutefois, et malgré tous ces obstacles, comme la
voix de la religion a de la puissance, même sur les
âmes les plus dépravées, M. Nerval essayera dans
le secret de parler à Wander-Roncelli.

— Mais, dis-je à l'archevêque, comment puis-je
espérer que M. Nerval veuille approcher l'assassin
de son frère ?

— Ma fille, me répondit-il, j'ignore jusqu'à
quel point la dévotion apparente de Wander est
sincère. Le tribunal de la pénitence cache des
secrets. Mais je puis vous dire que si, véritablement touché (et cela n'est pas impossible), il a avoué
ses crimes et s'en est repenti, M. Nerval, faisant
taire au dedans de lui la voix du sang et de l'affection fraternelle, suivra vis-à-vis de Wander converti l'exemple de notre divin Rédempteur pardon-
nant le brigand sur la croix, et ne verra plus dans
l'assassin de son frère qu'une âme à ramener des
ténèbres du mal à la lumière du bien. Il est très-

essentiel qu'il soit instruit par vous des crimes de cet homme ; car il pourra ainsi se rendre compte si sa piété est fausse ou sincère. Et si elle était trompeuse, qu'il eût repoussé l'aveu de ses crimes, il devrait être retranché de l'Église.

Ainsi donc parlez avec toute vérité de ce Wander-Roncelli à M. Nerval. Il saura ensuite ce qu'il devra faire. L'Église accueille dans son sein le criminel repentant, mais elle repousse celui qui se fait de la religion un manteau pour couvrir et cacher ses crimes et son impiété.

En achevant ces mots, l'archevêque me remit une lettre pour M. Nerval, et chargea Dola des livres qui m'étaient destinés. Puis, me tendant la main, il me fit ses adieux, auxquels je ne pus répondre que par des larmes.

Je me retirai de l'archevêché, admirant toujours davantage la grandeur de l'Église chrétienne. J'étais fière de lui appartenir, et je me sentais soutenue par une force surnaturelle.

XVI

Notre voyage fut court. Parties à midi de Bordeaux, nous arrivâmes le même jour au presbytère de M. Nerval. Une lettre de l'archevêque nous avait devancées; nous étions attendues.

On était alors à la fin de septembre. Il était nuit close lorsque nous arrivâmes. Nous étions accompagnées par un domestique de l'archevêque. Il s'arrêta à la porte du presbytère, où il frappa en se nommant. Aussitôt nous entendîmes dans l'intérieur de la maison un mouvement qui annonçait l'empressement qu'on mettait à nous recevoir.

Une demoiselle âgée, à l'air respectable et au visage empreint d'une douce sérénité, vint au devant de nous, et, me prenant par la main, comme si elle m'avait toujours connue, me conduisit dans une grande pièce où brûlait un feu qui annonçait par son abondance qu'on se faisait une fête de me recevoir. Auprès du feu étaient M. Nerval et son autre sœur. Ils vinrent au-devant de moi et me firent asseoir entre eux. Dola était restée debout derrière mon fauteuil; mais mademoiselle Nerval s'empressa de lui donner un siége à côté d'elle.

Sur ces entrefaites, la plus jeune des deux demoiselles sortit du salon; je la vis bientôt revenir suivie d'une bonne vieille servante. Elles apportaient toutes les deux le souper. Le couvert était déjà mis dans la pièce où nous étions et qui servait à la fois de salon et de salle à manger. M. Nerval s'approcha de la table, fit à haute voix une courte prière à laquelle ses sœurs répondirent, et nous nous assîmes pour souper. Dola était auprès de moi. J'avais prié mademoiselle Nerval de me permettre de ne pas me séparer de ma compagne. Elle avait cédé à ma demande, avec simplicité et discrétion, sans me demander le motif qui me portait à agir de la sorte.

Je me sentais à l'aise au milieu de cette famille, où régnaient le calme et la simplicité. Après le souper nous nous rapprochâmes du foyer. Les visages de mes hôtes étaient souriants. Les demoiselles Nerval me témoignaient leur bienveillance par mille attentions qui portaient l'empreinte de la bonté et de la sincérité de leurs cœurs. Malgré mes peines et mes préoccupations, je me sentais pénétrée de l'atmosphère bienfaisante qui régnait autour de moi.

La conversation roula sur l'archevêque de Bordeaux. On ne pouvait choisir un sujet qui me fût plus agréable. Je parlai de lui avec la reconnaissance et l'admiration qu'il m'avait inspirées. Les demoiselles Nerval tricotáient. Elles s'interrompaient de temps en temps pour me regarder tout à leur aise. Leurs visages étaient empreints d'un caractère de beauté morale que les années n'avaient pu effacer. L'on voyait briller dans leurs regards une haute intelligence qui formait un contraste piquant avec les modestes travaux dont elles s'occupaient.

La plus jeune de ces demoiselles me dit :

— Venez un moment, vous reviendrez bientôt.

Elle m'emmena hors du salon.

— Nous pouvons, dit-elle, vous donner deux chambres; l'une pour vous et l'autre pour votre compagne; à moins que vous préfériez une chambre à deux lits, pour vous et pour elle.

— J'accepte de préférence, lui dis-je, la chambre à deux lits.

15

Ce soir-là notre veillée fut courte. Les demoiselles Nerval l'abrégèrent pour m'envoyer prendre le repos dont je leur paraissais, dirent-elles, avoir besoin.

L'une d'elles me conduisit dans la chambre qui m'était destinée, ainsi qu'à Dola.

Dans cette chambre, où régnait une exquise propreté, se trouvaient deux lits de vaste dimension. Quatre colonnes de bois sculpté soutenaient, au-dessus du lit, un grand cadre en bois, d'où pendaient d'épais rideaux en étoffe verte ; ces rideaux tombaient autour du lit et l'enfermaient complétement, formant ainsi comme une espèce de petite chambre carrée. Les couvertures étaient en laine blanche, et elles ne m'avaient pas été épargnées par Mlle Nerval qui, dans sa sollicitude et sachant que j'étais des pays chauds, les avait accumulées sur mon lit de telle sorte, que je fus obligée, une fois couchée, d'ôter la plus épaisse. Je m'enfonçai dans un lit de plume où je me trouvai comme un oiseau au milieu de son nid profond et douillet. Je m'endormis bientôt d'un bon sommeil.

Le lendemain matin je fus éveillée par un bruit léger qui se faisait dans ma chambre C'était Mlle Nerval la plus jeune qui, ne me voyant pas descendre, était venue savoir de mes nouvelles ; il était déjà neuf heures du matin. Elle entrouvrit mes rideaux, et parut satisfaite de me trouver si bien à l'aise au milieu de mon lit.

— Comment avez-vous dormi? me dit-elle en souriant.

— Parfaitement, lui dis-je en lui tendant ma main qu'elle pressa.

— Voulez-vous que je vous apportedu lait chaud, avant de quitter votre lit, ou bien dites-moi ce que vous voulez prendre?

— Je vais me lever et je déjeunerai ensuite.

— Eh bien, ne tardez pas ; le déjeuner est prêt et nous vous attendrons pour le mettre sur la table.

— Où est ma compagne? dis-je en portant mes regards sur le lit de Dola.

— Votre compagne, me répondit Mlle Nerval, est avec notre vieille servante, qui est toute joyeuse d'avoir trouvé en elle un aide intelligent et plein de bonne volonté. Elle est levée depuis plus deux heures, et déjà elle a fait beaucoup de besogne.

Je m'habillai à la hâte et je descendis au salon où je trouvai un déjeuner simple, mais confortable.

Après le déjeuner, les demoiselles Nerval m'in-

vitèrent à visiter leur basse-cour et à faire une
promenade dans leur enclos. Leur frère vint avec
nous.

Elles me conduisirent d'abord au poulailler.
Grâces à leurs soins vigilants, il était abondamment
pourvu de volailles de toute espèce. Je vis des choses
nouvelles pour moi. Il y avait une poule qui, ayant
couvé des canards, les voyait à son grand déplaisir s'ébattre et nager dans un bassin d'eau. La
pauvre bête, penchée sur le bord du bassin, témoignait sa vive inquiétude par des gloussements
plaintifs. J'entrai ensuite dans un parc où était un
petit troupeau de brebis, avec leurs agneaux.

— Ces brebis, me dit une des demoiselles Nerval,
nous fournissent, chaque année, la laine dont nous
avons besoin. Nous la filons nous-mêmes et nous
la donnons ensuite au tisserand qui en fait
les étoffes dont nous nous habillons. En achevant
ces mots, elle me montra d'un air de triomphe la
soutane de son frère. Elle était d'une étoffe un
peu épaisse, mais très-douce. — Nous ne nous
habillons jamais que des étoffes dont nous filons la
laine, me dit-elle, et que nous faisons faire au tisserand de notre paroisse.

De là elle me conduisit dans une grange où
étaient deux vaches et un cheval qui, en voyant

Mlle Nerval, se mit à témoigner sa joie en frappant du pied.

— Vous voyez, me dit-elle, le cheval de mon frère ; c'est un vieux domestique, et ses invalides lui sont assurés lorsqu'il ne pourra plus servir. Il s'appelle Favori ; lorsqu'il est dans l'enclos à brouter l'herbe, nous n'avons qu'à l'appeler, il accourt aussitôt, comme le ferait le chien le plus soumis. En disant ces mots, elle caressait le bon vieux cheval qui tendait, sous sa main, sa tête reconnaissante.

Sur ces entrefaites M. Nerval entra dans la grange, apportant lui-même les harnais de son cheval qu'il allait monter, afin de faire une longue course pour visiter des malades.

Nous continuâmes notre promenade dans l'enclos du presbytère. Bien qu'il fût peu étendu, il paraissait si bien cultivé, qu'il devait suffire à l'entretien du ménage de M. Nerval. Cependant je ne pouvais me rendre compte de la manière dont cette culture était entretenue ; je ne voyais au presbytère d'autre domestique que la vieille servante.

J'adressai, à ce sujet, des questions à l'une des demoiselles ; voici ce qu'elle me répondit :

— En arrivant ici, et je vous parle d'une époque bien éloignée, nous fûmes obligés d'avoir un domestique pour cultiver notre enclos. Ce domestique étant tombé malade, les paysans de notre paroisse demandèrent à leurs maîtres la permission de venir faire le travail abandonné par le malade. Mon frère s'était concilié par sa bonté l'affection de ces pauvres gens, qui, n'ayant rien à lui offrir, voulurent du moins lui donner, dans cette occasion, un témoignage de leur attachement.

La maladie de notre domestique fut longue. Mais, lorsqu'il fut rétabli, les paysans, loin de lui laisser le soin de notre enclos, voulurent continuer à le cultiver. Il nous fut impossible de refuser leurs services, et nous pûmes alors nous passer de domestique. Cette économie dans nos dépenses augmente les ressources que nous destinons à soulager les indigents de notre paroisse.

Nous rentrâmes au presbytère. Les demoiselles Nerval s'assirent auprès d'une table sur laquelle était une corbeille remplie de linge; elles se mirent à coudre.

Je m'assis auprès d'elles, et je les regardai travailler avec autant d'intérêt que si j'eusse assisté au spectacle le plus attachant. Bientôt je les priai de vouloir bien m'associer à leur travail.

La conversation s'établit entre elles et moi. Elles me dirent combien les prédications de leur frère et ses efforts assidus pour l'amélioration religieuse et

morale des habitants de leur paroisse avaient été
bénis. J'attendais qu'elles me parlassent de la famille Wander; mais en même temps je sentais, à
cette pensée, quelque chose de si pénible, que je ré-
pugnais à leur adresser des questions directes sur
ce sujet. A la fin, voyant qu'elles ne me parlaient
pas de Wander :

— Avez-vous, leur dis-je, parmi vos paroissiens,
des personnes très-riches?

— Nous avons, me répondit l'aînée, plusieurs
familles dans une position très-bonne; mais nous
n'avons qu'une famille que l'on puisse dire très-
riche; elle est même opulente. . .

Mon cœur se mit à battre à coups précipités. Ce
doit être, pensai-je, la famille Wander-Roncelli.

— Cette famille, continua mademoiselle Nerval,
qui se compose de M. Wander, de sa femme et de
deux jeunes enfants, est depuis peu d'années dans
notre paroisse. M. Wander a fait l'acquisition d'un
ancien château resté longtemps inhabité et l'a transformé complétement. Cet homme, à ce que l'on dit,
doit avoir habité des contrées lointaines. Du reste,
tout chez lui l'annonce. Ses meubles, les ornements
singuliers dont il a décoré l'intérieur de son château, ses habitudes, ses goûts, sont entièrement
étrangers à notre pays. Il a épousé sa femme en

Écosse. Il arrivait, à ce qu'il paraît, d'un très-long voyage maritime lorsqu'il l'épousa. Il est Allemand, à ce qu'il dit. Les parents de sa femme sont venus cette année passer deux mois dans son château, où toutes choses abondent avec le luxe le plus éblouissant.

Mademoiselle Nerval suspendit la conversation; renfermant en moi l'émotion que je ressentais, je repris la parole :

— Vous devez sans doute, lui dis-je, connaître la dame de ce château?

— Oui, me répondit-elle, et je me propose de vous faire entrer en relations avec elle, si cela peut vous être agréable. C'est la personne la plus douce, la plus affectueuse qu'il soit possible de voir. Sa piété est sincère et pratique. Les indigents de notre paroisse lui portent la plus grande affection. Elle est toujours disposée à les secourir. Elle vient très-souvent nous voir avec ses deux enfants. Le plus jeune ressemble complétement à sa mère. C'est un petit ange. L'aîné est d'un caractère et d'une figure tout différents du plus jeune; il est le portrait de son père.

— Eh! dis-je, M. Wander n'a donc pas d'aussi bonnes qualités que sa femme?

— M. Wander, reprit-elle, est demeuré une

énigme pour tous ceux qui le fréquentent. Au milieu de la prospérité dont il est entouré, il paraît dévoré d'ennuis et de sombres pensées. Jamais personne n'a pu obtenir de lui un entretien suivi et confiant. Quant à son passé, hors ce que je vous ai déjà dit, il est complétement inconnu. Il n'a d'intimité avec personne, si ce n'est avec l'intendant de son château. Il ne voyage jamais sans être accompagné de cet homme. M. Wander et son intendant sont en voyage depuis quelques jours. Leur absence doit être longue. Madame Wander doit venir ce soir avec ses deux enfants passer la veillée avec nous. Je suis charmée d'avoir à vous offrir la société de cette dame d'un âge assorti au vôtre et dont le caractère vous plaira, j'en suis sûre. Pour M. Wander, nous le voyons très-peu. Cependant il ne manque jamais de venir nous voir lorsqu'il revient de quelque voyage.

Le travail des demoiselles Nerval étant achevé, je me retirai dans ma chambre, où je fis venir Dola pour lui faire part de ce que je venais d'apprendre.

— Ne laisse rien paraître ce soir, me dit-elle, des sentiments qui t'agitent en ce moment. Cette femme, ajouta-t-elle en parlant de madame Wan-

der, est bien à plaindre d'avoir épousé un homme
tel que Roncelli, et tu dois te trouver heureuse
d'être séparée de ce monstre!

Le soir arriva. M. Nerval était revenu de visiter
ses malades. Nous étions tous assis autour du
foyer du salon lorsque j'entendis frapper à la porte
du presbytère des coups familiers et répétés. Mademoiselle Nerval alla ouvrir, et introduisit madame
Wander suivie de ses deux enfants dont le plus
jeune était porté par un domestique.

Après les salutations d'usage, mademoiselle Nerval aînée, prenant par la main madame Wander,
me la présenta en lui disant :

—Voici une dame qui est ici pour quelque temps,
et dont l'agréable société sera pour vous une heureuse fortune.

A ces mots, madame Wander s'avança vers moi,
en me tendant la main. Je la pris avec un mouvement convulsif, qu'elle ne parut pas avoir remarqué. Elle serra affectueusement ma main et m'a-
dressa les paroles les plus aimables, auxquelles je
pus à peine répondre.

Nous nous assîmes. Madame Wander me présenta ses enfants. J'arrêtai mes regards sur l'aîné;
mais je les en détournai aussitôt avec horreur. Je
venais de reconnaître dans ses traits et dans l'ex-

pression de son visage, l'image frappante de Roncelli. Je m'empressai de caresser le plus jeune qui
ne ressemblait en rien à l'aîné, afin d'éviter de
faire attention à ce dernier. Madame Wander lui dit :

— Mon fils, va donc embrasser cette dame.

L'enfant ne bougea pas. Il avait compris instinctivement l'aversion qu'il m'inspirait.

Je me mis ensuite à considérer attentivement
madame Wander. C'était une toute petite femme,
dont le visage exprimait la bonté et la douceur la
plus franche. Elle paraissait frêle et délicate, et au
premier abord on l'eût prise pour une enfant de
quinze ans. Bientôt je liai avec elle une conversation
suivie. Peu à peu l'impression pénible que j'avais
éprouvée fit place à des sentiments de bienveillance.
De son côté, elle éprouvait de la satisfaction à m'entretenir. D'ailleurs, il suffisait que je lui fusse pré-
sentée par la famille Nerval pour qu'elle fût d'a-
vance toute disposée à sympathiser avec moi. Enfin
cette soirée me laissa des impressions toutes différentes de celles que devais attendre.

En me quittant, madame Wander me dit :

— Bien que je sois seule en ce moment au château, veuillez, madame, accepter l'invitation que je
vous fais de venir demain passer chez moi la soirée,
en compagnie de M. Nerval et de ses sœurs.

Je demeurai muette et interdite. Je ne m'attendais pas à cette invitation. Cependant il fallait bien répondre.

— Madame, lui dis-je, je suis encore fatiguée de mon voyage et je ne puis de sitôt accepter votre aimable invitation.

— Eh bien, dit mademoiselle Nerval, madame Wander nous fera le plaisir de revenir encore demain passer la veillée avec nous.

— Bien volontiers, répondit-elle, je reviendrai demain au soir à la même heure.

L'heure du coucher étant venue, Dola et moi nous nous retirâmes dans notre chambre. Nous nous assîmes à côté l'une de l'autre. Dola me dit :

— Je crois que tu feras bien d'accepter l'invitation de madame Wander; nous ne pouvons avoir une meilleure occasion de pénétrer dans la demeure de Roncelli et d'arriver peut-être à trouver contre lui des preuves, afin de pouvoir poursuivre sa juste punition.

— Dola, lui répondis-je, cette femme m'inspire de l'intérêt. Étrange position cependant que celle où je me trouve vis-à-vis d'elle !... Mais, continuai-je en me parlant à moi-même, est-ce sa faute qu'elle soit en possession de ma fortune ?... Est-ce sa faute qu'elle ait épousé le misérable auquel je suis liée par le mariage?... Elle est là, ignorant complétement le passé... heureuse et confiante... croyant, sans nul doute, avoir épousé un homme digne de son estime et de son affection... Et cependant si elle savait.... Ce ne sera pas moi qui lui ferai connaître l'affreuse vérité..... Ce serait la tuer..... A Dieu ne plaise que je porte la mort dans ce cœur confiant!.... Elle est innocente..... Roncelli seul est coupable. Ah! si je pouvais le punir sans atteindre cette femme!.....

— Cependant, me dit Dola, tes parents t'ont recommandé de les venger, et c'est dans ce but que tu as traversé les mers.....

— C'est vrai, lui répondis-je. Mais tu dois te rappeler aussi les paroles du saint archevêque de Bordeaux. Le but de ma vie ne doit pas être de poursuivre une vengeance..... D'ailleurs je dois suivre les conseils de M. Nerval. Je ferai ce qu'il me conseillera et pas autre chose.

Cette nuit le sommeil fut lent à fermer mes paupières. J'étais agitée et fatiguée d'avoir vu la ressemblance de Roncelli. L'image de son fils aîné revenait sans cesse devant mes yeux comme un cauchemar affreux dont je ne pouvais me débarrasser. Je m'endormis à la fin, mais ce fut d'un sommeil agité de songes pénibles. Je voyais l'aîné des enfants de madame Wander, fixant sur moi son regard si semblable à celui de son père; puis tout à coup, il se métamorphosait, et je voyais Roncelli, au lieu de son fils, prêt à plonger dans mon sein un poignard ensanglanté. Enfin ce songe devint si pénible, que je poussai des cris étouffés qui réveillèrent Dola. Elle se leva et vint à mon lit, alluma la lampe et me tira du rêve qui me faisait tant souffrir. Je le lui racontai.

— Il est tout simple que tes pensées t'agitent, me dit-elle. Toutefois, maintenant que tu as le bonheur de connaître le vrai Dieu, il faut que tu le pries, et le calme dont tu jouissais hier encore reviendra dans ton cœur troublé.

En disant ces mots, elle s'agenouilla auprès de mon lit, et nous priâmes ensemble.

Le jour étant venu, Dola descendit à la cuisine du presbytère aider la vieille servante. Accablée de fatigue, je retombai dans un sommeil agité, et mon rêve recommença avec une telle violence, que je finis par m'éveiller. Je vis alors debout, auprès de mon lit, mademoiselle Nerval, qui, étant venue par hasard tout près de la porte de ma chambre et entendant mes cris étouffés, était accourue, pleine d'anxiété, pour savoir ce qui m'était arrivé.

— Vous êtes souffrante, me dit-elle avec l'accent du plus tendre intérêt.

— Oui, lui dis-je, j'ai eu des songes étranges qui m'ont fait mal.

— Puisque vous êtes malade, me dit-elle, ne vous levez pas, nous vous apporterons votre déjeuner.

— Chère demoiselle, lui dis-je, je vais au contraire me lever de suite, ce sera le meilleur moyen de dissiper l'impression pénible que m'a causée le songe absurde que j'ai eu. En disant ces mots, je me mis à m'habiller.

Encore ce jour-là M. Nerval fut obligé de s'absenter pour aller visiter l'un de ses confrères, qui était malade, dans une paroisse voisine.

Il revint dans l'après-midi. Je viens, me dit-il, de voir un prêtre âgé de soixante-quinze ans. Je le connais depuis bien longtemps. Il habite seul son presbytère. Tous les prêtres n'ont pas le bonheur d'être entourés comme je le suis. Ils vivent en général environnés de solitude, ce qui est une position plus pénible que l'on ne saurait croire. Je me suis trouvé seul pendant les commencements de mon ministère et je sais ce que j'ai souffert. La vie du prêtre, surtout de celui qui habite la campagne, est quelquefois bien pénible. Livré le plus souvent

aux soins d'une mauvaise domestique, le soir, lorsqu'après une journée employée à remplir ses devoirs
il rentre dans sa demeure et qu'il éprouve le besoin
de communiquer ses pensées dans quelques instants
de conversation, il ne trouve personne qui lui ré-
ponde et il est obligé de refouler en lui-même ces
épanchements qui lui seraient si doux. C'est ainsi
que mon confrère a passé sa vie. Il est parvenu à
l'âge de soixante-quinze ans, en supportant sans
se plaindre une solitude complète. En ce moment,
il est malade, et c'est à regret que j'ai vu qu'il n'est
pas soigné comme il aurait besoin de l'être. Livré
aux soins d'une domestique au sens grossier et au
caractère rude, le pauvre vieillard souffre ; mais il
ne se plaint pas. Marthe, dit M. Nerval, en s'adressant à la plus jeune de ses deux sœurs, tu te ren-
dras demain chez notre ami, afin de pourvoir et de
veiller à ce qu'il lui faut.

— Je partirai de suite, si tu veux, mon frère,
répondit avec empressement mademoiselle Nerval.
— Non, lui dit-il, j'ai pourvu moi-même à ce qu'il
faut pour aujourd'hui : ce sera assez tôt de partir
demain :

XVII

Ainsi qu'il avait été convenu, madame Wander-Roncelli ne manqua pas de revenir passer la soirée en amenant avec elle ses deux enfants.

J'évitai de porter mes regards sur l'aîné, et cependant malgré moi je le regardais plus que je ne voulais. De son côté, il m'observait curieusement et plus qu'on n'aurait dû l'attendre de la part d'un enfant si jeune. Peut-être aussi, mon imagination frappée par mon rêve, me montrait-elle cet enfant à travers des hallucinations.

Ce soir-là madame Wander me demanda si j'ai-

mais la musique. — Oui, lui répondis-je, je l'aime
infiniment, sans cependant posséder ce talent si
agréable.

— J'espère, me dit-elle, vous faire plaisir, bien
que je n'aie pas un talent d'étude, en jouant de la
harpe devant vous. J'en ai une fort belle dont les
sons vibrants et harmonieux semblent s'élever
dans les régions célestes.

J'acceptai l'offre aimable qu'elle me fit d'aller à
son château le lendemain passer la soirée et l'entendre jouer de la harpe.

— Madame, lui dis-je après un long silence,
Monsieur votre mari est-il pour longtemps en
voyage?

— Il y est au moins pour deux mois, me dit-elle,
il est parti il y a peu de jours ; il a une assez longue
traversée à faire, pour se rendre en Écosse où il
sera obligé de séjourner quelque temps afin de
terminer des affaires. A son retour il sera heureux,
j'en suis sûre, de faire votre connaissance.

Je gardai le silence. J'étais en proie à une vive
souffrance. Je repris la conversation, mais en la
portant sur un autre sujet.

Le lendemain au soir, je me rendis au château de

Wander-Roncelli, suivie de Dola et en compagnie de M. Nerval et de Mlle Nerval aînée.

Je ne pourrais vous exprimer l'émotion dont je fus saisie, lorsqu'en entrant dans un magnifique salon je me trouvai entourée de meubles enlevés par Roncelli à la demeure de mon grand-père ! Si je n'avais eu une organisation forte, je n'aurais pu contenir le trouble qui m'agitait. Je tombai, plutôt que je ne m'assis, dans un fauteuil recouvert d'une magnifique peau de panthère. C'était le fauteuil favori de mon grand-père. De là je portai mes regards sur une table où je vis étalé le beau service de porcelaine du Japon où nous prenions le thé aux jours de réunion générale de notre famille. Je voyais et je sentais sous mes pieds les tapis moelleux et incomparables de beauté à tout ce que l'art européen peut créer en ce genre ; je voyais ces tapis que j'avais foulés dans mon enfance et dans les beaux jours de mon adolescence, alors qu'insouciante et joyeuse je jouissais d'un bonheur qui bientôt devait s'évanouir ! . . . . . .

Les préludes de la harpe de Madame Wander vinrent heureusement me distraire de ces impressions douloureuses. Bientôt sa voix s'éleva en accents doux et mélancoliques. Elle chantait une romance de son pays, pleine de grâce et empreinte de tristesse. Après cette romance elle continua à chanter des airs et des paroles mélancoliques. Elle chantait la patrie absente et regrettée, les jours de son enfance envolés pour ne plus revenir. A ce moment Madame Wander m'apparut revêtue de son véritable caractère. Je compris qu'il y avait au fond de son âme une tristesse profonde, cachée à la surface par l'amabilité de son esprit. Le plus jeune des enfants s'était assis à côté de sa mère et paraissait tout affectionné à la musique qu'il écoutait. L'aîné, au contraire, sortit du salon en ayant l'air fatigué des chants de sa mère. J'en fis la remarque à Madame Wander. — Cela ne m'étonne pas, me répondit-elle, l'aîné de mes enfants ressemble à mon mari d'une manière frappante, et jamais M. Wander n'écoute mes chants ; il sort dès que je prends ma harpe.

— C'est une bizarrerie, lui dis-je, que je ne comprends pas ; vos chants sont si beaux, que je passerais la nuit à vous écouter.

Ce compliment fit rougir de plaisir Madame Wander, qui recommença ses chants avec bonheur.

L'heure étant venue de se retirer, nous rentrâmes au presbytère, non sans avoir accepté de revenir entendre Madame Wander.

Cependant mon séjour dans la famille Nerval

se prolongeait sans que je leur eusse raconté les événements de ma vie. Ils avaient été prévenus par l'archevêque de Bordeaux que mon séjour chez eux avait un but, que je devais leur faire connaître, et ils attendaient, demeurant vis-à-vis de moi dans une admirable réserve.

Mes relations continuaient avec Madame Wander, et de plus en plus je pouvais me convaincre de son élévation morale et de la distinction de son esprit. Je trouvais en elle la foi chrétienne empreinte d'une beauté naïve. Cette âme pure n'imaginait pas qu'il fût possible de ne pas croire les vérités de la religion dès qu'on les connaissait. Je déplorais vivement qu'un être aussi pur fût uni à un scélérat tel que Roncelli, et je me demandais comment j'avais pu moi-même me laisser tromper par les faux dehors de cet homme. Il est vrai que les natures élevées sont toujours celles qui se laissent le plus facilement séduire par des dehors trompeurs. Je m'étonnais de la sympathie que j'éprouvais pour Madame Wander. Dans la position où je me trouvais, elle aurait dû, ce semble, m'inspirer un tout autre sentiment. Mais n'étions-nous pas toutes les deux à plaindre? N'avions-nous pas été l'une et l'autre les dupes de l'hypocrisie la plus profonde?

Pendant que mes relations continuaient toujours

plus étroitement avec Madame Wander, Dola, sans
me le dire, poursuivait avec intelligence et activité le but pour lequel nous avions traversé les
mers. Un mois s'était écoulé lorsqu'un soir elle
me dit :

—Ne te couche pas encore, j'ai besoin de t'entretenir. Je ne sais si tu as remarqué mes fréquentes
visites au château de Wander-Roncelli. Je ne suis
pas restée un seul jour, depuis trois semaines, sans
y aller au moins deux fois le jour. Je suis entrée
dans l'intimité des domestiques en leur apprenant à
faire des corbeilles de saule dont je vais couper les
baguettes sur le bord de la rivière. En coupant ces
baguettes, je me suis souvent entretenue avec le
petit pâtre qui vient garder sur le rivage des vaches
appartenant au château. Il m'a appris des choses
étonnantes. Il a découvert tout récemment l'existence d'un souterrain profond qui règne sous le
château. Il m'a donné, à ce sujet, des détails très
curieux.

Voici comment il est arrivé à cette découverte :

Chaque dimanche madame Wander est dans l'u-
sage d'envoyer, l'après-midi, tous ses domestiques
à l'église, afin qu'ils entendent les instructions re-
ligieuses de M. Nerval. Elle se joint à ses domestiques, et le château reste presque toujours durant

ce temps à la garde de Wander-Roncelli et de son compagnon Dick-Malano.

Un dimanche, le petit berger, trompant la surveillance de madame Wander, alla tendre des piéges aux oiseaux, sur le bord de la rivière, dans le temps où les autres domestiques étaient à l'église. Il avait déjà dressé ses embûches et il attendait, caché dans un massif de verdure, lorsqu'il entendit descendre quelqu'un sur le rivage. Bientôt il aperçut Dick-Malano qui, tenant un panier dans lequel était de la chaux, s'avançait sur les bords de la rivière. Il jeta la chaux au milieu d'un amas de sable, puis il versa de l'eau dessus et se mit à faire du mortier.

Le petit berger, toujours caché dans le massif de verdure, suivait avec attention les mouvements de Malano. De son côté ce dernier regardait de toutes parts avec méfiance et inquiétude, précipitant son travail d'un air de vouloir le dérober à tous les yeux. Lorsque le mortier fut achevé, il en remplit son panier et fit ensuite disparaître complétement les traces de son travail en recouvrant de sable et de cailloux l'endroit où il avait fait le mortier. Puis il emporta le panier.

La curiosité du petit pâtre fut vivement éveillée. Il se demanda pourquoi celui qui commandait tous

les domestiques du château, où il était presque
aussi maître que M. Wander, se chargeait d'un tel
ouvrage. Il ne pouvait s'expliquer le mystère avec
lequel Dick-Malano avait accompli cette tâche si
simple. Il se demandait pourquoi cet homme avait
choisi précisément le dimanche et le moment où
madame Wander et tous ses domestiques étaient
absents pour venir à cet endroit faire du mortier.
Il aurait bien voulu suivre Dick, afin d'avoir la so-
lution de cette singulière énigme; mais il pensa
avec raison qu'il serait dangereux d'épier ses démarches, du moment qu'il paraissait vouloir les cacher avec tant de soin. Il connaissait sa rudesse; il
le redoutait extrêmement, et enfin il se dit aussi
qu'il devait éviter d'attirer l'attention sur lui-même,
puisque en ce moment il désobéissait aux ordres de
madame Wander.

Il demeura donc dans sa cachette à guetter les
oiseaux.

On était alors au temps des plus fortes chaleurs.
Les eaux de la belle rivière de Dordogne se trouvaient diminuées au point de laisser à découvert la
plus grande partie de leur lit semé de cailloux. Rien
d'aussi variable, sous le rapport de la quantité, que
les eaux de la Dordogne. L'hiver les voit déborder
et couvrir un espace étendu au delà de leurs bords.

L'été elles décroissent rapidement, au point d'offrir, en quelques endroits, l'image d'un ruisseau coulant au milieu d'un lit vaste et disproportionné. On passe facilement à gué cette rivière pendant les mois de juillet et d'août.

Le petit berger était toujours caché dans le massif de verdure, entouré de silence et de solitude, lorsque son attention fut attirée, par un bruit sourd. Il écouta, mais il ne put se rendre compte d'où partait ce bruit. Il écarta doucement l'épais feuillage, et avança la tête. Le bruit continuait toujours. Bientôt il discerna des coups frappés à l'aide de quelque outil. Enfin il se décida à sortir de sa cachette. Il fit quelques pas vers le lit de la rivière, car c'était de ce côté que le bruit partait. En ce moment les coups se multiplièrent ; mais le berger avait beau regarder, il ne voyait pas ce qui les produisait, lorsque, ayant fait quelques pas en avant, il sentit tout à coup sous ses pieds la commotion des coups. Il s'arrêta, et se courbant à cet endroit, il colla à terre une oreille attentive. Il lui fut facile de reconnaître que le bruit partait de dessous le lit de la rivière. Il entendit alors deux hommes qui parlaient. Il reconnut la voix de M. Wander et celle de Dick-Malano. Ils s'entretenaient à haute voix, ne se doutant pas que quelqu'un fût à les écouter.

16

— « Malano, disait Wander, il manque encore
ici du mortier;... il faut bien fermer ces fissures;
car sans cela les eaux de la rivière seraient bientôt
maîtresses du souterrain... » — « Et comme, lui
répondit Malano, il peut te servir pour y faire disparaître quelqu'un, tu dois tenir à le conserver. »
Il accompagna ces mots d'un grossier ricanement.
— « Je crois, ajouta-t-il, que, si ta femme apprenait
l'existence de ce souterrain, elle aurait bien peur.
Pour moi, je te préviens que je trouve avoir assez
fait pour mon compte et pour le tien. On se fatigue
de tout à la longue. La profession de pirate de mer
me convenait; mais, maintenant que je suis à terre,
je sens que je change Je pense malgré moi, avec
frayeur, à tout ce que nous avons fait... » — « Tais-
toi, lui dit Wander d'un ton furieux, et conti-
nuons notre ouvrage. »

Les coups recommencèrent; au bout de trois
quarts d'heure environ le petit berger n'entendit
plus rien.

Il demeura quelque temps à cet endroit, réfléchissant aux choses étranges qu'il avait entendues.
Mais bientôt il se rappela que l'heure où l'on sortait
de l'église était proche. Il se rendit à la porte, et,
se mêlant à la foule, il arriva au château avec les
autres domestiques, à la suite de madame Wander.

— Depuis ce moment, continua Dola, le pâtre n'a plus eu qu'une pensée, celle de pénétrer dans ce souterrain dont l'existence s'est révélée à lui d'une si singulière manière. Il a guetté les moments où Malano sort du château avec son maître, et alors il est descendu dans les caves, afin de voir s'il pourrait découvrir quelque issue qui conduisît au souterrain.

Un dimanche il résolut de tromper encore une fois la surveillance de madame Wander et de demeurer caché au château. Il descendit dans l'une des caves vers laquelle il voyait souvent se diriger M. Wander et se cacha derrière un tonneau. Il attendait lorsqu'un bruit de pas se fit entendre. De sa cachette il vit entrer son maître qui se dirigea vers un tas de barriques et s'y arrêta, puis il en écarta une. Une trappe qu'aucun signe extérieur n'annonçait fut soulevée par Wander qui disparut au-dessous. Au bout d'un temps assez long il reparut à l'ouverture de la trappe, en sortit, la referma, ramena au-dessus les barriques et s'en alla.

— Jusqu'à présent, continua Dola, le pâtre n'a fait aucune autre découverte. Mais il est demeuré convaincu que son maître n'est pas ce qu'il paraît être. Il n'a confié qu'à moi toutes ces choses. Il croit Wander capable de le tuer s'il venait à savoir qu'il eût entendu sa conversation avec Malano, sous le lit de la rivière.

— J'avais suivi avec intérêt, dit Nahouma, le récit de ma compagne. Certes, lui dis-je, Roncelli est servi à souhait; il ne pouvait mieux rencontrer pour entretenir ses penchants sinistres que d'avoir à sa disposition un souterrain ignoré..... Ce souterrain pourrait bien peut-être lui servir à cacher d'autres crimes..... Mais, ajoutai-je en m'animant, Dieu m'a envoyée ici pour arrêter ce misérable. La découverte de ce pâtre est un témoignage de la divine Providence. Que Roncelli n'essaye pas d'accomplir dans l'ombre d'autres crimes..... J'irais moi-même arracher ses victimes de ses mains.

Continue, dis-je à Dola, d'entretenir la confiance du pâtre. Du moins, s'il m'est impossible de punir Roncelli de tout le mal qu'il nous a fait, qu'il me soit donné de n'avoir pas traversé en vain les mers..... Cet homme, je le crains, ne quittera pas la voie du mal... Que son intérêt lui commande, et le sacrifice d'une vie et même de plusieurs ne sera rien pour lui... Mais je suis ici, et je dois le surveiller et l'arrêter, si je le puis.

Dola me répondit :

— Il te sera, je crois, bien difficile d'empêcher

Roncelli de faire le mal. Quoi qu'il en soit, je continuerai d'entretenir la confiance du pâtre, et les
secrets que je découvrirai te seront connus.

Nous nous couchâmes. Mais, cette nuit, des songes
sinistres revinrent encore remplir mon cerveau et
me laissèrent dans un grand trouble.

XVIII

J'avais besoin de me retrouver dans la compagnie de la famille Nerval pour reprendre un peu de calme. Aussi, dès que le jour parut, je m'empressai de m'habiller et de descendre au salon où je trouvai mademoiselle Nerval aînée assise auprès du feu.

— Vous êtes bien matinale, me dit-elle.

Puis elle me regarda et dit :

— Vous paraissez malade; votre visage est tout bouleversé.

— Vous connaîtrez plus tard, lui répondis-je, les événements de ma vie et le but de mon voyage. Si je tarde tant à m'ouvrir à vous, c'est que je goûte, au milieu de votre famille, le calme le plus doux, et je crains de le troubler par des récits qui rouvriront les profondes blessures de mon âme.

— Mon enfant, me répondit-elle (permettez-moi de vous donner ce nom si doux), vous êtes ici non chez des étrangers, mais chez de véritables parents. La foi unit étroitement entre elles les âmes qui la professent avec sincérité. Ce n'est pas en vain que vous nous avez été recommandée par le digne archevêque de Bordeaux. Ainsi donc, loin de vous presser de nous faire le récit des événements de votre vie, je vous engage au contraire à prolonger le plus longtemps possible cet état de sérénité que vous me dites éprouver au milieu de nous.

M. Nerval entra dans le salon, et, après m'avoir adressé des paroles bienveillantes et paternelles, se tourna vers sa sœur et lui dit d'un ton triste :

— Hélas! cette fois encore mes démarches n'ont abouti à rien. Nous n'avons aucune nouvelle de notre pauvre Benjamin. Mademoiselle Nerval soupira. et un morne silence succéda à ce peu de paroles.

Au bout de quelques instants M. Nerval reprit, et s'adressant à moi :

— Celui dont je parle, me dit-il, et dont j'attends des nouvelles depuis bientôt huit ans, est mon frère. Il partit sur un navire français afin d'aller prêcher dans l'Inde la doctrine chrétienne aux ido-

lâtres. Depuis son départ nous n'avons eu de lui, ni
du navire qui le portait, aucune nouvelle. Nous
ignorons complétement la destinée de ce frère qui
nous est bien cher, et c'est pour moi une bien pénible préoccupation. Il ne se passe point de jour
sans que je ne songe à ce frère, dernier né de notre
nombreuse famille. Je tiens d'autant plus à lui que
je lui ai servi de père.

A ces paroles je sentis mon cœur se serrer.

— Je suis né dans une paroisse voisine de celle-ci,
continua M. Nerval. Je suis l'aîné de neuf enfants,
et mon frère Benjamin, celui dont la destinée me
préoccupe, vint au monde lorsque j'étais ordonné
prêtre. J'occupais depuis déjà deux ans ce presbytère que je n'ai jamais quitté.

Notre famille, dans laquelle régnait, au moyen
de beaucoup d'ordre et d'économie, une certaine
aisance, se composait de huit enfants dont le plus
jeune atteignait déjà sa douzième année, lorsque la
Providence, dans ses mystérieuses dispensations,
envoya dans notre famille un enfant de plus. Mes
autres frères étaient mariés ou occupaient des po-
sitions hors de la famille. Ma sœur aînée était ici
avec moi et il ne restait plus à la maison, auprès de
mon père et de ma mère, que ma sœur Marthe et le
plus jeune des huit enfants.

L'arrivée d'un enfant de plus fut loin d'être envisagée par mes frères d'une manière pieuse et chrétienne. Ils élevèrent des murmures; ils voyaient dans le nouveau venu une part de plus à prélever sur l'héritage de mon père et de ma mère.

Ma mère supportait avec patience et résignation les murmures de ses autres enfants. Il est vrai qu'elle trouvait en moi des consolations et un ferme appui.

— Nerval, me dit-elle, si par malheur je venais à mourir en donnant le jour à l'enfant que je porte, prends-le sous ta protection; il serait malheureux si, privé de sa mère, tu ne le secourais. Le caractère dont tu es revêtu et la bonté de ton cœur me sont de sûrs garants de l'affection dont tu entoureras ce pauvre enfant auquel tu t'intéresses déjà. Si je meurs, j'aime mieux le laisser à tes soins qu'à ceux de ton père, car mieux que lui tu sauras veiller sur son instruction religieuse. Je ne puis penser à cet enfant sans éprouver une profonde tristesse. J'ai le pressentiment que je ne survivrai pas à sa naissance.

Je promis à ma mère de servir de père à l'enfant que Dieu nous envoyait. Hélas! l'événement qui suivit les recommandations de ma mère justifia ses tristes pressentiments. La naissance de mon frère Benjamin lui coûta la vie

Il vint au monde faible et chétif. Je pris dans mes bras cette pauvre petite créature dont les plaintes émouvaient mon cœur d'une tendre pitié.

— Cet enfant, dis-je à mes frères, ma mère me l'a donné.

Je le remis au même instant à ma sœur aînée, qui l'enveloppa chaudement et l'emporta au presbytère, tandis que je demeurai auprès de ma mère qui luttait contre une agonie pénible en continuant de m'adresser ses recommandations. Elle rendit le dernier soupir. Je demeurai quelque temps auprès de son corps inanimé, en consolant mon père qui était ainsi que moi en proie à une vive douleur.

J'avais hâte de revenir à mon presbytère pour veiller sur le précieux dépôt qui m'avait été confié par ma mère. J'arrivai et je trouvai ma sœur tenant sur ses genoux ce pauvre enfant qui ne donnait plus aucun signe de vie. C'était en vain qu'elle s'efforçait de lui faire avaler quelques gouttes de lait chaud: elle ne pouvait y parvenir. Je le pris dans mes bras, je penchai mon visage sur le sien, il était froid... Une idée providentielle se présenta à mon esprit.

— Cours vite, dis-je à ma sœur, chercher la chèvre qui a déjà allaité pendant un mois l'enfant de notre voisine malade.

En attendant je réchauffai de mon haleine le pauvre enfant, qui commença à donner quelques signes de vie et à se plaindre. En ce moment la chèvre amenée par ma sœur entra. A peine eut-elle entendu les plaintes de mon frère qu'elle s'avança vers moi avec empressement, en témoignant par des bêlements expressifs les dispositions heureuses où elle se trouvait. Je déposai alors l'enfant sur mon lit, en ayant soin de ne pas le quitter. La chèvre suivait tous mes mouvements avec inquiétude, lorsqu'elle vit mon frère sur le lit ; elle y sauta, et se coucha avec précaution auprès de lui en l'entourant peu à peu de son corps, et le couvrant presque entièrement de son poil long et soyeux. Puis elle se mit à lui lécher le visage.

Je regardais en silence cette nourrice qui savait si bien prodiguer ses soins au nourrisson qui lui était confié. Bientôt mon frère, ranimé par la chaleur douce et pénétrante de la chèvre, ouvrit les yeux et recommença à se plaindre. Enfin, à ma grande satisfaction, je le vis sucer le lait de sa nourrice. Il s'arrêta bientôt, les forces lui manquaient ; mais dès ce moment j'eus l'espérance de le sauver. Avant la fin de la journée j'eus le bonheur de le voir revenir complètement à la vie. La chèvre était restée sans bouger auprès de son nourrisson ;

elle comprenait instinctivement qu'elle ne devait pas le quitter. Cependant le soir étant venu, je lui montrai de la nourriture et elle descendit du lit pour venir la prendre.

Un berceau moelleux avait été préparé pour recevoir mon frère; je l'y couchai après en avoir réchauffé l'intérieur. Le berceau demeura auprès de mon lit. Cette nuit-là je ne dormis guère. J'avais laissé ma lampe allumée, et de temps en temps, sans quitter mon lit, j'allongeais la main et j'entr'ouvrais doucement les rideaux du berceau afin d'écouter si l'enfant respirait. Son souffle égal et son sommeil profond m'annoncèrent que les soins de la chèvre avaient complétement réussi.

J'avais fait disposer une épaisse litière dans un coin bien abrité de ma maison; c'est là que je logeais notre bonne nourrice. Mais, dès que le jour fut venu et qu'on eut ouvert la porte du réduit où elle était, elle sortit brusquement, et, guidée par ce merveilleux instinct dont les animaux nous offrent tant d'exemples, elle courut droit à la porte de ma chambre où elle se mit à frapper à grand bruit. J'étais levé, je m'empressai d'ouvrir. Elle vint au berceau de mon frère qui, s'éveillant, se mit à prendre le lait comme s'il y eût été dès longtemps habitué.

La mort de ma mère amena un grand changement dans notre maison. Mon père quitta ces
lieux désormais pour lui remplis de tristesse, et
alla habiter chez l'une de nos sœurs, mariée depuis quatre ans. Ma sœur Marthe vint ici se joindre
à nous; mon frère, celui qui était âgé de douze ans,
fut placé dans un collège afin de continuer son
éducation.

Grâce au lait abondant et fortifiant de sa nourrice, Benjamin croissait à vue d'œil. Bientôt ses
traits, en se développant, m'offrirent l'image frappante de ceux de ma mère. Ses yeux noirs et beaux
se fixaient déjà sur moi avec douceur et intelligence.
Je n'aurais jamais pensé trouver le bonheur que
j'éprouvais à le soigner et à le voir. La nuit, son
berceau était toujours auprès de mon lit et mes
soins attentifs ne lui manquaient pas.

Je ne pourrais dépeindre la joie que je ressen-
tis lorsque je le vis, pour la première fois, me
sourire et lorsque je l'entendis essayer de bégayer
mon nom. Oh! qui me donnera de revoir ce frère
à qui je dois tant d'émotions attendrissantes! Pourquoi ai-je consenti à le laisser traverser les mers!

En disant ces paroles, le digne M. Nerval répandit
des larmes. Les miennes avaient souvent coulé

17

pendant ce récit. Je pensais à la mort cruelle de
ce frère tant aimé, et je me demandais si j'aurais
le courage de la dire à M. Nerval et à ses sœurs.

Après un long silence, entrecoupé de larmes et
de soupirs, M. Nerval reprit en ces termes :

L'intelligence de Benjamin se développait chaque
jour. Docile et obéissant à mes volontés, il allait au-
devant d'elles quand il croyait les avoir devinées
dans mes regards. Quelle joie pour moi lorsqu'en
rentrant à mon presbytère je le voyais accourir en
me tendant ses petits bras caressants ! Je l'empor-
tais et je m'asseyais en le gardant sur mes genoux.
J'étais sa providence; il me confiait ses petites peines
d'enfant.

Un soir, je le tenais sur mes genoux ; il avait alors
cinq ans; il était triste et pensif.

— Benjamin, lui dis-je en me penchant sur lui,
que t'a-t-on fait pour que tu sois si triste ?

— Oh ! me dit-il, une femme du village m'a dit
que j'étais la cause de la mort de ma mère, qui
était morte en me mettant au monde. Tu ne m'avais
pas dit cela, ajouta-t-il en pleurant, et je ne savais
pas que j'avais une mère, comme les autres enfants
du village.

Je l'embrassai en le serrant contre mon cœur et maudissant intérieurement la maladresse de cette femme au sens grossier, qui n'avait pas craint de porter la tristesse dans le cœur d'un si jeune enfant.

— Benjamin, lui dis-je, tu n'as pas causé la mort de ta mère. Dieu l'a appelée à lui pour la faire jouir des délices du ciel.

Il m'écoutait attentivement. — Ta mère, continuai-je, était ma mère aussi, et je suis ton frère.

— Dis-moi, me répondit-il avec une naïveté qui me fit sourire, pourquoi suis-je si petit, tandis que tu es si grand ?

— Mon ami, c'est que je suis né longtemps avant toi. Tout comme toi j'ai été petit, mais je suis devenu grand.

— Ah ! oui, me dit-il, et moi, deviendrai-je aussi grand que toi ?

— Oui, lui répondis-je.

— Mais alors je ne pourrai plus me mettre sur tes genoux, ni me faire porter dans tes bras. Oh ! j'aime mieux rester petit comme je suis, dit-il en m'embrassant.

— Mon ami, il ne dépend pas de notre volonté de demeurer au même âge ; nous ne naissons que pour croître et avancer dans la vie.

Tout à coup : — Frère, me dit-il, tu ne pourrais
pas me faire voir notre mère?

Je fus profondément ému. — Non, lui dis-je, Dieu
seul pourra nous la faire voir, alors que nous irons
la rejoindre dans le ciel.

— Je voudrais y aller bientôt avec toi, me répondit-il.

Je continuai à causer avec lui, et je fus surpris
de ses réponses, étonnantes de la part d'un enfant
aussi jeune. Sa pensée commençait déjà à fermenter,
et je compris que le moment était venu de commencer son instruction religieuse. Dès le lendemain
je me mis à l'œuvre; la première leçon que je lui donnai fut assez longue. Bien loin de se fatiguer de mon
entretien sérieux et de demander, comme font presque tous les enfants, à aller s'amuser, il demeura
suspendu à mes paroles, et, lorsque je lui dis : —
C'est assez pour aujourd'hui, demain nous recom-
mencerons, il me répondit : — Parle encore, ce que
tu dis est si beau!

Que ne puis-je redire, mot à mot, mes entretiens
avec cet enfant, dont le développement moral et
intellectuel me donnait chaque jour de nouveaux
sujets de joie! Je remerciai Dieu d'avoir remis dans
mes mains cet être si angélique et si richement
doué. Tel qu'un cultivateur, découvrant une plante

aux qualités rares et précieuses, l'entoure de ses
soins les plus assidus, ainsi je cultivais avec amour
et j'entourais de mes soins les germes précieux
que je voyais se développer chaque jour dans l'âme
de mon jeune frère.

Bientôt il me fallut agrandir le cadre de ses études.
Son esprit actif était avide de savoir. Je l'instruisis
moi-même aussi longtemps qu'il me fut possible,
afin de retarder le moment où il faudrait me séparer de lui. Enfin, lorsque je lui eus communiqué le
peu de science que je possédais, le temps vint de
l'envoyer puiser l'instruction loin de moi et à de
nouvelles sources. Ce moment fut pour moi celui
d'une cruelle lutte, d'une peine dont je n'avais pas
pressenti d'avance toute l'âpreté. J'entamai un soir
ce sujet si pénible pour mon cœur.

Benjamin venait d'atteindre sa treizième année;
il avait beaucoup de simplicité et de naïveté, qui,
s'alliant en lui à une intelligence supérieure, formaient le plus aimable contraste.

Lorsque je lui dis que son instruction était
arrivée à un point où je ne pouvais plus la continuer moi-même, et que je lui parlai de la né-
cessité où nous étions de nous séparer, il se jeta
dans mes bras en versant un torrent de larmes.

— Tu veux donc que je meure! s'écria-t-il avec

un désespoir auquel je m'attendais; ne sais-tu pas que tu es ma vie, et que loin de toi je ne ferai que languir ?

Enfin, peu à peu, je parvins à le calmer; alors j'entrai avec lui dans le détail des motifs qui rendaient indispensable notre séparation.

— Mon ami, lui dis-je, l'homme doit faire servir à son utilité et à celle de ses semblables les facultés dont le ciel l'a doué. En t'arrêtant au degré d'instruction que tu possèdes, tu ne pourrais atteindre le but que tout homme doit poursuivre. Il faut que tu embrasses une profession.

Il m'écoutait attentivement.

— Frère, me répondit-il, je ne désire d'autre profession que la tienne. Je la mets dans ma pensée au-dessus de toutes les autres. Que tu dois être heureux lorsque tu portes la lumière de cet Évangile, que tu m'as enseigné, dans des esprits ignorants, dans des cœurs désolés, dans des âmes dévastées par le péché, où tu ramènes l'espérance et la foi en ce Sauveur qui a tant fait pour nous !

Oh ! je veux être, comme toi, disciple de Jésus-Christ, je veux lui consacrer ma vie entière, je ne reculerai devant aucun sacrifice. Dis-moi, que faut-il que je fasse pour arriver à cette sainte vocation ?

Depuis longtemps je m'attendais à voir se dessiner la volonté de mon frère pour la profession religieuse. Mais, lorsque je l'entendis se prononcer d'une manière aussi solennelle et si bien sentie :

—Mon frère, lui dis-je, Dieu t'a marqué du sceau de ses élus. Oui, tu parviendras par mes soins à cette profession sainte à laquelle tu es prédestiné. Je n'épargnerai rien pour te faire entrer dignement dans cette voie où ton âme ardente et pieuse s'élance avec un si noble enthousiasme.

Dès ce moment il me fallut songer à le faire entrer au séminaire. Je partis pour Bordeaux, afin de consulter l'archevêque, et je fis choix du séminaire qu'il m'indiqua.

Je revins à mon presbytère, où je retrouvai mon frère disposé à partir, mais dans un tel état de souffrance morale, que je craignis pour sa santé. Depuis que le pauvre enfant devait se séparer de moi il ne me quittait plus. Il m'accompagnait dans toutes mes courses, et, si je lui disais : « Mon ami, tu te fatigues trop. » Il me répondait : « Laisse-moi te suivre; il me reste à passer si peu de jours avec toi! »

La veille de son départ il était auprès de moi; il me regardait, et je lus dans ses yeux qu'il voulait m'adresser quelque demande.

—Mon ami, lui dis-je, tu veux me parler, n'est-ce pas?

— Oui, me répondit-il, mais tu me refuserais
peut-être ce que je n'ose te demander. Je voudrais,
me dit-il en m'embrassant, avant de te quitter, me
reposer encore une fois sur tes genoux, comme aux
jours de ma première enfance, alors que j'étais si
heureux !

En disant ces mots, il avait déjà repris sa place
d'autrefois, et, comme autrefois, je le caressais.

Je le conduisis le lendemain à Bordeaux au séminaire, où je restai quelques jours, retardant ainsi
le moment de notre cruelle séparation. Mais il fallut
enfin nous séparer.

Chaque semaine je recevais une lettre de mon
frère, et chaque mois les rapports excellents
de ses professeurs venaient adoucir la peine que
me causait son absence. De mon côté, je lui
écrivais et j'allais le voir aussi fréquemment
que les devoirs de mon ministère me le permet-
taient.

Enfin les vacances vinrent le ramener au milieu
de nous, pour un temps bien court il est vrai.

Plusieurs années s'écoulèrent. Pendant ce temps,
ses progrès furent si rapides, que le moment vint
où je pus, à mon tour, m'éclairer aux lueurs de
son intelligence divinement inspirée. Le temps des
vacances se passait pour moi en entretiens avec

mon frère, dont la vocation me paraissait se raffer-
mir de plus en plus.

Ses études furent complétement achevées avant
qu'il eût atteint l'âge marqué pour la consécration.
Une dispense d'âge lui fut accordée, et le jeune lé-
vite fut admis au sacerdoce.

La supériorité de son esprit, l'éloquence de sa
diction, la foi vive et agissante dont il était pénétré, le firent choisir par l'archevêque pour prêcher
dans la principale cathédrale de Bordeaux. Ce fut
là qu'il fit son premier début avec le succès le plus
éclatant.

Oh! qui me rendra ce jour, le plus beau de ma
vie, où je vis celui que je regardais comme mon
fils, revêtu des insignes sacerdotaux, monter les degrés de la chaire chrétienne pour y prêcher les enseignements de notre divin maître !

C'était le vendredi de la semaine sainte. Je n'oublierai jamais les murmures d'admiration qui cir-
culaient doucement autour de moi et résonnaient
à mon oreille comme de délicieuses harmonies lorsque mon frère, rayonnant de l'inspiration d'un saint
enthousiasme, dévoila les richesses infinies de son
âme et de son intelligence pénétrées du feu sacré
de la foi et de l'amour divin.

Une émotion profonde gagna l'auditoire tout en-

17.

tier. Il peignait en traits de flamme le sacrifice du
Sauveur expirant sur la croix pour nous racheter.
Il peignait ses angoisses, ses douleurs, sa sueur de
sang dans Gethsemané, et enfin il finit en adressant un appel à toutes les âmes au nom de tant de
sacrifices et de tant de douleurs. De toutes parts
on entendait des pleurs et des sanglots étouffés. Ce
jour-là plusieurs personnes indifférentes qui étaient
venues, poussées par un intérêt de curiosité, cru-
rent et se convertirent.

A peine descendu de la chaire, mon frère me
chercha des yeux; j'étais déjà auprès de lui. Je lui
ouvris mes bras, où il se jeta avec tendresse. Nous
demeurâmes longtemps sans parler. Notre bonheur était trop grand pour pouvoir s'exprimer par
des paroles.

L'archevêque de Bordeaux le félicita à son tour.
Il le regardait comme son fils selon l'esprit, l'ayant
consacré de ses mains. Il l'avait guidé dans toutes
ses études avec une sollicitude toute paternelle, et
l'avait conduit dans la voie de la charité chrétienne.
Il s'applaudissait d'avoir en lui un véritable disciple
de Jésus-Christ, de cette foi soumise aux divins enseignements et inébranlable contre les irruptions
de l'esprit humain et des passions. Il voyait en lui
un ferme défenseur de la doctrine de l'Église, un

continuateur des saint Augustin, des Chrysostome.

Nous passâmes le reste de ce jour à l'archevêché, au milieu des félicitations et de l'enthousiasme qu'avait inspirés la prédication entraînante de mon frère.

— Maintenant, lui dit l'archevêque, votre voie est tracée. Vous êtes destiné à la prédication. Vos talents vous aplanissent cette carrière si difficile à suivre avec succès.

Suivant la volonté de l'archevêque de Bordeaux, mon frère demeura dans cette ville, où il faisait sans cesse, par la puissance de ses convictions soutenues de sa parole éloquente, de nouvelles conversions.

Sur ces entrefaites, des circonstances dont le détail m'est échappé amenèrent à l'archevêché de Bordeaux un capitaine de navire français arrivant des Indes orientales. Cet homme était très-pieux, et sa conversation roulait de préférence sur la religion chrétienne, dont il admirait et mettait en pratique les saints enseignements. Mon frère le rencontrait souvent chez l'archevêque. Dans les entretiens fréquents qu'il eut avec lui, ce capitaine lui parla de l'état d'ignorance et d'idolâtrie dans lequel étaient plongés les peuples de l'Inde et en particulier ceux avec lesquels il était en relations de commerce.

Une fois la conversation ouverte sur ce sujet, mon frère ne manqua pas de la reprendre chaque fois qu'il retrouva le capitaine. Il écoutait avec compassion le récit des superstitions de ces pauvres peuples et de leurs actions cruelles, dignes fruits de religions absurdes enfantées par l'égarement de l'esprit humain.

Je faisais à mon frère de fréquentes visites. Dans nos entretiens, il me parlait de ces peuples idolâtres, dont l'état spirituel le préoccupait vivement.

— Frère, me dit-il un jour, je voudrais être chez ces pauvres peuples à leur prêcher la doctrine chrétienne. Depuis longtemps déjà ce projet m'occupe très-sérieusement.

A ces mots, je me sentis saisi d'un serrement de cœur; en même temps j'admirais cette foi si vive et si agissante.

— Mon ami, lui dis-je, je ne puis blâmer ta conviction ardente et profonde. Elle te fait envisager sans crainte une entreprise que tu ne pourrais accomplir qu'au prix de grands sacrifices.

Mais permets-moi d'opposer à ton projet des motifs qui me semblent devoir diriger ta volonté dans une voie différente de celle où tu voudrais t'engager.

Je ne te parlerai pas de moi ; je ne te dirai pas
le sacrifice immense que je serais obligé de faire
en te voyant aller si loin. Je veux en ce moment
faire abnégation complète de moi-même pour ne
m'occuper de ta détermination qu'au point de vue
purement religieux.

La tâche que tu remplis ici n'est pas moins pro-
fitable à la religion que celle que tu entreprendrais
en allant prêcher la doctrine chrétienne à des peuples idolâtres. Il y a, mon cher fils, beaucoup d'idolâtres parmi nous. Combien d'idolâtries diverses et
cachées se découvriront à toi, à mesure que tu
avanceras dans l'exercice de ton saint ministère
et que les secrets intimes des âmes viendront se
dévoiler à tes yeux et répandre devant toi leurs mi-
sères ! Quel champ immense de travail offriront à
tes soins toutes ces âmes si diversement et si péniblement agitées et tourmentées !

— Ces âmes, me répondit mon frère, sont entourées de secours. Des prêtres sont près d'elles,
et elles n'ont qu'un pas à faire pour aller à eux.
Elles ont appris à connaître le Sauveur et à lui
adresser leurs prières. Mais, puisque ceux qui connaissent le Sauveur ont besoin de tant de soins et
de sollicitude de la part du prêtre, que sera-ce donc
de ces pauvres âmes qui ignorent le lieu du repos,

et, à défaut de savoir où le trouver, tombent dans
des égarements qui se traduisent en faits honteux
pour l'humanité !

Crois-moi, me dit-il en terminant cet entretien,
le sacrifice que je ferai en me séparant de toi sera
immense et brisera mon cœur. Celui de ma vie serait peu de chose si je le comparais aux souffrances
que je ressens à l'idée de m'éloigner de toi... Mais
le véritable disciple de Jésus-Christ ne s'appartient
pas, il appartient avant tout à son divin Maître...
D'ailleurs, ajouta-t-il avec un accent qui pénétra
jusqu'au fond de mon cœur, les jours de l'homme
sont courts en ce monde ; tôt ou tard ne faudra-t-il
pas nous séparer ?... Mais le chrétien sait où il va.
Notre séparation, telle qu'elle soit, ne sera que mo-
mentanée... Nous nous retrouverons dans un
monde meilleur pour ne plus nous quitter. Nous
savons que Dieu réunira ses élus et qu'alors nous
jouirons avec plénitude d'un bonheur que nous
chercherions vainement ici-bas.

O mon Dieu ! s'écria-t-il avec enthousiasme,
faites que j'arrive jusqu'à vous, quand il me faudrait,
à l'exemple de vos saints martyrs, expirer dans les
tourments ! Que m'importe ma vie en ce monde,
si je ne l'emploie à vous glorifier et à vous servir !

Son visage resplendissait de lueurs célestes. En

présence d'une telle foi, je trouvai la mienne bien froide et bien insuffisante.

J'allai trouver l'archevêque, et je lui fis part de l'entretien que je venais d'avoir avec mon frère.

— Depuis longtemps, me dit-il, votre frère me parle de son désir d'aller prêcher la parole de Dieu aux peuples idolâtres de l'Inde. Je me suis opposé, dans le commencement, à un projet qui, s'il se réalise, me privera d'un appui qui m'est bien précieux. Mais aujourd'hui je le laisse libre de disposer de lui-même. La voix de Dieu l'appelle vers cette détermination. Il ne nous appartient pas de prévoir quel en sera le résultat. Sera-ce le martyre?... Je l'appréhende, mais je ne le redoute pas pour lui. Sa foi sortira vivante de toutes les épreuves. Il pourra perdre la vie du corps, mais celle de l'âme... jamais!

Dès ce moment je ne mis plus d'opposition au projet de mon frère, sans cependant lui donner mon assentiment, lorsque enfin le capitaine de navire vint à l'archevêché et annonça son prochain départ pour les grandes Indes. A cette nouvelle, sa détermination se montra dans toute sa réalité; il convint de son passage avec le capitaine.

Il vint passer dans mon presbytère la dernière semaine qui lui restait encore avant de quitter le

sol de la France. Je n'essayerai point de vous dépeindre les sentiments qui, malgré lui, se tradui-
saient dans ses moindres actions. Il pleurait. Je le vis
serrer dans son sein une image de la sainte Vierge.
Cette image était au chevet de mon lit, et je la lui
avais montrée dès les premiers jours de sa vie.

— Frère, me dit-il, n'as-tu rien de notre mère
à me donner?

J'avais une mèche de cheveux dérobés à cette
tête si chère la veille même de sa mort. Nous la
partageâmes en pleurant.

La semaine s'était écoulée, le jour du départ
était proche, et il fallut songer à cette séparation
qui pouvait être, hélas! la dernière. Mes deux sœurs
et moi, nous suivîmes à Bordeaux notre frère. Il devait, pour la dernière fois avant son départ pour les
Indes, faire entendre ses enseignements dans la principale église de Bordeaux. Son départ avait été an-
noncé. Une foule immense se pressait dans cette
vaste cathédrale où il devait adresser à cet auditoire, péniblement affecté de son départ, ses adieux,
qui, hélas! seront peut-être les derniers.

A peine fut-il dans la chaire et eut-il commencé
à parler, que de toutes parts des pleurs et des
sanglots éclatèrent. Lui-même, succombant sous
une profonde émotion, fut forcé de suspendre son

discours. Mais enfin il se recueillit et reprit son calme. Alors ses accents s'élevèrent, empreints du saint enthousiasme dont il était animé. En ce moment son visage semblait entouré d'une céleste auréole. Il n'appartenait plus à ce monde, il planait déjà dans ces régions divines où depuis longtemps son âme habitait. Il invoquait à genoux et à haute voix Celui qui peut tout. Sa prière montait vers le trône de Dieu, et appelait sur toutes ces âmes les grâces infinies et mystérieuses du divin Sauveur. Aux accents inspirés de cette foi si ardente, il semblait que des esprits célestes descendaient sur cette foule recueillie et l'entouraient d'une atmosphère divine.

Enfin il fallut, le lendemain, nous séparer de lui... et depuis ce moment nous n'avons pas eu de ses nouvellles...

Ici M. Nerval s'arrêta, suffoqué par l'émotion que soulévaient dans son cœur les souvenirs qu'il venait d'évoquer. De mon côté j'étais en proie à une vive souffrance en songeant à la fin sinistre et prématurée de son frère. Je pensais avec plus d'horreur encore au crime qui avait privé tant d'âmes des lumières qu'elles auraient reçues par la voix de ce saint martyr. Des sentiments de haine et d'indignation se soulevaient en moi avec plus de force encore contre l'infâme Roncelli.

Je n'osai instruire M. Nerval de la mort de son frère, de ce frère si tendrement aimé. Il y aurait eu de la cruauté à la lui dire au moment même où son cœur était douloureusement ému par le récit qu'il venait de faire, et je n'en aurais pas eu la force. Je résolus donc d'attendre encore.

XIX

Le soir, lorsque nous fûmes retirées dans notre chambre, je dis à Dola :

— Je sens, malgré moi, ma haine contre Roncelli se réveiller avec une force qui apporte le trouble dans mon âme. Le récit de M. Nerval m'a montré le crime de Roncelli encore plus affreux, encore plus infernal. Non-seulement il est coupable d'un infâme assassinat, mais il a privé des âmes de la lumière qui les auraient amenées à la vie. Un tel forfait ne restera pas impuni. Pour moi, telle que l'ange des célestes vengeances, je m'attacherai à le poursuivre, à l'étreindre sous le remords. Je m'offrirai à ses regards épouvantés comme un vivant témoignage de la puissance divine que cet être impie brave et dédaigne.

Lorsque j'eus fini de parler, Dola me dit :

— J'ai vu aujourd'hui le petit berger du château; il m'a confié qu'il avait découvert, dans une cachette de la chambre de son maitre, la clef de la trappe du souterrain. Une occasion prochaine d'y descendre se présente.

Voici comment.

Madame Wander doit aller avec ses enfants passer la journée chez l'une de ses connaissances. Elle a donné, pour le même jour, la permission à ses domestiques d'aller visiter leurs amis ou leurs parents et d'y rester jusqu'au soir. Le pâtre doit demeurer seul au château avec la cuisinière. Mais cette dernière veut aussi profiter du jour de vacance accordé aux autres domestiques pour aller voir une famille qu'elle connaît, et elle a prié le pâtre de rester seul à la garde du château. Il a accepté volontiers un arrangement qui sert si bien ses projets. Il est sûr d'avoir au moins sept à huit heures à demeurer seul. Cependant, m'a-t-il dit, j'ai peur pour descendre dans ce souterrain. Alors je lui ai offert d'y descendre avec lui. Il a bien vite accepté mon offre, et il est convenu que je me ren-

drai le jour marqué au château à l'heure où madame Wander sera partie.

— J'aurais beaucoup de peine, dis-je à Dola, à
te laisser aller seule avec le petit pâtre sous ces
voûtes inconnues, d'où tu pourrais bien ne plus
sortir. Cet enfant peut négliger les précautions nécessaires. Si tu n'obtiens que j'aille avec toi, je
m'oppose formellement à ce que tu descendes seule
avec lui dans le souterrain.

— Rassure-toi, chère maîtresse, me répondit
Dola, j'ai pris d'avance mes mesures de précaution.
Voici, me dit-elle en me montrant un gros peloton
de ficelle, le fil que nous devons attacher à l'entrée du souterrain pour nous guider lorsque nous
reviendrons sur nos pas. Voici encore une bonne
provision de chandelles de cire pour nous éclairer
sous ces voûtes obscures. Quoi qu'il en soit, je dé-
ciderai le petit pâtre à te laisser venir.

Le lendemain, Dola obtint de m'emmener avec
elle. Elle me recommanda expressément d'assurer moi-même le pâtre de ma discrétion. Car,
me dit-elle, il est fort dans la crainte de ce qui
pourrait lui arriver si jamais Wander venait à découvrir qu'il eût pénétré dans ce souterrain.

Le jour où madame Wander et tous ses domestiques devaient s'absenter étant venu, Dola et moi

nous allâmes au château. Le pâtre nous attendait.
Il se mit à marcher devant nous, et, après plusieurs détours dans les caves, nous arrivâmes
à la fameuse trappe du souterrain. Au moment
d'ouvrir, la frayeur s'empara de lui. Il tremblait.
Je pris la lourde clef et je la fis tourner moi-
même dans la serrure, non sans quelque difficulté.

Nous soulevâmes la trappe. Alors je portai une
lumière dans l'ouverture et je vis un escalier roide
qui descendait et se perdait dans une obscurité profonde. A ce moment Dola me dit : « C'est moi qui
me risquerai la première. » En disant ces mots elle
posa le pied sur l'escalier et se mit à descendre en
tenant à la main une chandelle allumée. Je la suivis
avec une autre chandelle; le petit berger venait
derrière nous.

Nous descendions toujours, lorsque Dola vint à se
rappeler qu'elle n'avait pas encore attaché le fil qui
devait guider notre retour. Nous cherchions un point
d'appui lorsqu'un anneau de fer, scellé dans le
mur, s'offrit à nos regards. Nous y attachâmes solidement le bout de notre fil, et nous continuâmes
à descendre. Au bas de l'escalier nous nous trouvâmes d'abord dans une grande pièce carrée n'offrant aucune issue. Là semblait se borner l'étendue

du souterrain, lorsque nous aperçûmes, fixé sur
le mur, un anneau semblable à celui que nous avions
trouvé dans l'escalier. Je me mis à le tirer en tous
sens. Tout à coup il céda à mes mouvements et fit
rouler sur ses gonds une lourde porte recouverte
entièrement d'un épais mortier dont on l'avait masquée, afin de la confondre avec le mur. Nous nous
engageâmes tous les trois dans cette nouvelle issue.
Nous avancions dans de longs corridors, et nous
étions heureux d'avoir notre fil conducteur, car il
est bien sûr que sans ce secours nous n'aurions
jamais pu sortir de ce labyrinthe.

Nous arrivâmes à cette vaste salle que nous avons
visitée ensemble, noble chevalier, dit Nahouma à
la Boëtie. Je regardais avec une curiosité mêlée de
terreur ces lieux sinistres, lorsque j'aperçus à
terre une caisse qui avait appartenu à mon grand-
père. Elle n'était pas fermée ; je soulevai le cou-
vercle et j'y vis les armes qui servaient à Roncelli
au temps où il était pirate. Elles portaient encore
l'empreinte de taches de sang. Parmi ces armes,
je reconnus le poignard que j'avais à ma ceinture
le jour où, cédant à une folle envie, j'étais allée
sur les bords de la mer, où j'avais rencontré Roncelli et avec lui le malheur. Je sortis au plus vite
d'un lieu qui m'offrait de si pénibles souvenirs. Je

n'entrerai point dans d'autres détails sur ce souterrain, que vous connaissez déjà.

Cependant je ne puis m'empêcher de vous parler
d'un lieu dont vousn'avez pu soupçonner l'existence,
tant son abord est habilement dissimulé. Je n'ai pas
voulu vous y conduire, je craignais pour vous des
impressions qui auraient pu vous être contraires,
dans l'état de convalescence où vous vous trouviez
alors. Mais à présent vous êtes complétement rétabli, et je pourrai sans crainte vous faire pénétrer
demain même, si vous le voulez, dans cette espèce
de laboratoire infernal où je n'ai pas remis les pieds
depuis la première fois que j'y suis entrée.

N'ayant plus rien à voir, nous revinmes sur nos
pas. Nous remontâmes dans l'escalier. Je me mis
à détacher le nœud qui retenait à l'anneau de fer
le bout de notre fil. Mais il était tellement serré,
qu'il me fallut faire divers mouvements pour le
dénouer; tout à coup l'anneau suivit le nœud
que je tenais, en entraînant avec lui un morceau
de pierre de taille, qui laissa une place ouverte.
Cette ouverture me parut trop régulière pour être
un résultat purement accidentel. J'avançai ma
lumière, et je découvris un étroit corridor qui se
perdait dans les ténèbres. Nous cherchions comment nous pourrions pénétrer dans ce corridor,

lorsque nous vîmes que les pierres de taille entourant l'ouverture déjà faite n'étaient pas fixées. Nous en ôtâmes quelques-unes, en ayant soin de remarquer la manière dont elles étaient posées, afin de les remettre. Passant ensuite par l'issue que nous venions de pratiquer, nous entrâmes dans le corridor, où nous eûmes peine à avancer, tant il était étroit; les murs pressaient nos vêtements, qui, dans ce contact, s'imprégnaient d'humidité et de moisissure. Nous arrivâmes ainsi à une porte dont la clef, soit habitude, soit oubli, n'avait pas été ôtée. J'ouvris et j'entrai, suivie de Dola et du petit berger.

A peine nos chandelles eurent-elles éclairé ce lieu, que le spectacle le plus étrange s'offrit à nos regards surpris et effrayés. Des peintures représentant des êtres hideux tapissaient les murs. Des figures en bois, faites dans le même goût que les peintures, étalaient aux regards des assemblages affreux. On voyait la tête d'un homme sur le corps d'un serpent; une tête d'animal sur un corps d'homme, etc. A la vue de ces objets épouvantables, le petit pâtre se mit à pousser des cris de frayeur, en nous suppliant de sortir au plus vite de cet endroit, que le démon, disait-il, devait sans doute habiter. Vainement je voulus le rassurer en

18

lui montrant le crucifix qui ne me quittait jamais, et en lui disant qu'alors même que le démon voudrait nous faire du mal, il ne le pourrait pas; je fus obligée de remonter avec lui l'escalier pour le conduire hors du souterrain. Il s'assit tout tremblant auprès de la trappe en me suppliant de ne pas rester longtemps.

Je redescendis, et nous continuâmes à explorer l'intérieur du réduit. Bientôt je me rendis compte de ce que je voyais : Roncelli, sans aucun doute, s'occupait de magie et de nécromancie.

Il n'est pas rare de rencontrer dans l'Inde des hommes qui cultivent ces sciences diaboliques et exploitent, à prix d'argent, la crédulité et l'ignorance de ces pauvres peuples livrés à l'idolâtrie.

En continuant notre revue, nous découvrîmes, derrière un épais rideau, un crâne humain percé en plusieurs endroits et hérissé de petites flèches sur lesquelles étaient tracés des caractères et des signes de sorcellerie. A côté était une boîte; je l'ouvris et j'y trouvai un parchemin neuf et récemment plié. Je le pris. C'était une lettre adressée à Roncelli par un magicien français. Je la lus; voici ce qu'elle contenait :

« Si j'ai tant tardé à vous répondre, c'est que je

n'ai pas cessé de m'occuper de la grande affaire que vous m'avez confiée.

« Chaque nuit j'ai évoqué les morts. Chaque jour j'ai réuni autour de moi les secours de ma science. Mais je ne puis encore vous fixer d'une manière positive sur ce que vous voulez savoir. La faute n'en est pas à moi, elle en est à vous seul.

« Au moment où j'allais atteindre le secret que vous tenez tant à pénétrer, les ressources insuffisantes que vous m'aviez envoyées se trouvant épuisées, je me suis vu forcé de suspendre les opérations de la grande magie et de la nécromancie, avant d'avoir obtenu des résultats certains. Maintenant je serai obligé de tout recommencer, à nouveaux frais, si vous voulez arriver à savoir si la personne dont vous m'avez donné le nom est morte ou vivante.

« Toutefois, en attendant, je peux vous indiquer le moyen de la rendre tout au moins très-malade, en supposant qu'elle soit encore en vie. Voici ce moyen :

« Faites de vos mains une figure de cire, à l'image de cette personne ; revêtez-la, si vous le pouvez, d'une manière semblable à celle dont elle était habillée la dernière fois que vous l'avez vue, écrivez son nom et placez-le sur la figure, ensuite enfoncez-

lui profondément à l'endroit du cœur un dard aigu,
et soyez sûr qu'aussi bien portante qu'elle soit la
maladie ne tardera pas à miner sa santé[1]. »

Je cherchai encore et je découvris, cachée dans
un coin, une statuette modelée et habillée suivant
l'ordre du magicien. Cette espèce de poupée portait, collé sur sa poitrine, un morceau de parchemin sur lequel mon nom était écrit en toutes lettres. Une longue aiguille la perçait de part en part
à l'endroit du cœur. Je haussai les épaules de mépris.

J'avais fini de visiter ce lieu voué à l'impiété et à
la superstition, je me hâtai d'en sortir. Nous réta-
blîmes, avec une exactitude minutieuse, les pierres
de taille que nous avions déplacées, et nous sortî-
mes du souterrain.

[1] « On croyait alors qu'il existait des sorciers, lesquels, par
art magique, pouvaient établir entre des figures de cire, qu'ils
faisaient, et les personnes que ces figures représentaient une
telle correspondance, que ces personnes souffraient dans leurs
corps les tourments que le magicien paraissait vouloir exercer sur ces figures; de sorte que, quand il piquait telle ou
telle partie de l'image, la personne représentée en éprouvait
la douleur dans cette même partie; et enfin un coup d'aiguille
donné dans le cœur de la figure tuait le patient après beaucoup de douleurs. On appelait cette opération magique en-
voûter. » (Extrait de l'*Histoire de France*, par Anquetil, t. II,
p. 457, procès d'Enguerrand de Marigny.)

Je ne me serais pas attendue, je l'avoue, à trouver à côté de la religion chrétienne de pareils égarements de l'esprit humain. Je comprenais que de
pauvres peuples idolâtres et ignorants crussent à
de semblables absurdités. Mais je n'aurais pu penser
qu'il y eût en France des hommes faisant profession
de magie et de nécromancie.

— Il est pourtant certain, madame, interrompit
à cet instant la Boëtie, qu'il se trouve en France
des personnes faisant profession de magie, et d'autres qui sont assez dépourvues de sens moral pour
courber leur esprit sous de telles croyances. Je
pourrais vous citer des exemples semblables à celui
que votre récit vient de m'offrir. Nous descendons
de peuples idolâtres. Il n'est pas rare de rencontrer
encore, dans nos forêts, de grandes pierres destinées aux sacrifices du culte païen ; et souvent le
sang humain coulait sur ces autels, dont la plupart
étaient élevés à des divinités infernales. La religion
chrétienne les a renversés ; mais ses enseignements sont loin d'avoir entièrement dissipé les
ténèbres de la superstition et de la barbarie, et
il faudra encore bien du temps avant qu'ils aient
pu faire justice de toutes les folles erreurs de l'esprit humain. Ceux qui font profession de propa-
ger ces superstitions et ceux qui les croient sont

18.

bien coupables; car ils ont à leur portée les enseignements de l'Église, et ils les connaissent.

De tels égarements nous prouvent que l'homme,
dès qu'il refuse de se soumettre à la vérité, dès
que son esprit rebelle repousse les préceptes de
la doctrine, chrétienne qui seule peut relever et
faire vivre en lui l'être spirituel, l'homme alors
tombe au dernier degré de l'échelle des êtres, dans
la fange impure de la matière, et sous l'influence
de l'esprit des ténèbres.

C'est en vain qu'il se débattra en cherchant un
point d'appui, il n'en trouvera pas et s'agitera sans
cesse dans les angoisses de l'égarement de son esprit.

— De retour au presbytère, reprit Nahouma, je
réfléchis longtemps avant de me décider à faire
part de ma découverte à la famille Nerval. Je m'y
décidai enfin, et le soir, lorsque nous fûmes réunis
autour du foyer, je commençai mon récit, qu'ils
écoutèrent attentivement.

Lorsque j'eus fini, voici ce que me dit M. Nerval:

— Le château de Wander date d'une époque
extrêmement reculée. Je me rappelle avoir entendu parler vaguement, il y a déjà bien longtemps, d'un souterrain creusé sous ce château.
Plus tard, lorsque les Wander en eurent fait l'ac-

quisition, je leur demandai s'il était vrai qu'il y eût un souterrain. M. Wander se hâta de me répondre qu'il n'y en avait pas et qu'il ne paraissait pas y en avoir jamais eu. Je crus à cette affirmation si formelle avec d'autant plus de raison, que madame Wander me fit la même réponse. Maintenant, ajouta M. Nerval, il n'y a plus aucun doute sur l'existence de ce souterrain. Mais ce laboratoire de magie?.... M. Wander devient de plus en plus pour moi un être énigmatique..... Je le vois cependant assister au culte, pratiquer, extérieurement du moins, la religion. . . . . . Comment donc se fait-il qu'il s'occupe de ces choses interdites par notre sainte Église?

Je me recueillis. Je compris que le moment était venu d'arracher le masque trompeur de Roncelli. Je ne pouvais le laisser plus longtemps profaner les sacrements de l'Église et abuser ceux qui ne le connaissaient pas. Le moment était venu ; je me mis à l'œuvre.

— M. Wander, répondis-je à M. Nerval, m'est connu depuis longtemps.

À ces mots, prononcés d'un ton solennel et avec l'accent de la vérité, M. Nerval et ses sœurs se regardèrent avec étonnement.

Je commençai alors à dire tous les événements

de ma vie, depuis le jour où j'avais rencontré Roncelli sur le rivage de la mer. Mais, lorsque, leur racontant la mort émouvante du saint martyr, je leur dis qu'il était leur frère, et que je leur remis en même temps des preuves irréfutables de mes paroles; lorsqu'ils touchèrent de leurs mains et virent de leurs yeux ces souvenirs, ces objets que leur frère m'avait donnés et qui leur étaient si bien connus, ils tombèrent à genoux, pleurant de douleur, mais bénissant Dieu.

Lorsque les premiers transports de cette douleur si légitime furent un peu calmés, ils se relevèrent et m'entourèrent en me disant :

— Oh! ne nous quittez plus; soyez désormais une consolation pour nous! Remplacez au milieu de nous ce frère que nous avons perdu!..... Dieu vous a envoyée ici d'une manière évidemment miraculeuse.

M. Nerval tenait dans ses mains et pressait sur ses lèvres le crucifix du martyr. Le contact de cet objet si précieux l'animait d'un saint enthousiasme. Il élevait vers le ciel des regards pleins de reconnaissance.

J'achevai dans cette soirée, qui se prolongea bien avant dans la nuit, le récit des événements de ma vie.

Le lendemain j'eus avec M. Nerval un long entretien, dans lequel il me fit part de l'intention où il
était d'essayer d'entreprendre la conversion de
Wander.

— Je tenterai, me dit-il, de convertir cet homme,
malgré la répugnance légitime qui m'éloigne de
lui...

— Eh quoi! lui dis-je, vous aurez ce courage...
à présent que vous connaissez Wander! Qu'elle est
belle, la religion qui produit des prêtres tels que
vous!

— Ma fille, me répondit avec simplicité M. Nerval, le véritable disciple de Jésus-Christ, quand le
service de son Maître le demande, fait taire les soupirs de son cœur et impose silence à ses sentiments
les plus chers.

Je ne serais pas dans la vérité si je vous disais
que la tâche qu'avec l'aide de Dieu j'essayerai d'entreprendre ne soulève pas en moi une répugnance
pleine d'horreur... Mais c'est mon devoir, et je ne
recule pas devant le sacrifice... Je ne recule pas à
l'idée, qui cependant me glace, d'être en rapport
avec l'assassin d'un frère que j'aimais si tendrement.

Dès ce moment M. Nerval passa de longues heures
en prières; on voyait qu'une lutte pénible avait lieu

au dedans de lui. Ses paroles devenaient plus
rares.

Pour moi, je l'avoue, j'étais complétement inac-
cessible à la pensée d'une conversion possible de
Roncelli. Dola partageait mon opinion à ce sujet.

XX

Plusieurs jours s'écoulèrent, pendant lesquels nous continuâmes d'avoir les visites de madame Wander.

Un soir elle nous annonça l'arrivée prochaine de son mari, de qui elle venait de recevoir une lettre datée de Bordeaux.

A cette nouvelle, la famille Nerval et moi nous nous regardâmes tous dans un silence expressif Madame Wander continuait à parler.

— Madame, me disait-elle, mon mari ne tardera pas, soyez-en sûre, à venir avec moi vous présenter ses respectueux hommages. J'espère que votre société, si aimable pour moi, le sera autant pour mon mari, et peut-être, ajouta-t-elle en souriant viendra-t-il écouter mes chants, lorsqu'il verra qu'ils sont appréciés par vous.

Madame Wander, en achevant ces mots, me tendit affectueusement la main. Je la serrai en balbutiant quelques mots de politesse banale. J'étais en proie à une telle émotion, qu'il me sembla un moment que le parquet se dérobait sous mes pas.

Lorsque madame Wander fut partie, nous demeurâmes silencieux. Au bout de quelques instants :

— Mon père, dis-je à M. Nerval, que dois-je faire? Dois-je revoir en face ce misérable?

Il se recueillit, puis il me répondit :

— Oui, ma fille, vous le devez, et il le faut, dans l'intérêt même de sa conversion. Vous serez pour lui un témoignage frappant et irréfutable de la puissance divine, qu'il outrage sans cesse...

— Eh bien, répondis-je... oui... je le reverrai... mais quel sacrifice !

Deux jours s'étaient écoulés. J'avais souvent puisé dans la prière la force nécessaire pour supporter l'épreuve que j'attendais.

Le soir du second jour, des coups retentirent à la porte du presbytère. L'on ouvrit, et madame Wander, accompagnée de son mari et de ses deux enfants, entra, joyeuse et souriante, et vint à moi en me présentant son mari, dont elle tenait la main.

A peine Roncelli eut-il arrêté sur moi ses regards, qu'il sembla devenir la proie d'une terrible hallucination. Il demeura cloué au parquet, sans pouvoir prononcer une parole, et tremblant de tout son corps.

En ce moment une puissance surnaturelle me soutint ; je fixai sur lui un regard profond et pénétrant, exprimant l'horreur que je ressentais.

Tout à coup ses genoux se dérobent sous lui.... il tombe, des cris rauques s'échappent de sa poitrine, il se débattait à terre sous l'étreinte d'une rage impuissante.

..... A ce spectacle terrible et inattendu, madame Wander recule épouvantée... ses enfants jettent des cris de frayeur en se cachant derrière elle.

Roncelli continuait à se débattre ; il était en proie à un accès de démence furieuse qui venait de s'emparer de lui. — « A moi mes pirates, s'écriait-il, à l'abordage, jetez les grappins, et que personne n'échappe.... Quel est cet homme qui ose me parler d'un Dieu !..... jetez-le à la mer..... »

A ce moment ses regards égarés me rencontrèrent :

— « Que vois-je, s'écria-t-il, Nahouma.... fantôme sorti de la tombe..... que me veux-tu ?.... je te brave..... »

M. Nerval, conservant toute sa présence d'esprit, s'approcha de madame Wander et lui dit de faire emporter ses enfants.

— Monsieur votre mari, ajouta-t-il, est en proie à une attaque de nerfs dangereuse; je vais envoyer chercher un médecin.

Le médecin arriva; il s'approcha de Roncelli, qui à sa vue redoubla ses fureurs. « Monsieur votre mari, dit ce médecin à madame Wander, est en ce moment atteint d'un accès de démence qui, s'il durait, lorsque les forces lui reviendront, serait très-dangereux pour les personnes qui l'approcheraient. Hâtez-vous, madame, de le faire emporter au château; nous le mettrons sur un lit afin de lui faire, s'il est possible, une forte saignée. »

M. Nerval donna des ordres, et l'on alla au château chercher des domestiques. Ils arrivèrent au nombre de trois; mais, lorsqu'ils virent l'état affreux où était Wander-Roncelli, aucun d'eux n'osa l'approcher.

Au bout de quelques instants, le pirate se mit à appeler Malano à son secours. Comme on ne connaissait pas ce nom, personne ne pouvait le comprendre, lorsque enfin il prononça le nom de Dick, sous lequel Malano était connu.

Sur ces entrefaites, d'après les conseils du médecin, qui espérait mieux venir à bout de calmer Roncelli lorsqu'il verrait autour de lui moins de monde, nous nous étions retirées, les demoiselles Nerval et moi, dans la pièce voisine, d'où nous pouvions tout voir et entendre.

Madame Wander était allée toute tremblante à son château afin de chercher Dick-Malano, qui arriva avec elle. Mais, à la vue du complice de ses crimes, Roncelli redoubla ses cris, et sa démence s'accrut.

— « Pourquoi, s'écria-t-il, n'as-tu pas tué cette femme!..... elle est vivante... oui... je l'ai vue... elle est ici..... »

A force d'entendre parler son mari, madame Wander finit par attacher quelque importance à ces paroles, qui d'abord lui avaient semblé l'expression vague de pensées incohérentes, produites par un accès de folie. Sans pouvoir s'expliquer ces discours, elle eut le pressentiment de quelque mystère caché sous l'accident terrible et inattendu qui venait d'arriver.

Cependant Dick-Malano essaya d'imposer silence à son maître. Voyant qu'il ne pouvait y parvenir, il prit à l'écart madame Wander et lui dit :

— « Il est indispensable que votre mari rentre au château et qu'il soit seul avec moi. Nous sommes

ici dans une position qui pourrait avoir de très-
graves suites. » Et, comme madame Wander lui demandait de s'expliquer plus clairement, il lui répondit :

« Ce n'est point ici le lieu ni le moment de vous
donner des explications. Encore une fois, les paroles
de votre mari au milieu de ces personnes qui l'entendent peuvent être désastreuses pour lui et par
suité pour vous et pour vos enfants. Je me charge
seul de ramener ou d'emporter M. Wander au
château. »

Dick-Malano s'approcha alors du médecin :

— « Monsieur. lui dit-il, vos soins seraient ineffi-
caces, car vous ne connaissez pas, je le comprends,
le genre de maladie auquel mon maître est en proie.
C'est un simple accident. Il se renouvelle à de rares
intervalles, et j'ai depuis longtemps l'habitude des
remèdes qu'il faut. Je vais emporter M. Wander au
château, et lui administrer ses remèdes ordinaires,
qu'il serait dangereux de changer pour d'autres. »

Le médecin, voyant que sa présence n'était pas
nécessaire, se hâta de se retirer.

Lorsque Malano fut seul à soigner son maître, il
commença par lui enfoncer un mouchoir dans la
bouche, afin d'arrêter ses paroles, qui devenaient
de plus en plus compromettantes. Puis il lui attacha

les pieds et les mains. Épuisé par sa rage, Roncelli n'opposa plus qu'une faible résistance; elle fut bientôt vaincue par son compagnon, qui, le mettant sur ses épaules, l'emporta de la demeure de M. Nerval.

Nous rentrâmes alors dans le salon, où nous retrouvâmes madame Wander étendue dans un fauteuil, et en proie à une violente émotion. Nous nous empressâmes autour de cette malheureuse femme, victime innocente de la scène épouvantable qui venait de se passer. Nous restâmes longtemps sans parvenir à la calmer.

A la fin cependant elle put nous parler. Je tenais une de ses mains dans les miennes; elle la dégagea, et, fixant sur moi ses regards effrayés :

— « Madame, me dit-elle, c'est votre vue qui a mis mon mari dans l'état affreux où il se trouve!... Oh! dit-elle en s'exaltant, quelque mystère se cache au-dessous de tout cela... J'ai saisi des paroles qui résonnent encore péniblement à mes oreilles!... Je vous en supplie, expliquez-moi ce mystère dont je souffre cruellement... Madame, vous qui semblez si bonne, ne me laissez pas en proie à des doutes affreux!... »

M. Nerval était douloureusement ému. Il dit à madame Wander :

« Si vous avez en moi quelque confiance, veuillez en ce moment me la montrer en suspendant vos
questions. Je me borne à vous dire que cette dame
est d'un caractère à ne devoir faire naître en vous
aucun soupçon fâcheux pour sa dignité.

« Oui, madame, un mystère existe, et nous vou-
lions, dans votre intérêt, vous le cacher. Dieu a disposé les événements à sa volonté et non pas à la
nôtre. Toutefois le moment serait mal choisi pour
vous dévoiler ce mystère... Et ce n'est pas maintenant que vous seriez capable de l'envisager; vous
avez assez d'émotions accablantes à supporter, sans
que nous venions encore y en ajouter d'autres.

« Prions, ajouta-t-il en se mettant à genoux. »
Nous suivîmes toutes son exemple.

Lorsque la prière fut finie :

« Il vous faut songer, madame, dit M. Nerval, à
rentrer au château, où les soins que vous devez à
vos enfants vous réclament. »

Nous accompagnâmes cette infortunée; je la soutenais dans sa marche. Dieu, dans ces circonstances
difficiles, m'avait donné un courage et un sang-froid
dont je me serais étonnée, si je n'avais su qu'il n'est
rien d'impossible à la puissance divine.

Après avoir reconduit madame Wander, nous
rentrâmes au presbytère.

Nous nous assîmes en silence. Au bout de quelques instants M. Nerval parla en ces termes :

« Le crime porte en lui-même son châtiment, et
il ne sert de rien au coupable d'échapper à la
justice humaine. Une terrible preuve de cette vérité
vient de nous être offerte... Ce n'est jamais impu-
nément que nous foulons aux pieds les lois et les
enseignements de Dieu. Cet homme a fermé son
cœur aux sentiments de l'humanité et de la justice ;
il a accueilli les pensées les plus impies... Sa vie
n'a eu d'autre but que la satisfaction de ses instincts
et de ses intérêts matériels.

« Aucun crime ne lui a coûté pour arriver à posséder ces richesses qu'il convoitait avec tant d'ardeur. Enfin il est arrivé à les posséder. Alors il a
cru pouvoir jouir du fruit de ses rapines et de ses
crimes. Il est devenu père de famille. Il a affecté
des dehors trompeurs, et il est parvenu à en imposer à ceux qui ne le connaissaient pas. Mais c'é-
tait en vain qu'il trompait les autres, il ne pouvait
se tromper sur *lui-même*. Il a été à *lui-même* sa
plus terrible punition, son supplice de tous les
instants.

« Ayant éteint en lui, par son impiété, la vie de
l'âme, il a vécu dans un état impossible à décrire
avec des expressions humaines. Cadavre anticipé

simulant la vie, il est demeuré seul aux prises avec
l'esprit des ténèbres et la matière souillée et cor-
rompue.

« Alors il a cherché un appui dans des croyances
absurdes, sous lesquelles son être avili et dégradé
n'a pas hésité à se courber. Juste punition infligée
à celui qui n'avait pas voulu se soumettre au Dieu
de lumière et de vérité ! »

En achevant ces mots, M. Nerval se leva. Je me
retirai dans ma chambre avec Dola, et nous nous
entretînmes longtemps de la puissance de Dieu et
du bonheur de marcher dans ses voies.

Le lendemain, vers le soir, l'on vint m'apporter
une lettre de la part de madame Wander; elle me
priait de vouloir bien lui accorder, au moment
même, un entretien en présence de M. Nerval. Nous
lui accordâmes avec empressement ce qu'elle nous
demandait. Nous la vîmes bientôt arriver seule au
presbytère.

En entrant, elle prit mes mains qu'elle baisa en
fondant en larmes. Elle nous dit qu'elle avait d'importantes communications à nous faire : elle pouvait à peine parler, et à chaque instant les sanglots

étouffaient sa voix. A la fin cependant son émotion diminua, et nous pûmes entendre ce qu'elle avait à nous dire.

L'infortunée était instruite de tout le passé de son mari. Malano, dans son trouble et sous l'impression terrible que lui avait causée ma vue, avait tout révélé à madame Wander. Ensuite il était parti du château, afin de se diriger vers Bordeaux et s'embarquer sur quelque navire.

Ayant peine à croire les récits de Malano, madame Wander venait auprès de moi apprendre de ma bouche la vérité.

Hélas! nous ne pouvions la lui cacher. Cependant nous évitâmes de lui dire que le missionnaire assassiné par Roncelli était le frère de M. Nerval.

Elle demeura longtemps avec nous.

— O mon Dieu! disait-elle en pleurant, je jouissais sans le savoir du fruit du crime et de l'infamie!... Ce luxe dont je suis entourée et qui maintenant me fait horreur est le prix du pillage et de l'assassinat!... Mon père, dit-elle à M. Nerval, que faut-il que je fasse?... Dictez-moi la conduite que je dois tenir dans les circonstances déplorables où je me trouve placée?

— Mon enfant, lui répondit M. Nerval, vous n'avez en ce moment qu'à vous soumettre et prier Dieu.

19.

Maintenant commence pour moi une tâche pénible... impossible peut-être, et cependant il faut que je l'entreprenne... les devoirs de mon sacerdoce me l'imposent... je dois essayer de ramener à Dieu ce grand pécheur... Si son âme doit revivre, le moment en est venu... ou jamais elle ne revivra.

Il vient de reconnaître, sans aucun doute, la puissance divine qui s'est montrée dans le salut de la victime qu'il avait vouée à la mort... de cette victime laissée seule sur un navire en pleine mer, et qui devait y périr si le secours miraculeux de la main de Dieu n'était venu la sauver. Il peut reconnaître encore cette puissance dans la main invisible qui l'a jeté, privé de raison, aux pieds de sa victime, au moment où il s'y attendait le moins.

— Madame, me disait madame Wander, vous avez eu la générosité de m'aimer. Tant de motifs concouraient à vous éloigner de moi! Que puis-je faire pour expier les malheurs que vous a causés celui que je n'ose et ne veux nommer mon époux!

— Madame, lui répondis-je, nous ne devons en ce moment nous occuper que d'atteindre le but vers lequel marche le digne M. Nerval.

Madame Wander exprima à M. Nerval sa vive reconnaissance.

« Oui, lui dit-elle, l'âme de ce grand pêcheur revivra... il faut du moins l'espérer et commencer cette œuvre à laquelle je m'emploierai de tout mon pouvoir. Depuis le milieu de la journée les symptômes effrayants qui se manifestaient en lui se sont amoindris, et tout me fait espérer qu'il recouvrera bientôt la raison. »

Quelques jours se passèrent. Nous recevions fréquemment des nouvelles du château ; elles annonçaient progressivement le retour de Wander à la santé.

M. Nerval attendait une occasion favorable pour commencer l'œuvre de la conversion difficile qu'il méditait, lorsqu'un matin un domestique du château lui apporta une lettre : elle lui était adressée par Wander. Ce dernier lui exprimait laconiquement le désir qu'il avait de l'entretenir quelques instants et le priait de venir au château le plus tôt possible.

A la lecture de cette lettre, M. Nerval me dit :

— Dieu aura exaucé mes prières. Cet homme touche peut-être au moment d'une transformation morale... Et, comme je gardais le silence :

— A quoi pensez-vous ? me dit-il.

— Je pense, lui répondis-je, que votre âme est belle, que votre charité est infinie; mais je pense en même temps que jamais vous n'arriverez à convertir Roncelli.

A ces mots prononcés d'un accent convaincu et presque prophétique, M. Nerval se mit à m'adresser une exhortation paternelle.

— Pourquoi douter, me dit-il, de la grâce de Dieu ?

— Je ne doute point, lui répondis-je, de cette grâce divine qui peut tout; mais, encore une fois, je ne puis croire que Roncelli se convertisse ; je désire me tromper, mais je ne puis changer mes convictions à l'égard de cet homme.

M. Nerval se rendit à l'instant même au château. Au bout de peu temps, il rentra au presbytère.

Malgré le froid qu'il faisait (nous étions au mois de décembre), son noble front était couvert de sueur. Jamais je ne l'avais vu en proie à une pareille émotion, qu'il contenait il est vrai, mais qui perçait à travers ce visage incapable d'aucune dissimulation.

Il s'assit auprès du foyer où nous étions réunies. Nous n'osions l'interroger; nous le regardions en silence et déjà nous pressentions le résultat de sa visite à Roncelli.

— Ma fille, me dit-il enfin, vos prédictions au sujet de Roncelli se sont réalisées...

En entrant dans le château, j'ai trouvé madame Wander qui s'est avancée vers moi en me disant :

— Venez, le ciel a exaucé mes ferventes prières, M. Wander vous attend, il veut vous parler...

En disant ces mots, elle m'a introduit dans la chambre de son mari et s'est retirée.

Wander-Roncelli était couché dans son lit enfermé de rideaux. Je me suis assis à quelque distance et j'ai attendu en silence ce qui allait se passer. . . .

Il a entr'ouvert ses rideaux, a jeté sur moi un regard semblable à celui d'une bête fauve, et, se renfermant aussitôt, comme s'il craignait mes regards, il m'a parlé en ces termes ?

— « Pourriez-vous me dire, monsieur, par quelles circonstances l'*étrangère* que vous avez chez vous y a été amenée ?

— Cette dame, lui ai-je répondu, m'a été adressée par le respectable archevêque de Bordeaux.

— « Et d'où venait, m'a-t-il dit, cette *femme* quand l'archevêque vous l'a adressée ? »

— Je ne puis, lui ai-je dit, répondre à cette question.

Il s'est fait un long silence...

— Je pensais, lui ai-je dit enfin, que le motif pour lequel vous m'avez envoyé chercher était tout

autre qu'un intérêt de curiosité qu'excite en vous
celte dame étrangère. Je pensais que la maladie
grave dont vous avez été atteint vous faisait éprouver le besoin de secours spirituels. Je suis venu
pour vous les prodiguer, pour ouvrir à votre âme
les trésors de la grâce divine, pour recevoir les angoisses, les tourments dont votre cœur est peut-
être atteint et que vous avez pu jusqu'à présent
me cacher, bien que vous ayez, je le reconnais,
suivi les pratiques de l'Église. A peine avais-je dit
ces paroles, que je l'entendis (je ne le voyais pas)
s'agiter dans son lit avec violence.

— « Je n'ai pas à vous entretenir de mon âme,
m'a-t-il répondu, et je n'ai aucun aveu à faire... Ce
que j'ai à vous dire, le voici :

« Sans autre explication, je vous avertis que la
présence de la femme que vous avez chez vous me
fatigue et m'importune... je n'ai pas à vous en expliquer les motifs. Cette femme est une misérable
qui court le monde et, à la faveur de ses mensonges,
cherche à intéresser les gens simples et crédules...
Je vous demande de renvoyer à l'instant de chez
vous cette femme dont la vue m'est odieuse... Je
vous le demande... Maintenant vous pouvez vous retirer, je n'ai rien plus à vous dire. »

— Je ne me retirerai, lui ai-je répondu, qu'après avoir essayé d'ouvrir votre âme à la repentance. Sachez-le bien, vos fautes me sont connues, et je ne puis les mettre en doute...

Quant à cette dame dont vous voudriez noircir la caractère digne et respectable; elle m'est connue aussi bien que vous-même. C'est l'une de vos victimes, et c'est pour cela que vous voudriez l'éloigner et la faire chasser de chez moi. Mais il n'en sera pas ainsi, et la volonté du saint archevêque de Bordeaux prévaudra sur la vôtre. Je me retire en attendant toujours le moment où votre âme, s'ouvrant à la repentance, cherchera avec sincérité, dans la religion, un remède à son mal.

— Vous voyez, madame, me dit M. Nerval, que cet homme ne songe qu'à se débarrasser de vous. Vous devez mettre beaucoup de prudence dans vos démarches, je vous conseille de ne jamais sortir seule de notre maison. Vous devez tout craindre de sa part.

— Ce n'est pas pour moi que je crains le plus, dis-je à M. Nerval, c'est pour vous..... Mais il faudrait, ce me semble, appeler à notre secours la protection des lois.

— Mon enfant, me répondit-il, ce moyen n'est pas goûté par moi... Roncelli n'est pas seul, il a auprès de lui une femme chrétienne et pieuse et deux enfants; l'opprobre, appelé sur lui, rejaillirait sur ces trois personnes innocentes..... Et enfin il ne faut pas non plus désespérer de voir son âme revenir à la vie. Madame Wander ne peut manquer d'avoir sur son mari une influence salutaire.

Quoi qu'il en soit, je vais écrire à l'archevêque de Bordeaux afin de savoir la conduite que je dois tenir à l'égard de ce grand criminel. Le jour de Noël approche..... Je frémis en songeant que cet homme peut encore profaner les sacrements de l'Église. Dans une telle position, je dois prendre les conseils de l'archevêque et régler sur eux ma conduite.

L'archevêque ne tarda pas à répondre à M. Nerval en lui traçant la ligne de conduite qu'il avait à suivre vis-à-vis de Wander-Roncelli.

— Désormais, disait-il, cet homme ne doit plus avoir part aux sacrements de l'Église, jusqu'à ce qu'il ait donné des preuves sincères de repentance. Avertissez-le de ma part qu'il ait à se tenir éloigné non-seulement des sacrements, mais de l'église, dont je lui interdis l'entrée jusqu'au moment où, touché et repentant, il cherchera avec sincérité les voies de la grâce de Dieu.

M. Nerval, suivant l'ordre de l'archevêque, ne manqua pas d'avertir Roncelli par une lettre. Il n'en reçut aucune réponse.

XXI

On était dans la semaine qui précède le jour de Noël. De toutes parts on se préparait à célébrer l'anniversaire du Sauveur du monde. Deux fois le jour M. Nerval se rendait à l'église pour y faire des instructions et préparer les fidèles.

Enfin le jour de Noël arriva... Mais quelle fut notre surprise lorsque en entrant dans l'église nous vîmes Roncelli, insolemment assis dans le chœur, sur le banc qu'il occupait d'ordinaire !... Il était là, s'efforçant de se donner une dignité qui était bien loin de son être dégradé, et ne réussissant qu'à offrir le spectacle d'une dégoûtante hypocrisie.

J'étais avec les demoiselles Nerval ; je m'avançai

du côté où je pouvais atteindre du regard cet homme pour lequel ma présence était un affreux supplice.

Nous étions séparées, par le grillage qui enfermait le sanctuaire, du banc où était Roncelli; il se trouvait ainsi rapproché de l'autel où M. Nerval officiait en ce moment.

A ma vue, ses mains crispées serrèrent le banc où il était assis... Ses traits se décomposèrent... Plusieurs fois il détourna la tête, croyant détourner ainsi l'impression que lui causait ma présence... Ce fut en vain. J'arrêtai sur lui un regard profond et pénétrant, empreint de l'indignation qui se soulevait dans mon âme à la vue de cet être impie qui aurait dû, en ce moment, enfermé chez lui, y demeurer à implorer la grâce de Dieu. J'étais indignée de le voir venir, les mains encore teintes du sang d'un martyr, jouer la piété et profaner la sainteté de ce jour solennel.

Mais la main de Dieu vint encore une fois s'appesantir sur ce grand pécheur. Ne pouvant supporter le supplice que lui imposait ma présence, il se leva pour se retirer. Tout à coup ses forces l'abandonnèrent, et il tomba dans le sanctuaire, aux pieds de M. Nerval, qui recula épouvanté... Roncelli se débattait à terre dans d'affreuses convulsions... En-

core une fois sa raison venait de le quitter... Encore
une fois Dieu lui envoyait ses avertissements.

La foule qui remplissait l'église s'émut tout entière en entendant les cris affreux qui s'échappaient
de la poitrine de Roncelli. Ceux qui étaient rappro-
chés de cette scène la regardaient avec étonnement
et épouvante. Madame Wander, tremblante, éperdue, s'était empressée d'accourir auprès de son
mari; mais il ne la connaissait plus...

Enfin ses convulsions s'épuisèrent, et il demeura
étendu sans mouvement, la face contre terre.

Alors M. Nerval pria des hommes qui se trouvaient là de vouloir bien lui rendre le service d'emporter M. Wander à son château. Mais aucun n'o-
sait l'approcher; ils donnaient pour excuse de leur
répugnance à le toucher qu'il entretenait des relations avec le démon; qu'ils l'avaient entendu dire
sans vouloir le croire, mais qu'à ce moment ils
voyaient bien qu'on leur avait dit la vérité.

Cependant M. Nerval obtint qu'on le plaçât sur
un brancard et qu'on l'ôtât de l'église. Madame
Wander suivit ce triste convoi. Le calme se rétablit,
et nous attendîmes dans un religieux silence les enseignements de M. Nerval, qui devait prêcher. Il
monta en chaire; des gouttes de sueur descendaient
de son visage; il pria longtemps avant de parler; il

était péniblement ému de l'événement qui venait de troubler la solennité de ce jour.

De retour au presbytère, nous eûmes la visite de plusieurs personnes. Elles avaient été tellement frappées de ce qui était arrivé dans l'église, qu'elles se hâtaient de venir, afin d'en parler. Elles nous dirent que depuis quelque temps le bruit circulait, parmi les gens de la campagne, que M. Wander se livrait à des opérations diaboliques.

Nous sûmes plus tard que le petit berger, moins discret qu'il n'avait l'intention de l'être, avait confié à sa mère ce qu'il avait entrevu dans le laboratoire magique de Roncelli. La bonne femme, tout en sé taisant sur la découverte de son fils, n'en avait pas moins confié à ses voisines que M. Wander entretenait des relations avec le diable.

Le merveilleux et les idées de ce genre ont toujours eu le plus grand succès parmi les habitants de la campagne. Ceux-ci accueillirent cette révélation avec une croyance entière, et, il faut bien le dire, ils touchaient à la réalité, car Roncelli pouvait bien être regardé sans superstition comme un être voué à l'esprit des ténèbres.

Le lendemain au soir, madame Wander vint au

presbytère; elle était accablée de tristesse et de découragement. Le déplorable résultat de la visite de
M. Nerval lui était connu. L'espoir, qui avait adouci
quelques instants l'angoisse de son cœur, s'était
évanoui. Elle désespérait de voir jamais son mari
repentant et converti.

Nous prodiguâmes nos consolations à cette pauvre affligée. Mais cette fois les paroles de M. Nerval
ne purent ramener l'espoir dans son cœur.

— Hélas! nous dit-elle, M. Wander est dans la
voie du mal et il n'en sortira pas....; à l'instant
même où je l'ai quitté pour venir ici chercher le
calme dont j'ai tant besoin, ses discours annonçaient le déplorable état de son âme..... sa raison,
cependant, lui revient..... Mais, mon Dieu!.....
quelle rage..... Oh! j'ai besoin de le surveiller....
c'est mon devoir..... Je dois le suivre de près, de
peur que de nouveaux crimes ne lui ferment pour
toujours la voie du salut.....

Nous comprimes que madame Wander n'osait
répéter les discours de son mari. Nous ne lui fîmes
aucune question; mais il était facile de comprendre que ces menaces s'adressaient à moi et à
M. Nerval.

— Ne vous hasardez pas à sortir le soir, dit-elle
en nous quittant.

Quelques jours après, nous sûmes que Wander venait de renvoyer tous ses domestiques, à l'exception de son pâtre et d'une femme complétement sourde, qu'il avait gardée pour remplacer la cuisinière. La surdité de cette domestique, ainsi que nous le comprendrons plus tard, était le motif qui appelait sur elle le choix de Roncelli.

Madame Wander-Roncelli cherchait vainement à s'expliquer cette conduite extraordinaire de son mari, qui avait toujours tenu à voir autour de lui un grand nombre de domestiques. Elle finit par se dire que cette mesure pouvait être la conséquence du dérangement d'esprit de Wander, et elle se résigna sans se plaindre à supporter ce caprice inexplicable. D'ailleurs, cette contrariété lui semblait peu de chose au prix des malheurs qu'elle supportait, et n'apportait pas une goutte de plus à l'amertume dont son âme était remplie.

Quelques jours se passèrent. Encore une fois, Wander-Roncelli était revenu à la santé et à la raison. On le voyait même sortir de son château et se promener dans ses avenues.

Aux yeux des paysans, cet homme paraissait environné d'un infernal mystère. Pour les personnes éclairées avec lesquelles il avait entretenu quelques relations et qui avaient cru à ses dehors trompeurs, il était tout simplement atteint d'une maladie nerveuse compliquée d'éclipses passagères de sa raison.

La réalité de cet être n'était connue que de la famille Nerval, de moi et de madame Wander. Toutefois cette dernière avait caché à son mari ce qu'elle savait de son passé, mais il se doutait qu'elle en était instruite. Il fuyait sa présence, et elle nous dit qu'il lui était devenu impossible de lui parler, tant il évitait avec soin de se trouver avec elle.

Enfermé dans sa chambre, Wander Roncelli recevait sa nourriture des mains de cette femme sourde dont j'ai déjà parlé, et prenait seul ses repas.

Madame Wander surveillait avec anxiété ses moindres démarches, en mettant le plus grand secret dans sa surveillance. Pour son honneur et pour celui de ses enfants, elle tenait à cacher le véritable état de son mari. Elle connaissait assez ma discrétion, ma générosité et l'intérêt qu'elle m'inspirait, pour être sûre que je ne divulguerais pas les secrètes infamies du père de ses enfants. Aussi préférait-elle veiller elle-même sur Roncelli jusque dans la nuit, que de confier à d'autres ce soin; car il eût infailliblement fait naître des soupçons qu'elle voulait éviter.

Wander-Roncelli, depuis quelques jours, abandonnant la chambre à coucher qu'il occupait à côté de celle de sa femme, au premier étage du château, s'était logé dans une chambre du rez-de-chaussée : cette chambre était du côté opposé à celui où couchait madame Wander, et les chambres restées vacantes par suite du renvoi des domestiques se trouvaient au-dessus.

Lorsque madame Wander vit son mari définitivement installé au rez-de-chaussée, elle disposa secrètement elle-même un lit dans l'une des chambres laissées vides par les domestiques, afin de pouvoir chaque nuit quitter tout doucement son lit et venir occuper la chambre qui se trouvait placée immédiatement au-dessus de celle où couchait son mari. Il lui était facile d'entendre de là ses moindres mouvements.

Elle nous confia les dispositions qu'elle avait prises.

Plusieurs jours s'écoulèrent sans que la surveillance de madame Wander-Roncelli se relâchât un seul moment. De son côté, Roncelli croyait avoir pris ses précautions pour cacher les entreprises nocturnes qu'il méditait. Il se croyait assuré de n'être vu ni entendu de personne. Le petit pâtre couchait à l'écurie, où il remplaçait le domestique ordinairement employé au soin des chevaux; cette écurie était complétement isolée du château. La servante couchait dans un lieu éloigné de la chambre de Roncelli, et, eût-elle possédé le sens de l'ouïe, il lui aurait été impossible d'entendre de l'endroit où elle couchait ce qui se passait du côté du château occupé par Roncelli.

Les choses étaient dans l'état que je viens de décrire. On était à la fin de janvier. Un vent glacial soufflait en faisant entendre à travers les portes et les contrevents ses sifflements aigus, lorsqu'à minuit des coups redoublés retentirent à la porte du presbytère.

Habitué à se lever à toute heure de la nuit quand on le demandait pour des malades, M. Nerval, en entendant les coups frappés à sa porte, s'était empressé de s'habiller et répondait à la prière qu'on lui adressait d'aller immédiatement auprès d'un malade dont on lui indiquait la demeure.

J'avais ouvert ma fenêtre et j'écoutais attentivement la voix de celui qui demandait M. Nerval. Cette voix me parut contrefaite, mais savamment dissimulée. Je le compris de suite, et un soupçon effrayant s'empara au même instant de ma pensée.

J'éveillai Dola, je pris à la hâte mes vêtements, et nous courûmes toutes les deux sur les pas de M. Nerval, qui, un flambeau à la main, se dirigeait vers la porte du presbytère afin de sortir.

—Mon père, m'écriai-je avec une exaltation qui le surprit, ne sortez pas, de grâce... Je vous en prie... Un piége vous est tendu, j'en suis sûre... la voix de celui qui vous a parlé était déguisée... c'est celle de Roncelli...

— Mon enfant, me répondit avec calme M. Nerval, l'horreur que vous inspire cet homme vous égare en ce moment. Quel serait dans votre pensée le dessein de Roncelli ?...

— Son dessein, lui répondis-je, est d'attenter à votre vie, parce que vous lui avez résisté en me gardant malgré lui dans votre maison...

— Mes enfants, dit M. Nerval à Dola et à moi qui l'implorions pour qu'il ne sortît pas, laissez-moi aller où m'appelle mon devoir ; je ne puis me laisser arrêter par vos appréhensions. Tout comme vous je connais Roncelli ; mais cependant j'ai peine à croire que cet homme voulût me tuer...

En disant ces mots, il ouvrit la porte du presby-tère et disparut rapidement.

Je dis à Dola :

— Suivons M. Nerval sans qu'il le sache.

— Oui, me répondit-elle, marchons sur ses pas.

Nous nous mîmes en marche; mais les pas de M. Nerval cessèrent bientôt de se faire entendre, et nous comprimes que, dans l'empressement qu'il mettait à se rendre auprès du malade, il nous avait devancées de beaucoup.

— Où allons-nous? me demanda Dola, maintenant que le bruit des pas de M. Nerval ne s'entend plus et ne peut nous guider.

— Au château de Wander, lui répondis-je en redoublant de vitesse.

Combien je m'applaudis d'avoir suivi mes inspirations, lorsqu'en arrivant à la porte du château je la trouvai ouverte!...

Nous nous élançâmes dans la cour et nous atteignîmes l'entrée intérieure, également restée ouverte.

Une lumière brûlait seule dans une chambre que l'on trouvait tout d'abord. Je prends cette lumière, je m'avance; je connaissais déjà l'intérieur du château. Des portes ouvertes m'indiquent la route que nous devons suivre.

A peine avions nous fait quelques pas, que des cris de détresse viennent frapper nos oreilles..... Nous reconnaissons la voix de madame Wander, qui tour à tour implorait son mari et appelait au secours. Nous nous dirigeons vers l'endroit d'où partaient les cris, et nous arrivons dans la cave où se trouvait la trappe du souterrain.

Un spectacle terrible s'offrit alors à nos yeux. A la lueur d'une lampe suspendue à ces voûtes lugubres, nous vîmes Roncelli, un poignard à la main, s'élançant avec rage sur M. Nerval, que madame Wander garantissait de son corps. Le digne prêtre, calme et courageux, parlait à ce misérable, non pour lui demander merci, mais pour éveiller dans cette âme perdue les remords et la repentance.

Tout à coup, Roncelli me voit...; sa rage se tourne contre moi... il s'élance pour me frapper de son poignard.

A ce moment, je me sens une énergie invincible... je m'avance vers lui, et, détournant le coup, j'arrache le poignard de ses mains... Une lutte s'engage, Dola vient à mon secours... J'étais dans une exaspération impossible à décrire, et mes forces étaient doubles. Je vis Roncelli prêt à ressaisir le poignard dont je l'avais désarmé... J'avais hésité d'abord à me servir, pour me défendre, de cette arme que je tenais à la main. Mais, lorsque je vis ce misérable s'acharner avec rage au lieu de fuir, je me représentai ses crimes, la mort du frère de M. Nerval, à laquelle il voulait encore ajouter de nouveaux meurtres, je n'hésitai plus... et, plongeant avec force le poignard dans la poitrine de Roncelli, je le renversai à mes pieds en reculant d'horreur... -

Madame Wander, succombant à l'émotion que lui causait cette scène épouvantable, était tombée sans connaissance.

M. Nerval s'avança vers le cadavre qui luttait contre la mort. Il approcha de lui l'image touchante du Sauveur expirant sur la croix... A cette vue, la rage de Roncelli, affaiblie un instant par les angoisses de la mort, se réveilla avec force... il repoussa le signe rédempteur et rendit le dernier soupir en murmurant d'affreux blasphèmes... Son âme, à jamais perdue, appartenait à l'esprit des ténèbres... Pour toujours elle allait habiter ces demeures où *le ver ne meurt point, où le feu ne s'éteint point...*

A peine Roncelli avait rendu le dernier soupir, que le remords s'empara de moi. J'oubliai que c'était en défendant ma vie et celle de M. Nerval que j'avais tué ce grand criminel. Je me disais qu'il aurait pu peut-être se convertir..... M. Nerval gardait un morne silence... Dola seule me dit :

— Il est mort parce que Dieu l'a voulu. Tu es l'instrument de la puissance divine.

20.

Nous entourâmes madame Wander, qui reprit l'usage de ses sens. A la vue du cadavre de son mari, un spasme violent s'empara d'elle.

Nous nous hâtâmes de l'ôter de ce lieu rempli d'horreur. Nous la transportâmes dans la chambre la plus proche. Lorsqu'elle fut moins agitée, elle nous raconta qu'étant couchée dans la chambre qui se trouvait au-dessus de celle de son mari, et où elle se rendait chaque soir afin de le surveiller, elle avait entendu vers minuit un bruit de portes que l'on ouvrait; qu'alors, s'étant avancée à sa fenêtre, elle avait vu son mari, tenant à la main un flambeau; il sortait du château et se dirigeait vers la porte de la cour.

Il avait ouvert cette porte; ensuite, il était revenu déposer son flambeau dans la chambre qu'il venait de quitter; puis elle l'avait entendu traverser la cour et aller sur la route. Tout en écoutant, madame Wander s'était habillée. Elle était descendue, et s'étant avancée vers la porte par laquelle elle avait entendu disparaître son mari, elle était restée là quelque temps. Mais bientôt, glacée par le froid et tremblante de peur, elle était rentrée dans le château.

Quelques moments après, un bruit se fit entendre dans la cour. Une lutte paraissait engagée entre deux personnes; en même temps elles se rapprochaient de la porte intérieure du château laissée ouverte par Roncelli.

Enfin, madame Wander vit tout à coup entrer dans la chambre où elle était restée Roncelli entraînant avec violence M. Nerval.

Alors elle intervint, mais vainement. Rien ne put arrêter la rage de Roncelli, qui, à la vue de sa femme, redoubla de violence.

— Il était aisé de reconnaître, me dit madame Wander, que le digne M. Nerval n'employait pas toute sa force à se défendre et qu'il aimait mieux céder que de faire du mal à son adversaire.

C'est ainsi qu'ils arrivèrent à l'endroit où nous les avions trouvés, et où M. Nerval, usant alors de sa force qu'il avait jusque-là contenue, se dégagea des mains de Roncelli qui l'entraînait vers une trappe ouverte à quelques pas de là.

A ce moment, madame Wander se précipita au-devant de M. Nerval pour parer les coups d'un poignard que Roncelli venait de sortir de dessous ses vêtements, et c'est alors que Dieu nous envoya, comme une apparition miraculeuse.

— Sans vous, me dit madame Wander, M. Nerval et moi, sans aucun doute, nous serions devenus les victimes de ce misérable.

— Madame, dis-je à madame Wander, je ne chercherai point à cacher l'homicide que j'ai été forcée à commettre, et je vais, dès qu'il fera jour, en instruire l'autorité judiciaire qui disposera de moi.

— Gardez-vous en bien, s'écria madame Wander. Oh! je vous en supplie, cachez votre action. Vous ne pourriez, vous le voyez bien, vous dénoncer comme l'auteur de la mort de M. Wander, sans dire en même temps les circonstances qui vous ont forcée à le tuer. Appelée à témoigner, je ne pourrais moi-même me refuser à dire la vérité... Et mes enfants, pauvres êtres innocents qui ont le malheur d'être nés de cet homme, porteraient pendant toute leur vie l'opprobre qui s'attache aux enfants d'un assassin. Oh! je vous le demande à genoux, cachez votre action. Je vous aiderai de tout mon pouvoir... Aucun sacrifice ne me coûtera...

M. Nerval rompit alors le silence qu'il avait gardé jusqu'à ce moment.

— Ma fille, me dit-il, vous ne pouvez refuser à madame Wander ce qu'elle vous demande avec tant d'instance... Il est vrai qu'il doit être pénible de cacher ce qui est loin d'être une faute; car cet événement doit être regardé comme une punition de Dieu accomplie par vos mains.

— Rentrez au presbytère, me dit madame Wander; lorsque vous y serez rentrée, je ferai avertir l'autorité de la mort de M. Wander... Et... lorsqu'on viendra, l'on pourra supposer que des voleurs ont pénétré la nuit dans le château.

— Eh bien, lui dis-je, où serai-je durant ce temps?

— Vous serez au presbytère.

— Mais si quelqu'un, par hasard, m'avait vue cette nuit pénétrer dans le château de Wander, et qu'ont vînt m'interroger? Pouvez-vous supposer que je fusse capable de faire un faux serment? Non! plutôt mourir!

— Oh! s'écria-t-elle en tombant à genoux, ayez pitié de mes pauvres enfants et de leur mère...

Je me rendis enfin aux prières de madame Wander.

— J'aurais préféré, lui dis-je, dénoncer mon action et les crimes de cet homme. Mais, puisqu'il faut encore un nouveau sacrifice, je l'accepte pour sauver votre honneur et celui de vos enfants, et je vais vous indiquer le seul moyen qui puisse me mettre hors de l'affreuse alternative où je serais, en restant au presbytère, de tout dire ou de faire un mensonge.

Ce moyen unique, dis-je en m'adressant à M. Ner

val, c'est de me retirer dans le souterrain dont je
vous ai déjà parlé. Il m'est pénible, je l'avoue, de
me cacher comme une criminelle.

— Ma fille, me dit M. Nerval, bien que vous ne
soyez pas coupable, votre sûreté dans cette circonstance serait exposée, tout aussi bien que l'honneur des enfants de madame Wander, si vous ne
preniez le parti que vous adoptez maintenant. La
justice humaine procède le plus souvent d'après
les apparences. Ici elles vous seraient contraires.
Malgré votre innocence incontestable, vous pourriez
paraître coupable et recevoir une punition que vous
êtes si loin de mériter. Le parti que vous prenez est
donc le plus sage, et vous sauvegardez en même
temps l'honneur d'une famille.

L'étonnement de madame Wander fut grand
lorsqu'elle m'entendit parler d'un souterrain dont
elle avait jusque-là ignoré l'existence.

XXII

M. Nerval était rentré au presbytère. Le jour allait paraître, amenant avec lui les dangers que redoutait madame Wander pour l'honneur de ses enfants et pour ma sûreté. Les moments étaient précieux.

Surmontant l'état de souffrance où l'avaient plongée les émotions écrasantes de la nuit, madame Wander s'empressa de mettre à ma disposition tout ce qu'elle pensait propre à rendre habitable la lugubre demeure où j'allais bientôt me retirer. Pour moi, une seule pensée, en ce moment, me préoccupait et pesait sur moi. Je pensais à l'homicide que j'avais été forcée à commettre et à la mort impie que j'avais vu faire à Roncelli. Cette image était restée devant mes yeux comme une horrible vision dont je ne pouvais me débarrasser.

Nous nous dirigeâmes vers la trappe, qui avait été ouverte cette nuit même par Roncelli, pour recevoir la nouvelle victime qu'il voulait immoler. Madame Wander descendit avec nous sous ces voûtes sombres. Elle pleurait à l'idée de me voir habiter un tel séjour.

— Je me retire, nous dit-elle au bout de quelques instants. Le jour va paraître... Qu'il m'en coûtera de me trouver en présence de tout ce qui va suivre!..... Lorsque les ombres de la nuit auront entouré ma demeure de silence et de solitude, je reviendrai auprès de vous. Maintenant je vais rentrer dans ma chambre, où je demeurerai jusqu'à ce que l'événement de cette nuit soit découvert, ce qui ne pourra tarder. Il est indispensable que je paraisse tout ignorer, car sans cela je ne pourrais cacher le grand opprobre qui retomberait sur mes enfants.

Nous l'accompagnâmes jusqu'à la trappe du souterrain, qu'elle referma ou plutôt qu'elle crut refermer, mais qu'elle laissa non fermée à clef, ainsi que nous le verrons. Nous l'entendîmes entasser au-dessus de la trappe, du bois, des planches, enfin tout ce qu'elle put s'imaginer de plus propre à empêcher de découvrir l'existence d'un passage en cet endroit.

Dola et moi nous étions redescendues, et nous nous disposions à refermer la porte masquée de mortier, lorsqu'une idée me vint ; je la communiquai à Dola, qui l'approuva beaucoup.

— Il serait prudent, lui dis-je, que nous ouvrissions l'issue qui conduit au laboratoire magique de Roncelli. Il n'est pas impossible que l'on fasse des recherches qui amènent la découverte de la trappe du souterrain. Dans cette supposition, ceux qui s'avanceraient dans l'escalier ne manqueraient pas de s'engager dans cette issue ; mais je suis persuadée qu'après avoir vu le laboratoire de Roncelli ils borneraient là leurs investigations.

— Tu as raison, me dit Dola, mettons-nous vite à l'œuvre.

Nous nous empressâmes d'enlever les pierres de taille qui fermaient l'entrée de l'étroit corridor, et nous mîmes ainsi à découvert l'issue qui aboutissait directement au laboratoire de Roncelli.

Nous redescendîmes. Dola me conduisit dans l'un des compartiments du souterrain. Ne perdant jamais de vue tout ce qui pouvait m'être utile, ma fidèle compagne avait déjà préparé mon logement.

21

Je fus toute surprise en me trouvant entourée des objets qui en peu de temps avaient été descendus par elle. Je me retrouvai, encore une fois, au milieu de meubles que Roncelli avait enlevés, dans l'Inde, à la demeure de mon grand-père.

Le soir, Dola me dit, en regardant une horloge de sable que madame Wander nous avait donnée :

— Il est bientôt onze heures ; madame Wander ne tardera pas, je pense, à venir.

Mais les heures s'écoulèrent, et cette nuit nous ne la vîmes pas.

Le jour suivant se passa de même, et ce ne fut que vers minuit que nous entendîmes madame Wander frapper doucement à la porte *masquée*. En entrant elle posa un panier rempli de provisions qu'elle nous apportait, et, se jetant dans mes bras, elle m'exprima ses regrets de n'avoir pu venir plus tôt.

Puis elle nous dit :

— J'ai éprouvé bien des craintes dans la journée d'hier...; quelles grâces n'ai-je pas à rendre à Dieu qui m'a soutenue au milieu de mes épreuves !

Madame Wander s'était assise auprès de moi et épanchait sa douleur; je pleurais avec elle... Lorsqu'elle fut plus calme :

— Je vais, dit-elle, vous raconter ce qui s'est passé depuis que je ne vous ai vue.

Les portes du château étaient demeurées ouvertes, telles qu'au moment où Wander, s'apprêtant à commettre un nouveau crime, entraînait avec lui M. Nerval. En vous quittant, j'étais rentrée dans ma chambre, où j'avais retrouvé mes enfants dormant d'un profond sommeil. Je me remis au lit, où j'attendis prudemment, ne voulant prendre aucune initiative, que l'événement de la nuit fût découvert et interprété, ainsi que les apparences l'indiquaient, comme un meurtre commis par des voleurs.

Ce que j'attendais ne manqua pas d'arriver. La domestique, en se levant, s'aperçut que les portes étaient ouvertes, et se préoccupa de ce fait inaccoutumé. Bientôt elle arriva à la chambre où son maître, à cette heure matinale, ne manquait jamais de se trouver. Le lit était vide, et une longue suite de portes ouvertes indiquait le chemin par où quelqu'un avait dû passer. Cette femme, suivant ces indications, arriva dans la cave où le cadavre de Wander gisait à terre au milieu d'une mare de sang.

A cette vue elle se mit à jeter de grands cris, et, sortant du château, elle appela du secours en disant que son maître était mort assassiné.

Bientôt la foule encombra la cour du château. Le moment était venu de me montrer. Je descendis. La domestique expliquait à tout le monde comment, depuis quelque temps, son maître avait quitté le premier étage pour descendre habiter le rez-de-chaussée.

— Voilà ce que c'est! disait-elle; si M. Wander était resté au premier étage et surtout s'il n'avait pas renvoyé ses autres domestiques, les voleurs ne seraient pas venus l'assassiner. Madame, me dit-elle, restez avec vos enfants, ne venez pas voir M. Wander; c'est un spectacle affreux. Il est percé d'un long poignard et il baigne dans le sang.

Plus les détails qu'elle donnait étaient effrayants, plus les curieux demandaient à voir le lieu où était le cadavre de M. Wander. Elle les conduisit à la cave. Les plus hardis s'approchèrent afin de se rendre compte de la manière dont il avait été tué ; mais à peine eurent-ils entr'ouvert les vêtements sanglants de Wander, qu'ils reculèrent en poussant des exclamations d'horreur.

Il paraît que ce malheureux avait depuis long-temps abandonné la religion chrétienne, dont il suivait hypocritement les pratiques extérieures, pour se livrer à des croyances impies et supersti-tieuses. Dans l'idée d'opposer aux dangers qui auraient pu le menacer une garantie puissante et efficace, il s'était couvert, sous ses habits, des signes de la magie la plus diabolique. Jusque-là

il avait dérobé avec soin à tout le monde et à moi-
même ces marques visibles de son impiété; mais en
ce moment elles s'offrirent aux regards épouvantés
de ceux qui s'étaient penchés sur son cadavre.

A cette terrible découverte qui se fit connaître
promptement à la foule empressée, chacun chercha à fuir de ces lieux, en disant que les voleurs
n'avaient pas tué M. Wander, que ce devait être le
démon, dont il portait sur lui les insignes.

J'envoyai promptement un homme à la ville la
plus proche, afin de prévenir l'autorité. Je vis bientôt arriver l'imposant appareil de la justice, venant
faire la constatation de la mort de Wander.

La vue des signes magiques dont on le trouva
revêtu impressionna défavorablement le juge instructeur. Néanmoins il procéda à une enquête minutieuse.

Plusieurs personnes ont été entendues. Tous les
paysans se sont accordés à dire que, depuis longtemps, M. Wander était en rapport avec les esprits infernaux. D'autres personnes ont déposé que, depuis
l'arrivée d'une dame qui était au presbytère, M. Wander était tombé dans des accès de démence et de
fureur qu'on ne lui connaissait pas auparavant. Ils
ont ajouté, poussés en cela par leur curiosité, qu'il
leur paraissait indispensable de faire comparaître

devant le juge instructeur, afin qu'il l'interrogeât, cette dame dont tout le monde ignorait les antécédents, et dont la présence avait eu sur M. Wander une si déplorable influence.

Le juge, qui depuis longtemps connaît le digne M. Nerval, le respectait trop pour ne pas user de ménagements envers une dame qui était sous sa protection. Il est allé seul au presbytère, défendant que personne ne le suivît. Là il a eu un entretien particulier avec M. Nerval. Je ne sais ce qui s'est dit entre eux. Après avoir rempli les formalités judiciaires, le juge instructeur est reparti.

Mais les curieux n'ont pas borné là leurs investigations; ils se sont transportés au presbytère, où ils ont adressé à M. Nerval plusieurs questions sur vous, auxquelles il n'était pas obligé de répondre et qu'il a laissées sans réponse. Mais il ne pouvait cacher votre absence. Il a été interpellé à ce sujet. Grâce à sa prudence et à sa sagesse, il s'est tiré de ce pas difficile.

Quoi qu'il en soit, ces curieux ont rédigé une dénonciation, où la circonstance de votre disparition se trouve adroitement mêlée à l'assassinat de Wander. Du reste, ces gens-là sont très-peu estimables et ne comptent pas parmi les habitants respectés dans ce pays.

Cette dénonciation, continua madame Wander, qui est en réalité une accusation portée contre vous, est signée de plusieurs personnes et vient d'être adressée à la cour de Bordeaux.

Tandis que ces choses se passaient, mon petit pâtre ne faisait que répéter qu'il était inutile de chercher les auteurs de la mort de son maître, qu'il savait de source certaine que ce dernier s'adonnait au diable. Il répéta si souvent cette affirmation, que quelques-uns le sommèrent de leur prouver la vérité de ce qu'il soutenait si fortement. Poussé à bout, il les conduisit à la trappe du souterrain, en leur disant que c'était au-dessous de cet endroit que M. Wander s'entretenait avec le diable; en disant ces mots, il essaya de soulever la trappe, qui n'était pas fermée à clef, bien que j'eusse cru l'avoir fermée. L'ayant soulevée, il conduisit les curieux dans le laboratoire de M. Wander, où ils ne purent alors révoquer en doute l'accusation portée contre lui.

En ce moment, je fus avertie de ce qui se passait, et, m'avançant à l'ouverture de la trappe, j'appelai le pâtre et je le repris fortement, en lui défendant d'agir sans ma permission, et je lui ordonnai de faire remonter au plus vite les curieux qu'il avait introduits dans cet endroit.

L'enfant s'empressa de m'obéir, et encore une fois la Providence est venue à notre secours en empêchant les curieux de pénétrer plus avant.

La visite faite au laboratoire magique est pour nous une garantie de sécurité. Ce spectacle terrifiant a laissé sur ceux-mêmes qui niaient les rapports de Wander avec les esprits infernaux, une telle impression, qu'ils n'oseraient plus chercher à s'introduire de nouveau sous la trappe.

Néanmoins, continua madame Wander, la dénonciation qui réclame votre interrogatoire est à Bordeaux, dans les mains de la justice. Vous voyez combien il est utile que vous vous teniez cachée, jusqu'à ce que l'impression causée par la mort de Wander se soit effacée et que vous trouviez le moment de sortir sans danger.

Pour moi, ajouta-t-elle, mes devoirs envers vous me sont tracés. Je dois vous rendre tout ce qui reste en ma possession de cette fortune qui vous a été si indignement ravie. Dieu ne me bénirait pas si j'agissais autrement. Je vais vendre ces biens qui ne m'appartiennent pas, et remettre le prix dans vos mains. Mon intention est de quitter ces lieux que j'ai habités, sans le savoir, avec le crime et l'impiété, et de retourner en Ecosse auprès de mes parents. Je garderai la possession de ce château et de ses alentours jusqu'à ce que j'aie appris votre sortie du souterrain.

Elle m'assura que, pendant qu'elle habiterait le château, elle ne manquerait pas de venir me voir chaque nuit. Et, lorsque je serai partie, ajouta-t-elle, la respectable famille de M. Nerval me remplacera auprès de vous pour les soins qui vous sont dus à de si justes titres.

« Enfin, dit-elle en s'en allant, ce laboratoire infernal est une barrière élevée contre les curieux, et l'épouvante qu'il a causée garantira les abords de cette demeure, qui se trouve maintenant désignée, par quelques-uns, sous le nom affreux de *Château du Diable*, et par le plus grand nombre, sous celui de *Château mystérieux*.

21.

XXIII

Au milieu des angoisses où venaient de me plonger mes nouveaux malheurs, il était consolant pour moi de trouver en madame Wander une véritable grandeur d'âme et tant de vertus. L'amitié de cette femme pieuse qui, mettant en pratique les enseignements de la religion, marchait avec droiture et simplicité de cœur dans la voie des commandements de Dieu, était aux blessures de mon âme un baume salutaire. Chaque jour j'attendais sa visite comme le malade, fatigué de la longueur de de la nuit attend les rayons de l'aurore. Fidèle à sa promesse, madame Wander revint la nuit qui suivit l'entretien que je viens de raconter.

— J'approuve beaucoup, lui dis-je, l'intention où vous êtes de retourner en Ecosse auprès de vos parents. Vous avez raison de vouloir quitter ces lieux qui n'ont plus à vous offrir que des souvenirs affligeants. Maintenant je vais vous faire part des projets que j'ai formés, et que je réaliserai, si jamais Dieu me permet de sortir de ce souterrain.

Vous m'avez dit que vous alliez vous défaire des biens qui sont demeurés en votre possession et m'en remettre le prix. Une fois maîtresse de ces biens que vous voulez me rendre, mon intention est de vous en donner une part. Vous ne pouvez refuser ce témoignage de mon affection et de l'estime que vous méritez. Vous pouvez accepter sans scrupule ces richesses, qui seront purifiées par le don même que je vous en fais. Elles n'auront plus pour vous rien d'odieux. Vous les accepterez, je l'exige, et ce n'est qu'à cette condition que je consentirai à accepter moi-même la restitution de ces biens.

Me confiant en la puissance divine qui m'a secourue tant de fois, j'attendrai ici les circonstances favorables que Dieu voudra m'envoyer, afin de me faire sortir de cette triste demeure.

J'espère pouvoir un jour revenir dans l'Inde, au

pays de ma naissance, et j'ai dans ma pensée des projets que je tiens à accomplir, si jamais il m'est donné de revoir le berceau de mes premiers ans.

Sous l'influence de l'exemple du saint martyr dont je vous ai raconté la mort, j'ai conçu l'idée d'emmener avec moi dans l'Inde des missionnaires français, et de consacrer désormais ma vie et ma fortune à la propagation de la foi chrétienne.

Cette annonce remplit de joie madame Wander.

— Désormais donc, me dit-elle, ces richesses purifiées pourront réparer, par le bien qu'elles aideront à faire, les crimes que la poursuite ardente de leur possession a fait commettre à celui à qui il n'a servi de rien de les posséder.

Madame Wander s'empressa de faire connaître à M. Nerval mes projets, qu'il approuva complétement et qui le remplirent de joie. Quelque temps après elle vendit tout ses biens, à l'exception du château et de ses alentours. Il se passa six mois avant qu'elle eût réalisé toutes les valeurs du prix de ses ventes. Ses affaires étant terminées, elle se prépara à son départ. En même temps elle me remit le prix des ventes qu'elle avait faites, et qui s'élevait à six cent mille francs. Ce fut après beaucoup d'insistance de ma part que je parvins à lui faire accepter le quart de cette somme.

Le moment du départ de madame Wander arriva. Nous éprouvions l'une et l'autre une douleur profonde à la pensée de nous quitter.

— Vous me manquerez, me disait-elle en pleurant, mais les circonstances le demandent ; il faut que nous vivions séparées.

— Nous serons séparées, lui dis-je, mais pour un temps seulement. Aussi longue que soit notre vie, bientôt le temps fixé pour notre passage en ce monde aura accompli sa période. Alors toute distance cessera ; alors nous nous retrouverons au pied du trône de Celui qui, du haut des cieux, nous voit, et déjà nous prépare une demeure dans son royaume.

Dès ce monde même la distance, aussi immense qu'elle soit entre nous, ne peut séparer l'un de l'autre nos êtres spirituels et pensants. Bien que nous soyons éloignées, nos âmes n'en vivront pas moins dans une douce intimité, et, franchissant l'espace, nos pensées se rencontreront dans une même foi, dans une même adoration.

O témoignage irréfutable de notre céleste origine! Être spirituel! *Parcelle de Dieu même* unie à notre enveloppe devenue périssable par le péché! Quel est celui qui, arrêtant sur lui-même les lueurs de son intelligence, ne reconnaîtrait pas sa céleste origine ! ne reconnaîtrait pas qu'il lui est impossible de la mettre en doute !

Oh ! qu'ils sont à plaindre, ceux qui, méconnaissant l'être spirituel de l'homme, tombent dans les égarements des systèmes enfantés par le matérialisme ! Qu'ils sont à plaindre ceux qui se courbent sous le poids de ce matérialisme dont ils deviennent les esclaves ! Combien seront mauvais les derniers jours de la vie pour ceux qui s'appuient uniquement sur leur être extérieur et matériel, lorsque le temps sèmera autour d'eux les débris de cet être périssable.

Heureux si alors ils cherchent dans la religion les moyens qui peuvent faire renaître en eux la vie spirituelle ! Mais ce saint désir sera-t-il accordé à celui qui aura repoussé avec dédain les ressources que nous offre la religion ?

Madame Wander m'écoutait attentivement.

— Combien je regretterai, me dit-elle, nos entretiens ! Combien je regretterai ces communications où mon âme s'ouvrant à la vôtre reçoit avec délices les paroles que vous inspire l'éternelle et divine Vérité !

Ici Nahouma suspendit son récit pendant quelques instants.

Elle reprit bientôt en ces termes :

— Depuis plus de deux ans madame Wander s'est retirée en Écosse, et depuis son départ ce château est demeuré complétement fermé...

Dans l'opinion des habitants de la campagne il passe pour être habité par des esprits infernaux. Cette fable, à force d'être répétée, a fini par s'accréditer, même parmi les personnes éclairées de ce pays. Aussi jamais ces alentours ne sont-ils parcourus par aucun curieux.

Les paysans, grands amateurs du merveilleux, n'ont pas manqué d'imaginer beaucoup d'événements extraordinaires et sinistres. D'après leurs récits fantastiques, des voyageurs étrangers auraient disparu dans ce château en voulant y chercher un abri pendant l'orage.

Les relations que j'entretiens avec la famille Nerval, par l'entremise de ma fidèle Dola, m'ont instruit de ce qui se passe au dehors. Chaque semaine Dola se rend, au milieu de la nuit, au presbytère, où elle reçoit des mains attentives des demoiselles Nerval tout ce qui est nécessaire à notre existence.

Ces secours ne sont pas les seuls que je reçoive de cette respectable famille. Depuis que je suis enfermée dans ce souterrain, le digne M. Nerval me soutient de ses encouragements et de ses exhortations.

Il y a longtemps que je serais en liberté ; mais un événement bien douloureux est venu mettre obstacle à ma délivrance. Le digne archevêque de Bordeaux, par l'intervention duquel M. Nerval devait obtenir le retrait de l'accusation portée contre moi, est mort au moment même où il s'occupait de ma triste position.

Je ne puis, à ce qu'a dit le juge instructeur, sortir sans danger avant que la cour de Bordeaux ait rendu une ordonnance de *non-lieu* relative à l'accusation dirigée contre moi à l'occasion de la mort de Wander. Le juge instructeur et la famille Nerval sont les seuls qui soient instruits du lieu de ma retraite.

— Madame, dit à ce moment Étienne de la Boëtie, la puissance divine, dont vous avez si souvent éprouvé les effets, veut sans aucun doute me faire servir à votre délivrance.

Bien que je sois encore très-jeune, je touche au moment de recevoir ma nomination de conseiller au parlement de Bordeaux. Dans peu de jours je serai, comme vous le voyez, dans une position qui me mettra à même de m'occuper personnellement de vos intérêts.

Dès ce moment je les prends sous ma protection, et je ne cesserai d'y travailler que lorsque, votre innocence ayant été reconnue, vous pourrez sans aucun danger quitter ces lieux.

J'irai, en sortant d'ici, trouver le digne M. Nerval. Je lui dirai comment la main de Dieu m'a conduit auprès de vous, et je prendrai ses conseils, afin de me guider plus sûrement.

— Noble jeune homme, répondit Nahouma à Étienne de la Boëtie, qui m'eût dit que vous me rendriez à la liberté! Je ne puis vous exprimer toute ma reconnaissance... Mais les âmes comme la vôtre trouvent leur récompense dans le bien même qu'elles font.

Pleine de confiance en vos bons offices, j'attendrai maintenant, dans une douce espérance, le moment où, rendue à la liberté je pourrai, traversant de nouveau ces mers que j'ai parcourues une fois déjà, retourner dans l'Inde en apportant avec moi les germes précieux et féconds de la foi chrétienne.

Oh! s'il m'était donné de continuer et de réaliser la pensée du saint martyr qui, le premier, m'a fait connaître le christianisme! S'il m'était donné de concourir à la propagation de la foi chrétienne parmi les idolâtres de l'Inde, combien je bénirais mes malheurs et mes longues souffrances! Cet espoir remplit mon cœur d'allégresse, et ma pensée, franchissant l'espace et devançant le temps, me fait déjà entrevoir un avenir plein de joie et de bonheur célestes.

XXIV

Dans la nuit qui suivit cet entretien, Étienne de la Boëtie sortit avec précaution du souterrain où il était entré d'une si étrange manière six semaines auparavant.

La nuit était belle et l'aube du jour n'était pas loin. Étienne de la Boëtie se reposa sur un tronc d'arbre en attendant que l'heure fût venue d'entrer au presbytère.

Bientôt les rayons du soleil levant brillèrent à l'horizon. Les volets du presbytère s'ouvrirent. Les habitants de cette maison se levaient de bonne -heure.

Déjà M. Nerval parcourait les allées de son jardin en lisant son bréviaire, lorsque Étienne de la Boëtie s'avança vers lui.

Il s'empressa d'aller au-devant du jeune homme et le fit entrer dans son salon, où ils demeurèrent seuls.

Alors Étienne de la Boëtie se fit connaître à M. Nerval et lui dit l'objet qui l'amenait auprès de lui.

— J'ai été instruit par la négresse Dola, dès les premiers moments, de votre présence dans le souterrain, lui répondit M. Nerval.

Cet événement, qui d'abord m'avait péniblement impressionné, à cause de l'accident que vous avez éprouvé et qui aurait pu avoir pour vous de très-graves suites, m'a rempli de joie lorsque j'ai appris votre rétablissement et l'intérêt que vous preniez au récit des malheurs de Nahouma.

J'ai connu votre père, qui était un homme plein de droiture et d'intégrité. J'ai déjà entendu parler de vous, et je regarde votre entrée dans le souterrain comme un secours envoyé de Dieu.

Maintenant il reste à s'occuper activement et prudemment de la délivrance de Nahouma.

— Je suivrai en cela la marche que vous m'indiquerez, répondit respectueusement Étienne de la-

Boëtie, et les conseils d'un homme tel que vous me seront précieux.

M. Nerval s'occupa sur-le-champ d'indiquer à la Boëtie la marche qu'il devait suivre.

Sur ces entrefaites, l'heure du déjeuner étant venue, M. Nerval invita le jeune homme à s'asseoir à sa table, ce que celui-ci accepta avec le plus grand plaisir.

Dans le court espace de temps qu'Étienne de la Boëtie passa auprès de M. Nerval, ce dernier lui parla de la beauté de la doctrine chrétienne et de l'influence bienfaisante qu'elle exerçait sur ceux qui la recevaient dans leur cœur avec sincérité.

Ensuite, il lui adressa, à l'occasion des fonctions importantes qu'il allait être appelé à remplir, une exhortation pleine d'enseignements pratiques.

« Vous allez occuper, lui dit-il, des fonctions d'une extrême gravité. Souvent vous tiendrez dans vos mains l'honneur, la vie même des personnes. Rappelez-vous qu'une grande responsabilité pèse sur vous. Ne décidez jamais sans avoir étudié avec soin les affaires que vous devrez juger.

« Le plus grand défaut que puisse avoir un juge, c'est d'apporter trop de promptitude dans l'examen des affaires qui lui sont soumises et d'oublier de se mettre, par la pensée, à la place de celui qu'il doit juger.

« Le meilleur moyen d'éviter de tomber dans l'oubli de vos devoirs, c'est de demander chaque jour, dans une fervente prière, les lumières dont vous aurez besoin à celui qui donne sans mesure son esprit à qui le lui demande avec foi et sincérité. »

Étienne de la Boëtie écoutait attentivement, dans un respectueux silence, les enseignements que lui donnait le digne M. Nerval : ils restèrent sans doute profondément gravés dans son cœur, car il exerça les fonctions de la magistrature avec une intégrité et une droiture dont le souvenir est resté.

Quelque temps après, Étienne de la Boëtie recevait sa nomination de conseiller au parlement de Bordeaux. Grâce à son intervention, Nahouma deux mois plus tard quittait sans danger la sombre retraite où elle était demeurée près de trois ans.

La joie de la famille Nerval fut grande. Nahouma était pour eux comme un souvenir vivant **de leur** frère qu'ils avaient tant aimé. Ils voyaient dans sa conversion au christianisme l'œuvre de ce saint martyr.

—Dieu vous a envoyée vers nous, lui disaient les

demoiselles Nerval, pour nous apporter la nouvelle consolante, quoique douloureuse, de la mort de notre frère ! Sans votre courageux dévouement nous serions privées de notre frère aîné qui fait toute notre joie. Nous n'oublierons jamais que sans vous M. Nerval eût péri sous les coups d'un lâche assassin. Demeurez avec nous, vous êtes maintenant un membre de notre famille, et nous tenons à vous par des liens qui jamais ne pourront se briser. Si vous nous quittiez, nous serions affligés comme au départ de notre frère Benjamin.

— Amis bien chers que Dieu m'a donnés pour me soutenir dans mes cruelles épreuves, leur répondit Nahouma en pleurant d'attendrissement, je vous ferai la même réponse que vous fit le saint martyr à qui je dois ma conversion : La voix de Dieu m'appelle, et je dois lui obéir. J'ai laissé dans l'Inde de nombreux parents qui languissent dans les ténèbres des superstitions. Dois-je, renonçant à l'œuvre que j'ai conçue, rester ici à savourer un bonheur qui me sourit, mais dont je ne pourrais, je le sens, jouir en paix ?

Mon devoir m'est tracé. Ce ne peut être en vain que le sang d'un martyr a coulé. Ce ne sera pas en vain qu'il aura commencé l'œuvre qu'il n'a pu achever. C'est à moi qu'il appartient de continuer sa

pensée, à moi qui, plongée dans l'erreur, ai reçu de
lui les lueurs de l'éternelle vérité.

Et vous, son frère et ses sœurs, me laisserez-
vous partir seule? Ne voudrez-vous pas unir vos
efforts aux miens pour continuer l'œuvre du saint
martyr? Entrez avec confiance dans cette voie que
Dieu vous ouvre. Le sacrifice du frère que vous pleu-
rez ne restera pas, soyez en sûrs, sans fruit et sans
récompense, et Dieu bénira notre entreprise.

L'émotion la plus profonde se peignait sur le visage de M. Nerval et de ses sœurs. Toutefois ces
dernières opposèrent quelques objections aux sollicitations pressantes de Nahouma.

— Soyez sans crainte, leur dit-elle, dignes sœurs
d'un martyr! Dieu lui-même guidera le vaisseau
qui nous portera vers les régions où doivent s'accomplir mes desseins. Oh! venez; vous serez entourées de mes soins et de mon affection.

L'esprit de Dieu, animant cette famille, ouvrit leur
cœur aux sollicitations de Nahouma. Elle eut le
bonheur de les voir bientôt entrer dans ses vues
et s'entretenir avec elle des préparatifs de leur
départ.

Dans la semaine qui suivit cet entretien, M. Nerval partit pour Bordeaux. Il soumit son projet à

l'archevêque, qui l'approuva complétement. Quelque temps après, il fut autorisé à partir pour les Indes orientales, et trois jeunes missionnaires pleins de zèle et de foi furent placés sous sa direction.

———

Tout était prêt pour le départ de Nahouma et de ses compagnons de voyage. Alors eut lieu la cérémonie qui précède le départ des missionnaires.

Ce n'est pas avec des paroles que l'on peut donner une idée complète de cette auguste et touchante cérémonie, où l'on baise les pieds des missionnaires qui partent, où des cantiques d'actions de grâces s'élèvent vers le ciel en exprimant à la fois la joie de l'Église et la grandeur du sacrifice de ces hommes qui, seuls, dégagés de tout lien en ce monde, s'avancent pleins de joie, disposés à tout souffrir, vers l'accomplissement des desseins de Dieu. Oh! que les expressions humaines sont insuffisantes pour dire de telles choses!

L'archevêque adressa une allocution aux missionnaires.

« Aux yeux du monde, leur dit-il, que votre départ est triste! Vous quittez tout... vos parents, vos amis... vous allez dans des pays qui vous sont inconnus... vous vous trouverez parmi des peuples sauvages, superstitieux, cruels peut-être. L'on vous traitera comme des ennemis ; vous serez sans défense en butte aux persécutions... au martyre...

« Oh! quelle joie si vous mourez pour votre divin Maître! Y a-t-il au monde rien de plus beau!... Vous allez travailler à une grande œuvre, la plus grande qu'il y ait. Vous allez porter la lumière là où règnent les ténèbres, vous allez accomplir la volonté de Dieu!... »

L'archevêque ajouta encore de touchantes paroles, qui firent pleurer ceux qui assistaient à cette cérémonie.

XXV

Bientôt le navire français qui se dirigeait vers les Indes orientales offrit le spectacle touchant et sublime de vrais chrétiens animés d'une même foi et d'un même zèle, allant avec un saint enthousiasme porter au delà des mers les germes précieux de la foi. Du haut des cieux, le Dieu d'amour et de vérité tourna ses regards sur cette œuvre et l'entoura de sa protection.

Un an environ après son départ de France, le vaisseau entra dans le port de Pondichéry.

Les nombreux parents de Nahouma, prévenus de son arrivée, allèrent au-devant d'elle dans des chaloupes. Ils s'empressèrent de monter sur le navire qui la ramenait. Elle leur fit le récit de ses épreuves et de l'heureuse fin de ses malheurs.

Lorsqu'ils eurent entendu ce récit, ils exprimèrent avec transport à la famille Nerval leur reconnaissance et appelèrent du doux nom de frères ceux qu'elle leur présentait comme ses amis et ses bienfaiteurs.

« Votre entrée dans Pondichéry, dirent aux compagnons de Nahouma ses nombreux parents, doit être digne de vous. Demain, dès que les rayons du soleil viendront nous éclairer, nous reviendrons ici afin de vous conduire dans la demeure que nous allons disposer pour vous. C'est chez notre aïeul que nous vous recevrons. Il vit encore, mais son grand âge le retient dans l'intérieur de sa maison. »

Ils se retirèrent.

Le lendemain, dès que les rayons éclatants du soleil de l'Inde brillèrent à l'horizon, des chaloupes pavoisées de mille couleurs et portant tous les parents de Nahouma, suivis de leurs amis et d'une troupe de musiciens, s'avancèrent vers le navire français aux sons éclatants d'une musique guerrière.

Ces chaloupes reçurent Nahouma et ses compagnons de voyage; elles abordèrent au milieu de l'empressement d'une foule nombreuse qui était sur le port.

De magnifiques palanquins attendaient les voyageurs à la sortie de leur chaloupe. M. Nerval, entouré de ses missionnaires, monta dans le premier; l'autre reçut Nahouma, les demoiselles Nerval et la fidèle Dola.

Les palanquins s'avancèrent lentement, portés en triomphe au milieu de la foule et entourés des nombreux parents de Nahouma. La musique les suivit en faisant éclater des sons pleins d'allégresse jusqu'à la demeure de l'aïeul, qui, assis sous son portique et entouré de ses serviteurs, attendait celle qui lui était devenue bien chère.

Entourée de l'affection de ses parents et de ses amis, Nahouma goûtait un bonheur auquel elle avait peine à croire, tant il était grand.

Bientôt commença l'œuvre sainte à laquelle elle consacrait désormais ses biens et sa vie. La demeure de son grand-père, celle qui avait été le berceau de son enfance, le témoin de ses fautes et de ses premiers malheurs, fut mis à la disposition de ceux qui poursuivaient avec elle l'œuvre de la propagation de la foi.

La vieille Indienne vivait encore et habitait toujours ces lieux. Ce fut avec des transports de joie qu'elle revit celle qu'elle appelait la consolation de ses derniers jours, la fille de son affection.

Dirigée par **M.** Nerval, l'œuvre grandit rapidement et dépassa toutes les espérances. Bientôt une colonie de vrais chrétiens s'éleva dans l'Inde en offrant l'exemple touchant de l'union et de la charité la plus parfaite. Ils n'avaient qu'un cœur, qu'une même doctrine; ils attiraient à eux par la force puissante de l'exemple et de la douceur.

—

Et nous à qui les enseignements de la doctrine chrétienne sont offerts chaque jour, leur fermerons-nous l'accès de notre cœur; fermerons-nous nos yeux à la lumière de la vérité, pour vivre dans les ténèbres de l'erreur?

Hélas! nous gémissons au milieu d'un monde qui sans cesse trompe les espérances de ceux qui se confient et s'appuient sur lui. Que ne cherchons-nous le bonheur là où il se trouve? Nous n'aurions pas à regretter tant d'efforts inutiles et perdus dans la poursuite de satisfactions qui sans cesse nous échappent.

Jamais personne, nous le savons tous et nous ne pouvons le nier, ne trouve dans les jouissances du monde extérieur et visible une entière satisfaction. Ses joies, aussi douces qu'elles puissent être, ne sont jamais sans amertume et sans regret. Et même le fussent-elles, ce qui n'est pas, ce qui est impossible, elle nous laisserait encore non satisfaits, car elles finissent et notre cœur ne se contente pas de ce qui finit.

Mais où trouver ailleurs que dans les croyances, dans les préceptes et dans les pratiques de la religion le remède à nos maux? le remède à cette inquiétude naturelle qui agite l'homme qui, déchu de son premier état, et regrettant sans cesse l'Éden qu'il a perdu, cherche inutilement dans les choses périssables de ce monde un contentement qu'il n'y trouve jamais!

O Jésus-Christ! vous qui êtes la voie, la vérité et la vie, vous qui nous apprenez par quels moyens nous pouvons rendre la paix à nos âmes et guérir les blessures de notre cœur! jusques à quand l'orgueil et l'esprit du monde lutteront-ils contre vous? jusques à quand viendront-ils mettre, à la place de vos divines inspirations, leurs inspirations étroites et mesquines, qui rétrécissent et abaissent nos cœurs?

Mais ceux qui écoutent avec soin et dans le recueillement de leur cœur la voix de ce Sauveur qui nous a tant aimés, ne tardent pas à découvrir la cause du malaise qui tourmente l'homme lorsqu'il vit *seulement* dans le monde extérieur et sous l'influence des choses visibles et périssables.

Bientôt l'âme de celui qui cherche Dieu avec sincérité s'ouvrira aux perspectives consolantes et infinies du monde invisible et spirituel. L'espace borné des courts instants de la vie d'ici-bas ne l'enfermera plus. Le temps n'existera plus pour lui; pour lui commencera, dès ce monde, la vie éternelle !

FIN.

PARIS. — TYP. SIMON RAÇON ET COMP., RUE D'ERFURTH, 1.

www.ingramcontent.com/pod-product-compliance
Lightning Source LLC
Chambersburg PA
CBHW050306030726
47505CB00003B/590